안시성

| 일러두기 |

『안시성』은 고구려와 당나라 사이에서 벌어졌던 전투 가운데 하나를 기반으로 하여 창작한 소설입니다. 『삼국사기』에 나타난 약간의 사실에 허구를 배합하여 완성하면서 날짜는 음력을 사용하였다는 것을 미리 알려드립니다.

본문의 전투도에 표시한 각 성의 전투 연월일은 소설의 내용에 따른 가상의 날짜로, 역사의 사실적인 시간이 아님을 밝힙니다.

위대한 승전

안시성 2

배상열 역사전쟁소설

고조넉이엔티

안시성 2 | 위대한 승전

초판 1쇄 발행 2017년 12월 18일

지은이 배상열
펴낸이 배선아
펴낸곳 (주)고즈넉이엔티

출판등록 2017년 3월 13일 제2017-000022호
주소 서울시 강서구 공항대로 649 제성빌딩 303호
대표전화 02-6269-8166 **팩스** 02-6166-9199
이메일 gozknock@naver.com

ⓒ 배상열, 2017
ISBN 979-11-88504-24-4 04810
     979-11-88504-22-0 (세트)

잘못된 책은 구입하신 서점에서 교환해 드립니다.
이 책은 저작권법에 따라 보호받는 저작물이므로 무단 전재와 복제를 금합니다.
이 책의 전부 또는 일부 내용을 재사용하려면 사전에 저작권자와 본사의
서면 동의를 받아야 합니다.

지켜야 한다면,
성의 마지막 벽돌이 되어서라도 지킬 것이다.

차례

빗물과 눈물 _ 09

전쟁과 장사 _ 15

내부의 적들 _ 30

고통스런 만남 _ 47

드러나는 적들 _ 54

다가서는 죽음 _ 66

떠날 수 없는 자들 _ 77

용기와 충성 _ 85

죽음으로 살린 기회 _ 100

흔들리는 고구려 _ 107

위험한 균열 _ 115

반역자와 용장 _ 128

무르익는 반역 _ 137

죽음에 포위당한 안시성 _ 152

하나의 죽음을 격파하다 _ 165

패배 직전 _ 193

혼돈과 역습 _ 214

위대한 승리 _ 224

승리의 여백 _ 239

돌아가는 자들 _ 250

살아남은 대가 _ 260

대단원 _ 272

부록 _ 281

작가의 말 _ 327

빗물과 눈물

7월 22일 오후 6시경, 이세민의 천막

회의를 소집한 이세민이 술을 내오라 일렀다.
"비가 와서 공사를 할 수 없는 때가 아니면 언제 경들과 회포를 풀겠느냐? 경들은 사양하지 말고 마음껏 들라!"
이세민이 먼저 시범을 보였다.
큰 잔에 그득 따른 술을 단숨에 들이켠 이세민이 설인귀에게 잔을 내렸다.
"너는 군졸로 참전해서 공을 세워 유격장군으로까지 승진하였으니 만인의 귀감이 아닐 수 없다!"
"폐하! 황은이 망극하옵니다!"
"설인귀뿐 아니라 이 자리에 있는 모든 사람들이 짐의 오른팔이고 왼팔이니 듬직하기 이를 데 없도다!"

이세민이 이번에는 장손무기에게 잔을 내렸다.
"짐과 그대는 사사로이 처남 매부인 데다 짐이 대업을 성취하는 것을 크게 도왔으니 어찌 감사하지 않겠는가."
이세민은 배석한 모든 자들을 하나하나 칭찬하며 잔을 내렸다. 감읍한 그들이 죽음을 각오하고 충성을 다할 것을 다짐했다.
"지금은 어렵지 않게 수십만을 동원하고 고구려까지 멸망시키기 위한 전쟁을 벌이고 있지만 건국 초기에는 그렇지 않았다. 부친께서 당나라를 건국하셨을 때 수나라의 황제들이 얼마나 말아먹었는지 국가의 창고에는 곡식 한 톨조차 남아 있지 않았느니라! 그러니 국력이 오죽 한심했겠는가?"
"폐하, 어찌 그런 말씀을 하시옵니까? 민망하여 차마 들을 수 없사오니…."
장손무기가 간해도 이세민은 듣지 않았다.
"워낙 국력이 허약하다 보니 돌궐에게 금은보화를 바치고 제발 침공하지 말아줄 것을 애걸하기까지 하였었지."
이세민이 지그시 눈을 감고 과거를 회상했다.
비록 지금은 당나라에 굴복하고 있지만 이전의 돌궐은 강했다. 수나라가 이간질하여 동과 서로 갈라진 다음부터 세력이 약화되었어도 돌궐은 당나라에게 심각한 위협이었다. 이세민은 즉위한 다음 국력이 회복되자 돌궐부터 손을 보기 시작했다.
멀리 떨어진 서돌궐은 건드리지 않고 인접한 동돌궐을 공격하여 멸망시킨 때가 15년 전의 일이었다.
"그때 동돌궐의 왕이라는 놈을 생포했는데 어떤 일이 벌어졌는지 아는가?"

장손무기를 비롯한 자들은 전부 알고 있었지만 애써 내색하지 않았다.

"고구려를 다스리는 영류왕이라는 놈이 사신을 보내 축하를 했을 때 짐은 놀라 자빠질 뻔했으니!"

고구려는 본래부터 동돌궐과 가까웠다. 당나라가 건국하여 국력이 미약했을 때, 고구려가 동돌궐과 연합하여 공격했으면 충분히 멸망시킬 수 있었다.

"그때 고구려가 배후를 공격했으면 짐은 꼼짝없이 당할 뻔했지. 그래서 비밀리에 동돌궐을 공격했던 것인데, 고구려는 그것을 알면서도 지원하거나 배후를 공격하지 않았음이야! 게다가 동돌궐의 왕을 생포하자 사신을 보내 축하하고 있으니 제정신이라고 믿기 어려웠노라! 하하하하!"

이세민이 배꼽을 잡고 웃었다. 차림과 장소가 아니라면 제정신이 아닌 놈이 데굴데굴 구르는 것 같았다.

"그런 놈이 어떻게 왕일 수 있겠는가? 그것도 수나라를 실질적으로 멸망시킨 고구려의 왕이라는 사실은 정녕 믿기 어려웠음이야!"

"폐하, 그때 어떻게 하셨나이까?"

설인귀가 눈을 빛내며 말했다.

"당장이라도 쳐들어가고 싶었지만 아직 주변 정리가 되지 않은 상태! 주변의 강한 놈들을 하나하나 멸망시키면서 계속 고구려를 약화시켰노라!"

고구려는 어리석게도 이세민이 요구하는 대로 따랐다. 수나라와의 전쟁에서 승리한 것을 기념하여 세운 승전탑을 파괴하라면 파괴했고, 포로들을 돌려보내라고 해도 따랐다.

이세민이 사신을 가장하여 보낸 첩자가 곳곳을 돌아다니면서 주요도로와 군사시설을 염탐해도 모른 척했으며, 심지어 가장 중요한 기밀인 지도를 바치기까지 했다.

참다못한 연개소문이 거병하여 영류왕을 죽이고 보장왕을 옹립했지만, 그때는 이세민이 모든 준비를 마친 다음이었다.

"고구려 덕택에 짐이 주변을 정리하고 마침내 정벌할 수 있게 되었으니 이번 전쟁의 일등공신은 바로 고구려가 아니겠는가!"

이세민이 다시 박장대소했다.

얼마나 웃었는지 눈물까지 찔끔거릴 정도였다. 평소 같지 않은 행동을 하던 이세민이 밖으로 나갔다. 비가 내리고 어두워지는 저 앞에 위대한 역사가 보였다.

이세민이 원하던 상태가 되려면 아직 멀었지만 주변보다 확연히 높았다. 이렇게 계속 반복하다 보면 어느 순간 결과물이 나타날 것이었다. 안시성을 박살낼 때가 머지않았다.

같은 날 오후 8시경, 사당

오랜만에 내리는 비는 나리를 쉴 수 있게 해주었다.

하루 종일 가만히 쉴 수 있던 날은 오늘이 처음인 것 같았다.

비록 가난했어도 부모의 사랑을 듬뿍 받았던 어린 시절은 희미하게 삭아들었다. 사당에 들어온 다음 먹을 것이 해결 되는 대신 하루도 쉴 수 없었다. 견디지 못할 정도는 아니었지만 부모를 보고 싶어 눈물을 흘린 적이 한두 번이 아니었다. 그러다 어미가 죽은 다음에는 아비를 위해 일을 해야만 했다.

어느덧 처녀가 된 나리는 자신이 봉양하는 아비가 오래 살 수 없다는 것을 깨달았다. 아비가 돌아가면 사당을 나와 혼인도 하고 재미있게 살고 싶었지만 무당이 놓아줄 것 같지 않았다.

거의 포기할 무렵 우연히 만나게 된 문태는 희망을 잃지 않게 해주었다. 몇 차례 만나지 못했어도 나리는 문태를 믿을 수 있었다.

문태와 혼인을 할 수 있는 방도가 아주 없지는 않았다. 큰 공을 세우면 성주에게 청원할 수 있다고 했다. 야치가 청원하면 성주는 받아들이는 것이 관례였다고 했다. 공을 세운 대가로 은퇴할 수 있게 해달라고 하면 두 사람의 소원이 이루어질 수 있었다.

하루 빨리 문태가 큰 공을 세우고 전쟁이 끝나기만을 바라던 나리가 절망의 나락으로 떨어진 것은 순식간이었다. 갑자기 여관이 된 다음 신녀로 선발되어 강제로 수레에 태워지리라고는 꿈에서조차 생각할 수 없었다. 이렇게 된 이상 문태가 청원한다고 해도 혼인할 수 없었다.

만일 문태가 청원했다가는 순결한 신녀를 모독했다는 죄목으로 처형당할 것이 분명했다. 나리는 모든 것을 포기할 수밖에 없었다.

게다가 전쟁이 이상하게 돌아가는 것 같았다. 얼마 전까지만 해도 계속 승리를 거두어 사기가 하늘을 찔렀다. 백성들이 재물을 바치며 기뻐할 때마다 나리는 보람을 얻을 수도 있었다. 그러나 요즘은 그렇지 않았다.

전투가 벌어지지 않았지만 오히려 그것이 더욱 불안했다. 나리를 찾는 백성들도 이전처럼 활발하지 않았다.

만일 안시성이 패배하면 순결하고 아름다운 신녀는 먹잇감으로 전락당할 것이 분명했다. 끝도 없이 늘어선 적들에게 윤간당하다 죽어가는 것은 떠올리기조차 끔찍했다.
 승리한다고 해도 나리는 죽음을 피할 수 없다는 걸 알았다. 탐욕스러운 무당이 자신을 후계자로 삼을 리 만무했다. 그때는 제 딸이 신녀로 뽑히지 않기 위한 목적으로 재물을 바쳤던 자들의 생각이 바뀔 것이다.
 딸이 무당이 되면 가질 수 있는 영향력과 재물을 놓치지 않기 위해서는 신녀로 선발된 나리를 죽여야만 했다. 신분도 천하고 바람막이도 없는 나리는 자신의 방에서 시체로 발견될 것이 틀림없었다.
 나리는 자신도 모르게 간절히 기원했다.
 죽는 것은 두렵지 않았지만 문태와 맺어지지 못하는 것은 너무나 두려웠다. 어떻게든 사랑을 이룰 수만 있다면 목숨 따위는 아깝지 않았다. 신앙에 대해서 전혀 알지 못하고 의식에 대해서도 몰랐지만, 제발 그렇게 될 수 있게 해달라고 간절하게 기원하고 애걸했다. 어느 사이에 나리의 눈에는 뜨거운 눈물이 흘러내렸다.

전쟁과 장사

7월 23일 오전 9시경, 안시성으로 향하는 보급로

"확실한가?"

선두에서 말을 달리는 고인후의 표정에서는 아직도 의혹이 가시지 않았다.

어제 오후부터 밤까지 내린 비의 씨알은 그리 굵지 않았어도 보급수송을 목적으로 하는 부대를 지체시키기에는 충분했다. 그런데 수송부대가 비를 뚫고, 그것도 밤을 새워 움직인다는 것은 고인후의 상식에 어긋났다.

"저희들을 믿으십시오!"

바로 옆에서 야치들의 우두머리가 단호하게 외쳤다.

날카로운 경계를 펴고 있던 건안성의 야치들이 상당한 규모의 수송부대가 빠른 속도로 이동하는 모습을 발견한 때는 어제 비가 내리기 시작한 직후였다. 그냥 보낼 수도 있었지만, 뭔가 심상치 않다고 판단한 우두머리가 직접 건안성에 보고하자 고인후의 부대가 출격하기에 이르렀다.

"저희들이 아니었다면 놈들을 발견하지 못했을 것처럼, 놈들도 우리가 기습하기 위해 출격했다는 것을 전혀 모르지 않겠습니까?"

건안성의 우두머리가 손가락을 들어 앞을 가리켰다.

"지금 속도로 달리면 머지않아 적의 후미를 따라잡을 수 있을 겁니다!"

정보가 워낙 급박하고 비까지 내린 다음이라 기병에 비해 굼뜬 개마기병은 미처 준비가 갖춰지지 못했다. 이번에도 함께 나가겠다고 펄펄 뛰던 고우찬은 고인후의 기병이 함성을 지르며 달려 나가자 입에 담지 못할 욕설까지 퍼부었다.

다시 공을 세울 절호의 기회를 맞은 고인후의 표정이 펴지지 않았다.

적이 전혀 모르는 상태에서, 게다가 비가 내린 덕택에 빠르게 접근해도 먼지가 나지 않을 만큼 거의 완벽한 기습을 노릴 수 있는데도, 반대의 상황을 맞기라도 한 것처럼 얼굴이 심각하게 굳어졌다.

"왜 그러십니까?"

곁에서 말을 달리던 부장이 걱정스레 말했다.

"별것 아니니까 신경 쓸 것 없다!"

대수롭지 않게 외쳤지만 표정이 그대로였다.

사실 고인후는 출격하고 싶지 않았다. 이제 와서 갑자기 전쟁이 싫어지거나 회의가 든 것은 아니었다. 오히려 요동성을 지키지 못한 것에 대한 분노와 이세민을 향하는 복수심이 더욱 끓었지만, 안시성을 생각하면 전투가 내키지 않았다.

아무래도 양만춘은 뭔가 노리고 있는 것 같았다.

무엇을 어떻게 노리는지 알 수는 없지만, 이번 전쟁에서 승리할 방책이 진행되고 있을 것에는 의문의 여지가 없었다. 상식적으로 생각하면 개인의 두뇌로 가뜩이나 불리한 전세를 일거에 뒤집는다는 것은 보병으로 개마기병을 물리친다는 것만큼이나 허황된 이야기였다.

그러나 만에 하나라도 양만춘의 가슴에서 그런 방책이 조립되고 있다면…, 그래서 안시성을 중심으로 자신과 고우찬은 물론, 건안성까지 포함되는 큰 그림이 채색 단계에 들어서고 있다면 어쩌겠는가?

게다가 건안성주도 '양만춘이 뭔가 큰 그림을 그리는 것 같다'라고 말한 적이 있지 않은가?

산전수전 다 겪은 고인후가 보기에도 건안성주는 결코 만만치 않았다. 그런 인물이 양만춘에게 기대를 건다면 출격을 중단하는 것이 좋았다.

건안성 자체와 외부에서 집결된 부대를 합치면 최소한 6만이 넘었다.

특히 고우찬이 지휘하는 개마기병은 더 이상 말이 필요 없는 최강이 아니던가! 양만춘이 전세를 뒤집을 수 있는 무언가를 진행하고 있다면 개마기병은 물론 졸병 하나라도 아껴야만 했다.

그리하여 때가되면 분노한 화산처럼 일시에 터져야 했지만 현실은 그렇지 않았다.

지금 당장 고인후가 할 일은 건안성의 야치들이 애써 포착한 적의 수송부대를 놓치지 않는 것이었다. 적이 먹을 것 한 됫박을 탈취하면 그만큼 적에게 타격이 되는 반면, 안시성이 반비례 할 것은 너무나 확실했다. 모든 승리는 확실한 것들이 확실하게 축적된 결과일 테니까.

양만춘에게 원대한 계책이 있다고 해도 일단 움직여야 했다.

이세민에게 향하는 보급을 한 됫박이라도 더 많이 통과시켰다가는 그만큼 안시성이 빨리 죽는 결과가 초래될 수밖에 없는 만큼, 단순한 현실의 명제에 충실해야 했다.

같은 시각, 당나라 진지

여느 부대와는 전혀 다른 냄새를 풍기는 부대는 어떤 경우에도 쉬지 않았다.

기본적인 갑주와 무기는커녕 단검 한 자루조차 지니지 않은 데다, 평상복을 말끔하게 차려 입는 부대는 놀랍게도 식사를 비롯한 모든 것이 최고급으로 배정되었다. 게다가 더욱 놀랍게도 토산을 쌓으라는 이세민의 엄명조차 통하지 않았다.

"저놈을 참수하라!"

총지휘관에 해당할 것 같은 나이 지긋한 차림이 냉혹하게 호통쳤다.

사색으로 질려 꿇어앉은 삼십 명 남짓한 말끔한 차림 가운데 누군가가 무사들에게 끌려 나갔다.

잠시 후 처참한 비명과 함께 그의 목이 떨어졌다. 목과 함께 '잘못

된 계산을 짚어내지 못한 죄'라는 죄목이 전시되자 팔백에 달하는 부대 전체가 벌벌 떨었다.

"모두 똑똑히 보라! 가장 먼저 잘못한 것은 일차로 계산을 잘못한 놈이지만, 그것을 확인하여 바로 잡는 임무를 맡은 놈이 잘못한 것은 더욱 나쁘다! 만일 그대로 상주되어 폐하께서 처결하셨다면 군량 천 가마에 대한 비용이 더 지출될 뻔했지 않았느냐? 그에 따른 형벌은 당연히 사형이며 처음 문제를 일으킨 놈은 경고하는 의미에서 곤장 오십 대에 처한다!"

재정을 담당하는 호부(戶部)에서 엄선되어 군량을 비롯한 모든 출납을 담당하는 부대의 기율은 추상같았다.

파견된 총관은 재상과 맞먹는 대우를 받는 데다, 황제의 재가를 받아야 하는 관리들의 처형까지 먼저 시행한 다음 보고해도 될 정도였다.

"그동안 일을 잘하였는데 한 번 실수한 것을 가지고 처형할 것까지는 없지 않았느냐?"

"폐하께서 고구려를 정벌하시기 위해 이렇게 먼 곳까지 친정하시어 밤을 낮 삼아 매진하시온데 어찌 소관들이 소홀할 수 있겠나이까? 게다가 폐하께서 보살피는 백성들이 피와 땀으로 바친 군량을 낭비하는 것은 비록 실수라고 하여도 일벌백계로 다스림이 마땅하옵니다!"

"알겠으니 나가도록 하라."

총관을 내보낸 이세민이 씁쓸하게 웃었다.

앞날이 창창한 젊은 관리가 참수를 당한 것에 비해, 일차로 잘못을 저지른 관리가 비교적 관대한 처벌을 당한 이유를 짐작할 것 같았다.

전자는 실력을 믿고 고분고분하지 않았을 것이고, 후자는 반대일 개연성이 높았다. 일단 위험하다고 판단되면 수단과 방법을 가리지 않고 제거하는 것은 그 바닥도 예외가 아니었다.

총관이 가져온 서류를 재가하던 이세민의 입가에 다시 쓴 웃음이 달렸다.

황제에게 보내진 다음 다시 경로를 밟아 나가는 서류들은 돈에 대한 것이 전부라고 해도 과언이 아니었다. 지금처럼 군량과 포상 등에 대한 직접적인 것부터 시작해서, 말단 관리들을 승진시키는 따위의 시시콜콜한 사안까지 돈이 관련되지 않은 것이 없었다.

그렇게 따지면 황제는 장사꾼과 진배없었다.

장사 가운데 가장 확실한 장사는 바로 전쟁이었다. 군대를 밑천으로 하는 장사와 장병들의 목숨을 판돈으로 거는 도박은 달라야 했지만 대부분의 황제들은 그것을 구분하지 못했다. 적은 밑천을 들여 많은 이득을 취하는 것이 장사의 기본인 것처럼, 아군이든 적군이든 적게 죽이면서 적의 무릎을 꿇게 하는 것이 전쟁의 기본이었다.

전쟁을 통해 장사를 할 줄 모르는 황제들은 무턱대고 많이 죽이려 들었다.

학살과 전쟁을 혼동하고 이득과 강탈을 혼동하는 황제들은 돈을 벌기 어려웠다. 특히 엄청난 밑천을 거저 바치다시피 낭비한 다음에도 장사와 도박을 구분하지 못하던 수나라의 양제는 장사를 접을 수밖에 없었다. 그러나 양제의 패를 그대로 물려받은 이세민은 그렇지 않았다.

지금 진행되는 장사는 이세민으로서도 전력을 기울여야 했다.

호랑이가 토끼를 잡을 때도 최선을 다한다 하였거늘, 호랑이쯤은 우습게 여기는 괴물을 상대로 하는 장사에서야 무슨 말을 더하겠는가. 게다가 지금까지 고구려를 상대로 나섰던 자들은 장사건 도박이건 이득을 취한 자가 없었다.

이득을 취하기는커녕 패가망신하고 목숨까지 잃기 십상인 고구려와의 장사에서 이세민은 놀랍게도 흑자를 기록하는 중이었다. 7만이 되지 않는 정도의 손실로 요동성을 비롯한 여러 성들을 함락시킨 것은 흑자가 분명했다. 요동성 하나만 하더라도 죽고 다친 이득을 보전하고도 몇 배나 남았으니까.

그러나 안시성은 그렇지 않았다.

굳이 장부를 들추지 않아도 안시성을 상대로 하는 장사에서 적자가 누적되고 있다는 것은 쉽게 알 수 있었다. 지금까지 감내한 손실 가운데 8할에 가까운 손실을 당하고 있음에도 함락시키기는커녕, 성문에 흠집조차 내지 못하고 있는 것은 적자 가운데서도 최악의 형태였다.

어지간한 황제 같았으면 뒷목을 잡고 쓰러지고도 남았겠지만 이세민은 흔들리지 않았다. 모든 장사는 결산을 해봐야 손익에 대한 결과를 알 수 있는 만큼, 아직 진행되고 있는 안시성에서의 장사는 적자와 흑자를 판가름할 시기가 아니었다.

이세민이 토산을 쌓도록 명한 것은 충분한 계산에 의한 것이었다.

누군가의 푸념 비슷한 것에 착안한 이세민은 즉시 장사의 형태를 변화시켰다. 전쟁을 통한 장사에서 장사를 통한 전쟁으로 전환한 것은 백 번 잘한 일이었다. 군량을 비롯한 물자를 소모하는 대신 가장 중요한 밑천인 병력을 까먹지 않아 장사로 치자면, 결국 흑자가 되는 셈이었다. 전쟁에서 그만큼 유리해지는 것이다.

여기의 흑자는 안시성의 적자를 강요했다.

하루가 지나면 그만큼 높이 쌓이는 토산에서의 흑자는 안시성을 파산시키는 결정적인 무기로 기능할 것이 틀림없었다. 안시성을 장부에 편입한 다음에는 장사를 통한 전쟁에서 다시 전쟁을 통한 장사로 전환되어야 했다. 안시성을 손에 넣으면 요동은 물론, 고구려 전체를 집어 삼키는 것은 아무것도 아니었다.

결재를 마친 이세민이 비밀스러운 공간으로 들어갔다.

이세민 이외의 누구의 출입도 허용되지 않는 공간에도 장부들이 빽빽했다. 주요한 자들의 이름이 기입된 그 장부들은 앞으로의 삶과 죽음이 결산될 용도였다. 이세적부터 시작해서 1만 이상의 부대를 이끄는 자들은 물론, 장손무기 등등의 수하들이 세운 공과 저지른 실책이 낱낱이 기록되어 있었다.

이세민은 조금 전에 군량에 대한 보고와 결재를 마치고 돌아간 총관의 장부를 꺼냈다.

엄청나다고 할 수밖에 없는 업무를 매끄럽게 처리한 것은 이득으로 기입해야 했지만, 총관도 사람인 이상 실수가 없는 것은 아니었다. 그로 인한 결과는 본인이 책임져야 마땅했다.

같은 시각, 안시성

양만춘의 하루도 이세민과 다르지 않았다.

양만춘에게 가장 중요한 것도 군량의 출납이었다. 안시성의 장병과 백성들은 물론, 인근에서 들어올 군민들을 합쳐 8개월 이상 먹을 수 있도록 준비했기 때문에 부족할 우려는 없었다. 그러나 사용된 분량을 보고받을 때마다 닥닥 긁기라도 하는 것처럼 가슴이 철렁철렁 내려앉았다.

양만춘이 이세민과 결정적으로 다른 것은 황제와 일개 성주라는 점 이외에도 많았다. 요즘 들어 가장 절실하게 느끼는 격차는 군량을 마음대로 받을 수 있다는 것과 그렇지 못하다는 점이었다. 군량 창고에 불이라도 나는 날에는 어떻게 충당할 길이 없는 양만춘과 달리, 보란 듯이 군량과 물자를 보급 받는 이세민은 여유가 흘러넘치는 것 같았다.

물론 이세민의 여유도 한도가 있었다.

양만춘이 의도했던 시기가 되면 이세민의 얼굴에서 여유가 사라질 것이 분명했다. 앞으로 물이 얼고 말을 먹일 풀까지 사라지는 계절이 되면 보급부대의 이동이 불가능할 것이었다. 그때까지 버티면 승리는 양만춘의 것이 되겠지만, 양만춘은 살아서 승리를 만끽할 수 없을 것이 분명했다.

양만춘은 차라리 그게 나을지도 모른다고 생각했다.

만일 토성이 완성되기 전에 이세민이 퇴각한다면, 그래서 양만춘을 비롯한 군민들이 살아남는다고 해도 연개소문과 보장왕을 비롯한 평양의 실력자들이 필요한 것을 보내줄 리 만무했다. 그들이 보낼 수 있는 것은 입에 발린 칭찬밖에 없었다.

아무도 도와주지 않는 상황에서 소모한 군량과 물자를 보충하는 것이 며칠이나 굶은 자가 바위를 지고 가는 것처럼 벅찰 것은 말할 필요조차 없었다. 게다가 양만춘은 안시성에 들어왔다가 자신들의 성으로 돌아갈 군대와 백성들도 오롯이 책임져야 했다.

더욱 기가 막힌 것은 아군에 의한 피해도 만만치 않다는 점이었다.

안시성도 요동의 방어 전략에 의거하여 외부의 군대와 백성을 모조리 끌어들인 다음 적이 이용할 수 없도록 근방의 움막 같은 집과 손바닥만 한 밭은 물론, 옹달샘까지 남김없이 파괴한 상태였다. 그런 것들까지 재건할 생각을 하면 갓난아기부터 노인을 막론하고 한숨이 나지 않을 수 없었다.

어쨌든 복구하고 재건해야만 했다.

재건하기 위해서는 무엇보다도 인력과 물자가 절대적으로 필요했다. 그러나 여기의 처지와 다르지 않을 외부에서 인력과 식량을 구하는 것은 하늘의 별을 따는 것 이상으로 불가능에 가까울 것이다.

불가능할 복구에 내몰린 양만춘과 군민들이 백골처럼 휘청이다 쓰러지면 평양은 새로운 성주를 파견할 것이 분명했다. 그럴 것 같으면 차라리 죽는 것이 나았다. 그런 꼴을 보지 않게 해줄 이세민이 고맙게 느껴질 지경이었다.

"너무 걱정 마십시오, 하늘이 무너져도 솟아날 구멍이 있지 않겠습니까?"

양두일이 빤하게 바라보며 말했다.

"어떻게 솟아날 구멍이 생긴다는 말이냐?"

"아무튼 너무 걱정하시는 것은 좋지 않을 것 같아서 드리는 말씀입니다."

"그게 장군이라는 자가 할 말이냐?"

"…."

"쓸데없는 소리할 시간 있으면 성벽이라도 한 번 더 돌아보고 오너라."

부장과 장수들이 보는 앞에서 타박을 당한 양두일이 머리를 긁적이며 나갔다.

저 새끼가…. 문태가 양두일의 뒤통수를 노려보았다.

아무래도 양두일은 예전 같지 않았다. 문태는 양두일이 속을 감추고 모자란 척한다는 것을 어렵지 않게 꿰뚫었다. 탐욕만 그득하고 함부로 행동하던 양두일의 변신은 이번 전쟁과 무관하지 않을 것이 분명했다. 그것이 양두일의 본래 모습이라면 보통 문제가 아니었다.

문태가 흘긋 토산 방향을 바라보았다.

여러 차례나 패배를 거듭한 이세민이 어떠한 일이 있더라도 안시성을 함락하려는 의도는 더 이상 의심할 수 없었다. 굳이 양두일이 아니더라도 토산이 완성되는 날에는 어떤 사태가 벌어질지 어렵지 않게 짐작할 수 있었다. 양두일이 어떻게든 살아남기 위해 발버둥칠 것 또한.

문태는 양두일을 계속 감시했지만 뚜렷한 혐의점을 발견할 수 없었다. 유력자는 물론, 그들과 가까운 장수들의 행동도 평소와 크게 다르지 않았다.

문제는 역시 사당이었다.

뻔질나게 사당에 드나들고 무당을 만나는 양두일이 무당과 결탁했을 것은 깊이 생각할 필요조차 없었다. 조사할 필요성이 있었지만 양만춘의 명령이 없는 데다, 문태로서도 함부로 움직이기 곤란해 어떤 꿍꿍이가 거래되는지 알아내기 어려웠다.

애들을 보내볼까? 침투조를 편성하는 것이 가장 확실했다.

휘하의 야치들 가운데 침투에 뛰어난 자들로 편성하여 들여보내면 어렵지 않게 결탁의 강도와 실체를 알아낼 수 있으리라. 이럴 때 야치들이 가장 잘할 수 있는 방법을 사용하는 것은 밥 먹을 때 숟가락을 사용하는 것만큼이나 상식적이었다.

그러나 문태는 고개를 저었다. 만에 하나라도 들통 나게 되면 닥칠 낭패를 감당하기 어려웠다. 사당의 무사들도 최강을 자부하는 만큼 꼬리를 잡힐 가능성이 적지 않고, 일전에 자신이 잠입한 이후 더욱 경계가 강화되었을 것이 분명했다. 게다가 그런 일에는 이상하게도 마가 끼기 쉬웠다.

현재 당면한 가장 큰 위협은 무당이 알고 있는 비밀이었다. 아직 양두일까지 공유한 것 같지는 않지만, 머지않아 그렇게 될 가능성이 아주 높았다. 위험을 근본적으로 제거하기 위해서는 무당을 암살하는 것밖에 없었다. 그러나 지금 상황에서 무당이 사라지면 신앙에 의지했던 군민들이 와르르 붕괴할 것은 불을 보듯 뻔했다.

문태도 양만춘이 노리던 것을 잘 알고 있었.

사당이 혁파되고 양두일과 유력자 놈들을 위시한 기생충들은 반드시 제거되어야 했다. 군민들의 절대적 충성과 지지를 받는 양만춘이라면 충분히 가능했지만, 그렇게 하기 전 안시성이 멸망할 판이었다. 아무리 머리를 쥐어짜도 지금의 상황에서 벗어날 수 있는 뾰쪽한 수가 떠오르지 않았다.

같은 시각, 안시성으로 향하는 보급로

 마침내 보급부대를 따라잡은 고인후의 부대가 함성을 지르며 달려들었다.
 예상 밖의 기습을 당한 적들이 당황하나 싶더니 빠르게 응전할 태세에 들어갔다. 호송부대의 일부가 방어대열로 재편하는 사이에 일부가 수레들을 감싸고 내달리기 시작했다. 그것을 바라보던 고인후가 고개를 갸웃거렸다.
 아무래도 보통 보급부대와는 달랐다.
 비가 내리는 것은 물론, 밤에도 행군을 계속한 것은 감시에서 벗어나려는 것과 함께, 가급적 빨리 목적지에 닿으려는 의도였을 것이다. 기습을 당했다면 당황한 나머지 우왕좌왕하다 흩어져 자멸해야 마땅했다. 그런데도 침착하게 방어할 태세를 갖추는 데다, 수레들을 결사적으로 보호하려는 움직임마저 보이지 않는가? 절대 그냥 보낼 수 없는 놈들이 분명했다.
 "쏴라!"
 고인후의 명령이 떨어지자마자 화살이 폭우처럼 쏟아졌다.
 열 가운데 둘 이상이 화살에 맞아 거꾸러지면서도 진로를 비키지 않는 적들에게 경탄마저 나올 지경이었다.
 "후위는 계속 발사하고 전위는 돌파대형으로!"
 창을 가진 기병들이 쐐기처럼 돌파하는 바로 앞에 화살이 쏟아졌다. 절묘한 곡사의 엄호를 받았어도 악착같은 적들로 인해 돌파가 가로막혔다. 개마기병을 대동하지 못한 것이 너무나 아쉬웠지만 이렇게 된 이상 기병들만으로 해결해야 했다.

"제가 선두에 나서겠습니다!"

부장을 비롯한 젊은 장수들이 칼을 휘두르며 뛰쳐나갔다.

그들의 분전과 함께 오백이 넘는 기병을 잃고서야 비로소 돌파할 수 있었다. 기병을 이끌고 수레들을 따라잡던 고인후가 다시 고개를 갸웃거렸다.

이거 뭐하는 놈들인가? 기본적으로 수레가 너무 적었다. 게다가 군량을 비롯한 물자를 운반하는 수레가 말 그대로 수레인 것에 비해, 이번의 수레들은 사람이 타는 것과 다름없었다. 더구나 소가 끌지 않고 네 마리나 되는 말이 사용되는 수레는 여느 수레들과 비교할 수 없이 빨랐다.

"절대 놓치지 마라!"

다시 화살이 집중되자 수레를 호위하던 적들이 픽픽 쓰러졌다.

수레를 호위하는 상태로는 추격을 벗어날 수 없게 되자 적들이 이를 악물고 마주쳐왔다. 고인후의 선두가 적들과 격돌하는 순간 후미의 수레들이 서로 충돌했다. 돌부리에 걸려 높이 튀어 오른 다음 뒤엎어진 수레에서 튀어나온 견고한 궤짝도 충격을 이기지 못했다. 뚜껑이 떨어져나간 궤짝에서 빛나는 것들이 쏟아졌다.

적들과 치고받는 상태에서도 고인후를 비롯한 장병들의 눈이 크게 홉뜨였다.

역시 이놈들은 단순한 수송부대가 아니었다. 적지 않은 비와 야간도 개의치 않고 이동한 것은 이세민에게 보내지는 금은보화를 수송하기 위한 의도였다. 수레들의 정체를 알게 된 이상 더더욱 그냥 둘 수 없었다.

"한 놈도 남기지 말고 때려잡아라!"

"장군님, 저기를 보십시오!"

부장이 다급하게 가리키는 방향에서 꼬물거리는 움직임이 나타났다.

안시성 방면으로 이어지는 보급로의 아득한 끝에서 나타는 것이 아군일 수 없었다. 4만 이상의 강력한 부대로 편성되어 보급로를 순찰하고 경비하는 부대일 가능성이 높았다. 우연히 나타났든 그렇지 않았든 계속 지체하기 어려웠다.

"돌아간다. 더 이상 전과를 확대하지 마라!"

꿈에서조차 세우기 어려운 전과를 바로 눈앞에 두고 돌아가려니 차마 발길이 떨어지지 않았다.

"수레를 그냥 보내면 안 된다!"

그때 느닷없이 야치들이 내달았다.

우두머리는 이미 수레 하나를 뒤엎은 다음이었다. 건안성의 야치들이 사슴을 쫓는 늑대무리처럼 수레를 추격했다. 목표로 삼은 수레를 대열에서 분리시킨 야치들이 마부를 죽이고 말과 수레를 연결하는 줄을 끊기 시작했다.

내부의 적들

7월 24일 오후 7시경, 당나라 진지

토산을 쌓고 내려온 장졸들이 취사부대 앞에 길게 늘어섰다.

저녁 식사를 마친 장졸들 가운데 일부는 막사로 돌아가지 않았다. 음력으로 7월 말, 어둠의 농도가 짙어지는 가운데 비로소 하루가 시작되는 곳도 있었다.

"장안에서도 이름 높은 명주(名酒)가 있습니다!"

"방금 잡은 싱싱한 고기로 만든 구이안주가 최곱니다!"

어느 사이에 돋아난 것처럼 진지 한구석에 자리 잡은 저자는 지금부터 시작이었다. 한참 먹는 젊은 장졸들은 식사를 마친 다음에도 술과 고기를 찾았지만 공짜일 리가 만무했다. 급여나 포상으로 받은 은을 선불로 떼어주지 않으면 아무것도 먹고 마실 수 없었.

가장 인기가 높은 곳에서는 장졸들이 다시 줄을 서서 기다렸다.

포로로 잡은 고구려 여자들 가운데 젊고 인물이 되는 여자들을 강제로 끌고 와 몸을 팔게 하는 곳은 그야말로 돈을 쓸어 담았다. 그런 곳은 물론 저자 전체가 용병들과 결탁하고 있었기 때문에 나름대로 질서가 유지되었다. 자연스레 발아되는 원초적인 생리는 이세민이 어쩔 수 있는 것이 아니었다.

"총관대인께서 오셨습니까?"

입구를 지키던 용병이 얼른 일어나 허리를 굽혔다.

호부에서 파견되어 출납을 책임지는 관리부대를 지휘하는 총관은 실질적으로 저자를 지배했다. 가장 수입이 높은 계집을 파는 상인부터 시작해서, 하다못해 코 묻은 돈을 받고 전병을 파는 장사치들까지 상납하지 않을 수 없었다.

"방금 들어온 계집이 있습니다. 나이도 어리고 야들야들한 것이 총관대인의 구미에 딱 맞을 것입니다."

상인은 웃는 얼굴이 분리될 것처럼 호들갑을 떨었다.

"머지않아 고구려를 멸망시키고 장안으로 돌아가게 되면 찾아오게나. 내가 자네를 잘 보았으니 무엇을 하든 도와줄 걸세."

"장차 호부를 책임지는 상서가 되실 분께서 여부가 있겠습니까? 소인은 그저 상서어른만 믿을 테니…."

"어허, 아직은 상서가 아닐세! 폐하의 귀에 들어가기라도 하면 어쩌려고 그러는가?"

짐짓 거드름을 피우면서 들어가는 총관의 뒤통수에 칼날 같은 눈초리가 틀어박혔다.

계집을 맛보는 비용까지 내지 않는 저놈은 상인이 보기에도 호부상서가 될 수 있는 능력이 충분했지만, 그때가 되면 잘 봐주기는커녕 아는 척도 하지 않을 것이 분명했다. 나중에 지금의 안면을 팔기 위해서는 오직 뇌물을 바치는 것밖에 다른 방법이 없었다.

잠시 후 내부가 술렁이더니 옷을 전혀 입지 못한 여자가 들려 나왔다.

며칠 사이에 수백 명에게 당한 여인은 정신이 완전히 나가버렸다. 겨우 숨을 쉬는 상태인 데다, 하체에서 검붉은 피가 줄줄 흐르는 것이 아무래도 틀린 것 같았다. 계집은 또 사오면 그만이었지만 한창 장사를 시작할 때 이러면 재수가 없기 마련이었다.

"주방으로 가져가!"

용병이 토끼라도 운반하는 것처럼 가볍게 주방으로 들고 갔다.

도끼처럼 두툼한 식도(食刀)에 의해 토막 쳐지고 내장까지 손질된 계집은 빠르게 사라졌다.

저자의 분위기가 무르익을 무렵 급박한 외침이 터졌다.

보급로를 순찰하기 위해 나갔던 부대가 황급하게 돌아왔다. 부대의 가운데 보호된 수레들은 누구의 접근도 허락하지 않았다. 용병 중에 아직 술이 덜 깬 호기심을 이기지 못하고 다가갔다가 참살 당한 다음 누구도 얼씬거리지 못했다.

"총관은 어디 있느냐!"

이세민이 냉혹하게 외쳤다.

장안성에서 요동성으로 이동하고 다시 여기로 향하다가 고구려군의 기습을 당한 부대는 황제 직속의 부대였다. 금은과 비단을 비롯한 보화를 수송하던 직속부대가 거의 전멸 당하다시피 한 것은 기가 막힐 노릇이었지만, 어찌 되었든 피해의 규모가 파악되어야 했다.

한참 재미를 보다가 옷도 제대로 꿰지 못하고 달려온 총관은 죽을 맛이었다.

친위부대가 엄중하게 둘러싼 가운데 궤짝들이 개봉되었다. 수량이 기입된 문서를 탈취당하지 않은 것이 그나마 다행이었다. 총관과 관리들이 사력을 다한 결과 사분의 일 가량이 입고되지 못한 것이 확인되었다.

"폐하, 그래도 잔류한 부대에 의해 수습되고 있다고 하니 피해 규모가 상당히 줄어들 것 같사옵니다. 그리고….."

총관의 보고를 받던 이세민이 흠칫 고개를 들었다.

"하고 싶은 말이라도 있느냐?"

"그러하옵니다. 오늘의 사태에 대해 반드시 폐하께 주청 드리고 싶은 것이 있사옵니다."

이번에는 장손무기와 이세적을 위시한 제장들의 시선이 일제히 쏟아졌다.

"기탄없이 말하라!"

"장안에서 폐하께 보낸 귀중한 군자금이 기습을 당한 것은 지나치게 규율에 구애되었기 때문이옵니다. 오늘처럼 기일을 지키기 위해서 무리하게 움직였다가 기습을 당하는 것이 반복되어서는 절대 안 되옵니다. 차라리 며칠 지체되는 한이 있더라도 요동성을 비롯한 성들에서 부대를 증원받아 안전하게 수송하여 임무를 다하는 것이 바로 폐하께 충성을 다하는 길이 아니겠사옵니까? 그런 즉 이후로는….."

"매우 좋은 의견이로다. 즉시 반영할 테니 총관은 돌아가서 쉬도록 하라. 그리고 짐이 술과 음식을 내릴 테니 관리들과 나누어 먹도록 하라."
"폐하! 황은에 몸 둘 바 없사오나, 소관들의 임무를 완수하기 위해서는 술과 음식을 사양하도록 하겠사오니 부디 허락하시옵소서."
"허허, 총관의 충성이 이토록 높은 줄 미처 몰랐구나! 모든 것을 마치고 장안으로 돌아가면 반드시 포상할 것이니 오늘은 이만 돌아가도록 하라."
"폐하, 황은이 망극하옵니다!"
총관이 개구리처럼 납작 엎드려 통곡했다.
부친상과 모친상을 한꺼번에 당한 것처럼 통곡하는 총관과 벌레 씹은 표정의 제장들을 내보낸 이세민이 피식 웃었다. 출납이나 잘하면 될 놈이 감히 제장들의 앞에서 대놓고 지껄인 이상 앞으로 순탄하지 못할 것이 분명했지만, 살아있을 때까지 부려먹으면 그만이었다.

다음 날 오전 1시경, 안시성

"나는 건안성의 야치를 이끄는 우두머리다. 빨리 밧줄을 내려라!"
누군가의 외침에 수비군이 화들짝 놀랐다.
저 아래 배치된 적들까지 놀라 웅성거렸다. 마침 인근에 있던 을치가 달려와 아래를 살핀 다음 밧줄을 내렸다.
"중요한 정보가 있다! 어서 성주님께…."
"입 닥쳐!"
을치에게 무기를 빼앗기고 단단히 결박당한 다음 눈까지 가려진 우두머리가 안으로 끌려갔다.

"분위기와 목소리를 보아하니 건안성의 야치를 이끄는 놈이 맞는 것 같습니다."

문태가 의아하게 바라보며 말했다.

"그렇다면 포박을 풀어주고 눈도 볼 수 있게 해라."

"안 됩니다! 어떤 짓을 저지를 줄 알고…."

문태는 물론 을치와 구해까지 강하게 반대했지만 양만춘은 개의치 않았다.

"내게 알릴 중요한 정보가 있다고 했다는데 무엇이냐?"

우두머리가 어제 발생했던 사건을 상세하게 말했다.

"고인후 장군님이 철수하려 할 때 저희들은 보화를 수송하는 수레들을 습격하여 박살냈습니다. 그때 수레 가운데 세 대를 탈취한 다음 저희들만 아는 곳에 감추었으니…."

"왜 그런 정보를 알리는 거냐?"

문태가 날카롭게 바라보았다.

"있는 대로 말하면 네게 넘기기 위해서다."

우두머리가 싱긋 웃었다.

"무엇 때문에?"

"예전에 네 구역을 침투했다 들켰을 때 곱게 보내준 은혜도 있고, 네가 어려운 사람들을 돕는다는 소문도 들었지만…."

우두머리가 흘긋 시선을 던졌다.

"무엇보다도 우리들은 요동의 야치가 아니냐? 같은 야치의 입장에서 너에게 뭔가 도움을 주고 싶었다. 그게 안시성으로 온 이유다."

"문태라는 빌어먹을 야치 놈이 죽기 전에 말이냐?"

"그렇다!"
 문태가 어이없이 웃는 가운데 양만춘도 쓰게 웃었다.
 "너희들의 성주님께 보고는 드렸느냐?"
 "돌아가서 보고 드리면 될 것입니다. 물론 저희 성주님도 기뻐하실 것입니다."
 우두머리가 품에 손을 넣어 보화를 감춘 곳이 표시된 가죽조각을 꺼냈다.
 "그럼 이만 돌아가겠습니다."
 문태에게 가죽조각을 넘긴 우두머리가 대답도 기다리지 않고 나갔다. 눈을 가렸다고 해도 방향과 걸음을 기억하는 일은 아무것도 아닐 테지만, 우려된 을치가 따라 나가 안내해주었다.
 모두 나가고 양만춘과 문태만이 남았다.
 "이번 작전은 전적으로 네게 맡긴다."
 양만춘이 조용히 말했다.
 "위험하다고 판단되면 나가지 않으면 그만이다."
 "그렇지 않아도 좀이 쑤셨는데 잘되었습니다."
 문태가 몸을 푸는 시늉을 했다.
 "모든 야치 즉시 집결하라!"

 같은 날 오후 2시경, 이세민의 거처

 어제 도착한 보화들은 그의 위치와 처지를 다시 생각하게 만들었다. 재상 방현령으로 하여금 장안에서 자신을 대리하여 집무하게 하였지만, 기본적인 행정과 예정된 지출에 제한되었을 뿐이었다. 제국을 움직이는 데 필요한 사안은 반드시 여기에서 결정하게 되어 있었다.

제국의 생명줄인 자금의 집행 역시 기본적인 것을 제외하고 여기서 결정되었다.

태자 이치가 있는 어양을 중심으로 하는 전진기지들은 자금과 물자를 양방향으로 받고 보냈다. 예컨대 가장 중요한 전리품인 포로들을 계속 데리고 있는 것은 말도 되지 않았다. 일단 분류된 포로들은 그들을 잡은 자들이 기재된 장부와 함께 전진기기를 경유하고 장안으로 보내져 관리되었다.

이세민에게 필요한 자금의 대부분은 출발할 때부터 지참되었다. 숙식과 무기를 비롯한 모든 것이 제공되는 장병들에게 따로 급여를 지급하는 것은 술과 고기도 사먹고 계집도 품으라는 배려 때문이었다. 그냥 장안의 호부로 서류를 보내어 관리하게 한 다음 나중에 한꺼번에 찾도록 하는 것이 백번 수월했지만, 언제 죽을지 모르는 전쟁터에서 먹고 마시고 즐기는 약간의 재미 정도는 허락되어야 했다.

급여와 함께 공을 세운 장병들에게 포상을 하여 사기를 높여야 하거니와, 상인들에게 지급되어야 할 보화의 규모가 압도적이었다. 이세민은 상인들 없이 전쟁이 가능하리라고 믿지 않는 몇 되지 않는 인물 가운데 하나였다.

양제가 백만을 훨씬 넘는 대군을 이끌었다가 참패한 이유는 아주 단순했다.

장졸들이 먹을 것을 스스로 운반하라고 명령하지 말고 상인들에게 비용을 지불하고 운반을 부탁했어야 했다. 이세민이 지금까지 승리를 거듭할 수 있었던 이유는, 군대에서 만들고 운반할 수 있는 것과 그렇지 못한 것을 철저히 구분했기 때문이라고 해도 과언이 아니었다.

그러나 요동의 보급로를 경유하는 것은 상인들에게 부탁할 성질의 것이 아니었다.

오늘 군자금을 수송하던 부대가 전멸에 가까운 타격을 당하고 사분의 일이나 되는 보화가 피해를 당한 것은 바로 안시성 때문이었다.

이세민이 토산을 쌓으라고 명령한 것은 안시성을 점령하지 않고서는 요동을 손에 넣을 수 없고, 요동을 손에 넣지 않고서는 고구려를 멸망시킬 수 없다는 것을 절감했기 때문이었다. 시일이 지체되는 것은 상인들에게 지급되어야 할 대가도 증가된다는 것을 의미했다.

일단 추가로 지출하여 보낼 것을 명령했지만, 어차피 무사히 받을 수 있으리라고는 기대하지 않았다. 솔직히 사분의 일 정도의 피해는 그리 많다고 할 수도 없었다. 고구려를 멸망시키면 수십 배나 되돌려 받을 수 있는 것을 가지고 우려할 필요는 전혀 없었다.

7월 28일 오후 2시경, 안시성의 사당

"문태님은 왜 오시지 않으셨습니까?"

무당이 구해와 올치의 손에 들린 상자를 힐끔거리며 말했다.

문태가 이끌고 나갔던 야치들이 어마어마한 보화를 가지고 돌아왔다는 소문이 쫙 퍼졌는데도 본인이 없으니 이상할 수밖에 없었다.

"문태는 돌아오던 가운데 다리를 다쳐 치료하는 중이라 참배하지 못했습니다."

양만춘이 가볍게 대답한 다음 예물을 바치라고 명령했다.

"그런데 예물이 너무 약소하지 않습니까?"

가치로 보아서는 지금까지 바쳐진 예물 가운데 가장 크겠지만, 무당은 전혀 흡족하지 않았다.

"이번의 행운도 사당의 영험으로 얻어졌을 만큼 신령들께서 흡족하실 수 있는 정도로 바치는 것이 합당하지 않겠습니까?"

"그렇다면 얼마나 바쳐야 하겠습니까?"

을치가 흘긋 무당을 바라보며 말했다.

"지금 바치신 것은 그냥 가져가시고 나머지를 바치시면 될 것 같습니다."

맡겨둔 것을 내놓으라는 것 같은 무당의 요구에 을치와 구해가 서로를 바라보며 어이없어 했다.

"참배하는 것으로는 충분하지 않습니다. 재물을 바쳐야 계속 영험을 얻을 수 있는 만큼 성의를 다 하셔야 하지 않겠습니까? 그리고 야치님들은 재물이 필요 없을 것이니 흔쾌한 심정으로 사당에 바치도록 하십시오."

"목숨 걸고 나가 보화를 가져온 것은 우리들인데 무엇 때문에 무당님의 뜻을 따라야 합니까?"

구해가 퉁명스럽게 말하자 무당의 안색이 변했다.

"소인이 한 말씀 드려도 되겠습니까?"

다시 을치가 나섰다.

"저희들이 가져온 보화는 사당에 바칠 수 없는 재물입니다."

"어째서죠?"

무당의 눈빛이 표독해지기 시작했다.

"저희 야치들이 인간으로 대우받지 못했기 때문입니다! 인간은커녕 짐승이나 다름없는 살인마들로 여기지 않았습니까? 저희 요동성은 물론 현도성에서도 사당을 출입하지 못했을 것인데, 그런 살인마들이 가져온 것을 신성한 사당에 바친다는 것은 절대 있을 수 없습니다! 그래도 성주님의 당부가 계셔서 성의를 표한 것인데도 전부 바치라는 말씀은 도저히 따르기 어렵습니다!"

"야치들도 재물을 바치면 신령님들의 가호를 받을 수 있다는 말씀을 그리도 이해하지 못하십니까?"

"사당은 부유하지 않습니까?"

다시 구해가 나섰다.

"제가 있었던 현도성에서도 사당이 가장 부유했습니다. 안시성과 요동성도 다르지 않을 것입니다."

"지금 무슨 말씀을 하시는 겁니까!"

"사당이 부유할수록 가난한 백성들이 많았습니다. 아니, 대부분의 백성들이 가난하다고 봐도 틀리지 않을 것입니다."

구해가 흘긋 양만춘을 바라보았다.

"문태가 어려운 사람들을 돕는다고 하니 제게 분배된 몫을 문태에게 주도록 하겠습니다."

"저도 그렇게 하겠습니다."

을치도 싱긋 웃으며 말했다.

"어려운 사람들을 돕는 것이 바로 백성을 돕는 것 아니겠습니까? 저도 문태에게 상금을 맡기도록 하겠습니다."

"감히… 사당과 신령들을 능멸하고도 무사할 것 같습니까?"

무당의 눈길이 표독하다 못해 살기가 뚝뚝 떨어졌다.

"사당에 참배하여 재물까지 바쳤으니 그만 돌아가서 맡은 바 임무에 충실하도록 하라!"

양만춘이 짐짓 호통을 쳤다.

구해와 을치가 낄낄거리며 나간 다음 양만춘이 무당에게 고개를 숙였다.

"할 줄 아는 것이라고는 사람 죽이는 것밖에 없는 야치들이 무슨 예의를 알겠습니까? 저런 놈들과 말씀을 섞어봐야 무당님의 체신만 상할 것이니 너그러이 혜량하십시오."

정중하게 인사하고 나가는 양만춘은 뒤통수가 근질거렸다.

두고 보자 이놈! 무당이 양만춘을 잡아먹을 것처럼 노려보았다.

같은 날 오후 7시경, 사당

"성주가 당최 말이 통하지 않습니다!"

무당은 아직도 분이 풀리지 않은 것 같았다.

문태가 야치들을 이끌고 나가 가져온 보화는 이제까지의 수입과 한참이나 차원이 다를 것이 분명했다. 그러니 탐욕스러운 무당이 열이 받지 않을 수 없었다.

"아무리 알아듣게 말해도 계속 야치들을 감싸고 도는데 무슨 수가 없겠습니까?"

"성주가 말이 통하지 않는 것은 어제 오늘의 일이 아니지 않습니까?"

양두일은 딱하다는 표정을 감추지 않았다.
"어차피 안시성이 무사할 수 없는 이상 성주 노릇도 오래하지 못할 겁니다. 보복은 나중에 충분히 할 수 있을 테니 그때까지는 절대 경거망동하지 마십시오."
"지금 저를 가르치시는 건가요?"
"…."
"그렇지 않아도 열불이 터지는 마당에 도와주지는 못할망정 불난 집에 부채질을 하시면 되겠습니까?"
"아무튼 경거망동하시는 일이 절대 없으셔야 합니다."
명령하듯 당부하며 양두일이 밖으로 나갔다.

같은 시각, 양만춘의 거처

양만춘은 오늘 있었던 사건을 떠올렸다.
모든 야치들을 이끌고 나갔던 문태가 보화를 가지고 돌아오자 군민들이 제 일처럼 기뻐했지만 사당은 그렇지 않았다. 무당은 직접 나와 행운을 승리를 축하하기는커녕 코빼기도 비치지 않았다. 무당이 최소한의 성의라도 보였다면 얼마라도 더 바치도록 타일렀을 것이다.
예나 지금이나 무당은 받을 줄만 알았지 베푸는 법이 없었다. 사당의 창고에 쌓인 재물과 곡식들이 양만춘이 전쟁에 대비하여 비축한 것들보다 많으면 많았지 적지 않을 것이다.
양만춘의 부친이 성주였을 때도 유력자들을 감싸고 돌았던 무당은 어려움에 동참하지 않았다. 백성들을 구휼하기는커녕 이런저런 핑계로 비용을 요구했던 무당은 전쟁이 벌어진 다음에도 달라지지 않았다. 그런 무당이 도사린 사당은 백성들을 위해서라도 그냥 둘 수 없었지만, 이세민을 물리치는 것이 우선이었다.

갑자기 나리가 떠올랐다.

신녀로 꾸민 나리는 형언할 수 없을 정도로 아름다웠다. 이런 시기에 나리를 떠올리는 자체가 심각한 문제였지만 아무리 떠올리지 않으려 해도 가능하지 않았다.

오늘도 한숨을 쉴 수밖에 없었다.

같은 시각, 안시성의 비밀장소

"정말 대단하다! 우리 전부가 아무것도 하지 않고 백 년 넘게 놀고먹어도 될 것 같구나!"

고돌발이 문태를 가리키며 말했다.

"과찬이야. 구해와 을치가 돕지 않았다면 어떻게 보화들을 운반할 수 있었겠나?"

껄껄 웃으며 대답하던 문태가 인상을 찌푸렸다.

돌아오는 길에 다리를 다친 것은 사실이었다. 무거운 보화를 들고 비밀장소를 향해 올라가던 야치 가운데 누군가가 미끄러지는 바람에 하마터면 벼랑으로 떨어질 뻔했었다. 그 야치를 구하기 위해 몸을 날렸다가 삐죽 튀어나온 나뭇가지에 허벅지가 관통당할 지경으로 찔린 상처는 심상치 않았다.

"그래도 사타구니를 찔리지 않은 것은 다행이다!"

고돌발이 짐짓 농을 걸었지만 문태가 쓰게 웃었다.

문태는 물론 구해와 을치까지 처량하게 웃자 고돌발의 가슴이 철렁했다.

"자자, 계속 술이나 마시자고. 돈을 왕창 벌었으니까 술값은 걱정 말고 밤새도록 마셔라!"

문태가 능치자 네 사람이 다시 건배했다.

"어떻게 쓸 것인지 말해줄 수 있나?"

기분 좋게 마시던 을치가 말했다.

"나도 궁금하다고."

구해도 거들었다.

"백성들은 항상 어렵지 않나?"

문태가 훌쩍 들이켰다.

"성주님이 식량을 비롯한 물자를 충분히 준비하셨겠지만 모두가 배불리 먹을 있는 수준은 아니라고. 가능한 한 아껴야 할 상황에서 전쟁으로 인해 아들과 남편을 잃은 부녀자들은 더더욱 생계가 어려울 테지. 게다가 자식까지 딸렸다면 말할 필요조차 없을 테니까. 그런 부녀자들을 우선적으로 도울 생각이다."

"아주 좋은 생각이다. 그런데…."

을치도 잔을 비웠다.

"일단 이겨야 어려운 백성들을 계속 도울 수 있지 않겠나?"

"그렇지, 이세민이 토산을 쌓는 것을 보니 단단히 작정한 것 같은데?"

구해도 을치를 거들었다.

"토산은 외부적인 요인이니까 여기서 왈가왈부할 것은 아니겠지."

문태가 잔을 탁! 내려놓았다.

"배신자만 나타나지 않으면 우리가 이긴다!"

고돌발이 따르는 잔을 받던 문태가 을치에게 섬뜩한 시선을 던졌다.

"왜 그런 눈으로 바라보는 거냐?"

"찔리는 것이라도 있냐?"

"뭐라고!"

주먹을 움켜쥔 을치가 벌떡 일어섰다.

"해보겠다는 거냐?"

문태도 자리를 박차고 일어섰다.

"내가 적지 않은 부상을 당했으니까 너로서는 충분히 해볼 만하겠지."

"이 새끼가!"

을치가 꼬챙이 같은 검을 뽑아들었다.

보이지 않을 정도로 빠른 속도에 구해는 물론 고돌발도 적지 않게 놀랐다.

"너희들 왜 이래!"

"무슨 짓들이냐!"

구해와 고돌발이 뜯어 말렸다.

"문태, 네가 먼저 잘못했으니까 사과해라!"

고돌발이 단호하게 외쳤다.

"내가 취한 모양이다. 사과하겠다."

문태가 손을 내밀자 을치도 받아들였다.

"앞으로는 조심해라!"

"그렇게 하지."

다시 술자리가 이어졌지만 좀 전처럼 활기차지 못했다.

묵묵히 잔을 비우는 전우들을 바라보던 고돌발이 속으로 한숨을 쉬었다. 이세민이 전략을 바꾼 다음부터 야치들까지도 극도로 날카롭게 변했다. 차라리 목숨을 걸고 치고받았을 때가 훨씬 나았다.

계속 이대로 나가다가는 내부에서부터 무너질 것 같았다. 뭔가 돌파구가 있어야 했지만 지금으로서는 기다리는 것밖에 수가 없었다.

"먼저 나갈 테니까 알아서들 마셔라. 특히 문태는 부상을 당했으니까 그만 마시는 것이 좋을 것 같다."

을치가 자리에서 일어섰지만 누구도 말리지 않았다.

을치는 자신들이 배정받은 위치로 향하지 않았다. 으슥한 골목으로 들어가서는 털썩 주저앉았다. 다시 요동성의 최후가 떠올랐다. 성주의 분노한 외침과 처참하게 죽어가는 장병들의 단말마가 귀에 쟁쟁했다.

어느 틈에 뽑아 든 검이 덜덜 떨렸다.

자신의 것이 아닌 것처럼 떨리는 손에 잡힌 검이 목으로 향했다. 한동안이나 치열하게 번민하던 을치의 손에서 검이 떨어졌다. 덫에 치인 짐승처럼 고통스런 울부짖음이 스산하게 퍼졌다.

고통스런 만남

7월 29일 오후 7시경, 사당

"어서 들어오너라. 오늘도 고생이 많았겠구나."
무당이 살갑게 웃으며 나리를 맞았다.
"시장하겠구나. 일단 씻어야지."
무당이 직접 차림을 떼어주고 옷을 갈아 입혔다.
"특별히 맛있는 것들을 준비하였으니 많이 먹도록 하거라."
굳이 말하지 않아도 처음 보는 산해진미가 그득했다.
입맛이 당기지 않았지만 무당이 계속 권유하는 바람에 나리는 어쩔 수 없이 조금씩만 입에 대었다.
"내가 너를 자식처럼 여기고 있다는 것은 잘 알고 있을 줄 안다. 그렇지 않느냐?"
"늘 감사하게 여기고 있습니다."

"네게 부탁할 것이 있는데 그리 어렵지 않은 것이다."
"…."
"문태가 많은 보화를 가지고 있다는데 네가 문태에게 말하여 사당에 바치도록 해라. 네가 하는 말이면 문태도 따를 것이니 사당과 안시성을 위해 귀하게 쓰도록 하겠다."
"할 수 없을 것 같습니다."
"왜?"
"문태님은 어려운 사람들을 돕고 있다고 알고 있습니다."
"그래서?"
"그럴 용도로 사용할 재물을 사당에 바치면 어려운 사람들을 돕지 못할…."
미처 말을 마치기도 전에 얼굴이 휙 돌아갔다.
"천한 것을 이때까지 먹여 살려줬는데도 은혜를 몰라!"
나리의 뺨을 모질게 때린 무당이 머리채를 거머쥐었다.
"오늘 네년에게 본때를 보일 것이다!"
거머쥔 머리채를 휘두르려는 순간 무사가 달려왔다.
"무엇이냐!"
"문태라는 놈이 뵙고자 합니다."
"살인마들을 이끄는 우두머리가 나를 찾아왔다고 하였느냐?"
"그렇습니다."

같은 시각, 이세민의 거처

"어떻게 진행되고 있느냐?"
이세민이 묵직하게 말했다.
"지금 상태로는 9월 말이나 되어야 완성될 것 같사옵니다."
부복애가 대답했다.
부복애는 직급이 높지 않아도 이런 일에 적격이었다. 인재를 적재적소에 배치하는 이세민은 부복애를 발탁하여 책임을 맡겼다. 부복애는 기대에 어긋나지 않았지만 이세민은 더욱 빠른 결과를 원했다.
"안 돼! 적어도 9월 초에는 완성되어야 할 것이다!"
"폐하, 그렇게 되려면 인원이 더 필요하옵니다."
"얼마나 더 필요한 것이냐?"
"현재 인원이 38만이온데, 적어도 50만은 되어야…."
"계속 보충되고 있으니 반드시 9월 초에는 완성하도록 하라! 만일 그렇지 못하면…."
이세민이 무서운 눈으로 노려보자 부복애가 벌벌 떨었다.
"너무 두려워 마라! 9월 초까지 완성한다면 큰 상을 내릴 것이니 최선을 다하도록 하라!"
이세민이 천막 밖으로 나갔다.
봉곳하게 쌓이기 시작한 토산이 빨리 만삭으로 부풀어야 했다. 그날이 되면 유일무이한 역사가 고고성을 터뜨리며 출산될 것이었다.

같은 시각, 사당

"바쁘신 분께서 어쩐 일로 저를 찾으셨나요?"

무당이 웃으며 맞았지만 문태는 은근히 소름이 끼쳤다.

"소인이 어려운 사람들을 돕고 있다는 것을 모르시지 않을 줄 압니다."

"그런데요?"

"그들에게는 먹을 양식이 가장 필요하기 때문에…."

"그런 일이라면 성주님께 말씀드리셔야지요."

무당이 피식 웃었다.

"신령님들을 섬기는 사당에 무슨 양식이 있겠습니까?"

"공짜로 달라는 것이 아닙니다. 값을 치를 테니 여유가 있는 분량을 내주시면 안 되겠습니까?"

"진즉에 그렇게 말씀을 하셨어야지요."

무당의 얼굴에 걸린 웃음의 농도가 짙어졌다.

"어려운 백성들을 돕는 것도 사당의 의무 가운데 하나인 만큼 성심을 다해 도와드리겠습니다."

"가격은 얼마나 드리면 되겠습니까?"

"좋은 일을 하시는데 어찌 많이 받을 수 있겠습니까?"

무당이 터무니없는 액수를 요구했다.

욕설이 목구멍을 치받았지만 어차피 예상했던 일이었다. 무당이 유력자들과 이득을 나누는 광경이 눈에 선했지만 참을 수밖에 없었다.

"대금은 내일 치르도록 하겠습니다."

"이런 일이라면 얼마든지 방문하십시오. 사당을 지켜야 하기 때문에 멀리 나가지는 못하겠습니다."
"무당님의 배려에 진심으로 감사드립니다. 그리고…."
"필요하신 것이 있으면 무엇이든 말하십시오."
"나리를 만나게 해주십시오."
"지금 나리라고 하셨습니까?"
무당의 눈이 길게 찢어졌다. 잠시 생각하던 무당이 만남을 허락했다.
"노파심에서 말씀드리지만 절대 다른 짓을 해서는 안 됩니다!"
잠시 후 문태는 나리가 있는 방으로 안내되었다.
나리의 얼굴과 흐트러진 머리칼을 바라보던 문태가 주먹을 움켜쥐었다. 당장이라도 칼을 뽑을 것 같은 문태를 나리가 막았다.
"이러시면 안 돼요!"
"비켜!"
"제발 참으세요! 참으셔야 해요!"
나리가 문태의 가슴에 얼굴을 묻었다. 문태가 어깨를 들먹이며 흐느끼는 나리를 으스러지도록 껴안았다.

7월 30일 오후 8시경, 사당

"경거망동하지 말라고 분명히 말씀드리지 않았습니까!"
양두일이 날카롭게 말했다.
"어제 문태가 참았기에 망정이지 만일 칼을 뽑았다면 어떻게 되었겠습니까? 사당이 피바다로 변하고도 남았을 겁니다!"

"…."

"어차피 안시성이 무너지게 되어 있는 만큼 기다리면 될 것을, 그 사이를 참지 못해서 다 된 밥에 코를 빠뜨리려 하다니! 제가 그토록 당부를 했는데도 나리에게 손찌검을 일삼으시고…. 무당님은 대체 정신이 있는 분이십니까?"

"…."

"앞으로는 제가 알아서 움직일 테니 무당님은 따르기만 하십시오!"

나가려던 양두일이 무당에게 뭐라고 속삭였다.

같은 시각, 비밀장소

문태가 허벅지를 감싼 헝겊을 풀었다.

보화를 가지고 돌아오다 부상당한 부위에 통통하게 살이 오른 구더기들이 기어 다녔다. 썩은 살과 고름은 더 이상 보이지 않았다. 필요 없게 된 구더기들을 털어낸 문태가 독한 술을 부었다.

문태가 상처를 씻고 남은 술을 벌컥벌컥 들이켰다.

어느 틈에 술이 비어버렸다. 느닷없이 문태의 칼이 번득였다. 술병을 정확히 절반으로 갈라버린 문태가 거칠게 숨을 몰아쉬었다. 안시성을 떠날 생각은 꿈에서조차 해본 적이 없었다. 끝까지 안시성과 함께할 자신이 충만했다.

이렇게 된 이상 한바탕 싸우고 싶었다.

지금이라도 야치들을 이끌고 나가 야습을 가하고 싶은 생각이 굴

뚝같았다. 어차피 이래 죽으나 저래 죽으나 마찬가지였다. 양만춘의 허락을 받을 것도 없이 안시성을 뛰쳐나가 마음껏 싸우다 죽고 싶었다. 그것을 본 안시성에서도 투지가 끓어오를 테지.

그러나 이번에도 나리가 발목을 잡았다.

안시성을 함락시킨 적들이 나리를 그냥 둘 리 만무했다. 나리가 짐승 같은 적들에게 윤간당하다가 죽게 만들 수는 없었다. 마지막 순간까지 나리를 지키다가 고통스럽지 않게 보내주기 위해서는 그때까지 살아있어야 했다.

문태가 품속에 손을 넣어 반짝이는 것을 꺼냈다.

보화 가운데 가장 작은 그것은 문태가 유일하게 빼돌린 것이었다. 나리에게 전해주고 싶었지만 차마 용기가 나지 않았다.

무엇 때문에 이런 고통을 겪어야 한다는 말인가?

이렇게 될 줄 알았으면 나리를 만나지 않았어야 했다고 후회했지만, 문태의 후회도 때를 놓친 다음에 찾아오는 것은 마찬가지였다.

드러나는 적들

7월 31일 오후 3시경, 안시성 내부

"그만!"
양두일이 크게 외쳤다.
가마니를 벌리던 노인이 울상이 되었다.
"너무 적습니다요. 마누라와 며느리에다 손주가 둘인데 이렇게 적은 배급으로는…."
"뭐가 적다는 게냐! 지금 형편을 모르느냐?"
"그래도 이전에 받던 것의 절반밖에 되지 않는 것을 가지고 어떻게 다섯 식구가 보름을 먹고 살겠습니까?"
"아껴 먹으면 되지 않느냐. 다음!"
"장군님! 제발…."
"썩 돌아가지 못할까! 계속 떠들면 배급을 방해한 죄를 물어 참형으로 다스리겠다!"

양두일은 배급을 타기 위한 백성들을 사정없이 몰아세웠다. 배급을 양두일이 제멋대로 진행하고 있다는 보고가 양만춘의 귀에 들어가기에는 긴 시간도 필요하지 않았다.

"이게 무슨 짓이냐!"

보고를 받고 달려온 양만춘이 호통을 쳤다.

"성을 지키고 부대를 살펴야 할 장군이라는 자가 배급에 나서다니, 대체 뭐하는 짓이냐!"

"성주님께서 하나부터 열까지 직접 챙겨야 한다고 말씀하시지 않았습니까? 그리하여 가장 힘든 실무에 나선 것입니다!"

양두일이 지지 않고 외쳤다.

"이리 오라!"

양만춘이 겁에 질린 부녀자를 불렀다.

"네가 타갈 몫은 어떻게 되느냐?"

"얼마 전에 지아비가 전사한 다음 시부모를 봉양하고 자식 셋을 기르고 있습니다. 산 사람은 살아야 하겠기에 배급을 타라 왔다가…"

"가마니를 열어보라!"

부녀자가 시키는 대로 연 가마니를 들여다 본 양만춘이 한숨을 쉬었다.

"이것으로 여섯 식구가 어떻게 보름을 연명하겠느냐!"

"지금은 전쟁 중이기 때문에 아껴야 하지 않겠습니까? 절약하는 차원에서 그리 했을 뿐입니다!"

"당장 이놈을 묶어라!"

양두일을 포박한 양만춘이 그를 앞세워 집으로 향했다.
양두일의 저택에 도착해 수하를 시켜 창고를 열어젖히자 진풍경이 펼쳐졌다.
"창고에서 곡식이 썩어나고 있을 지경인데 어디서 난 것이냐!"
"제가 본래 청렴하고 근검하여 아끼고 모은 결과입니다! 그런 것도 죄가 됩니까?"
"닥쳐!"
양만춘이 장검을 뽑았다.
"네놈의 아비 때부터 사당과 결탁했다는 것을 모를 줄 아느냐!"
새파란 장검이 목을 겨누어도 양두일은 이상하리만치 태연했다.
그 모습에 더욱 부아가 돋은 양만춘이 양두일의 따귀를 때렸다. 대번에 코피가 터진 양두일이 비릿하게 웃었다.
"제게 혐의가 있으면 정당하게 체포하여 조사하실 것이지, 이렇게 장군을 구타하면 안 되는 것 아닙니까?"
"생각 같아서는 당장 벨 것이로되 죄상이 밝혀질 때까지 하옥하겠다!"
거처로 돌아가던 양만춘은 하마터면 말에서 떨어질 뻔했다.
전투가 중단된 다음부터 오히려 피로가 더욱 쌓였다. 이세민이 토산을 쌓기 시작할 무렵에는 전투를 치르지 않을 수 있는 것에 안도했지만, 안도는 오래가지 않았다.
토산을 바라볼 때마다 감옥에 갇힌 것 같았다.
이세민이 끝장을 내기 전까지는 돌아가지 않을 것이 분명한 이상, 사형을 선고받은 죄수가 처형당할 날짜를 기다리는 것처럼 고통스러웠다. 양만춘이 이럴진대 장병들은 오죽하겠는가?

요즘에는 제대로 돌아가는 게 거의 없었다.
 양두일이 어이없는 짓을 벌였던 것도 삐걱거리는 증거 가운데 하나였다. 계속되는 전투의 공백으로 인해 해이해진 안시성은 예전의 방어력을 발휘하기 어려웠다. 거처로 돌아가는 양만춘의 발걸음은 납덩이를 매단 것처럼 무거웠다.

8월 2일 오후 2시경, 비사성 인근

 80척 가량의 당나라 선단이 결사적으로 달렸다.
 30척 정도의 고구려 수군이 불화살을 발사하며 맹렬히 추격했다.
 이미 10척 이상을 잃은 당나라 선단은 대항할 엄두조차 내지 못했다. 매에게 쫓기는 꿩들처럼 오직 앞을 향해 달아나는 선단이 차례로 따라잡혔다.
 다시 10척 가량이 불덩이가 된 다음에야 비사성이 눈앞에 나타났다.
 비사성에 접근하자 고구려 수군도 더 이상 추격하지 않았다.
 비사성 근처의 포구에 정박하고 있던 당나라 수군이 적을 요격하기 위해 출격했다.
 백 척이 넘는 적이 다가와도 고구려 수군은 두려워하지 않았다.
 오히려 수적으로 훨씬 많은 당나라 수군이 두려운 기색을 드러냈다.
 당나라 수군이 미적거리며 다가오자 여기까지라는 듯 고구려 수군이 천천히 방향을 돌렸다.
 "속히 내려라!"
 "서두르지 못할까!"

겨우 포구에 닿은 선단에서 민간 차림들이 쏟아져 나왔다.

토산을 쌓기 위할 목적으로 전국에서 징집된 민간인들이 비틀거리며 움직이기 시작했다.

고구려 수군에게 공격당해 넋이 빠진 그들은 쉬지도 못했다.

포구에 내리자마자 비사성으로 들어가는 대신 안시성으로 향해야 했다. 그런 행렬들이 꼬리에 꼬리를 물었다.

같은 시각, 건안성 부근의 평야

고인후와 고우찬은 어이없다는 눈길로 전방을 바라보았다.

적의 보급을 차단하고 탈취하기 위해 출격한 휘하의 장병들과 개마기병들도 납득되지 않는 표정으로 안시성 방향으로 향하는 적의 대열을 주시했다.

2만이 넘어 보이는 호송부대는 만만치 않았지만, 그들이 호송하는 것은 군량과 사람이었다. 끌려온 자들의 차림은 가지각색이었다. 상당 부분을 차지하는 일반 백성 틈틈이 승려는 물론 죄수들까지 포함되었다.

"건안성의 야치들에 의하면 이세민이가 토산을 쌓으라고 했다던데, 전부 그쪽으로 투입되는 모양입니다."

"호송부대들이 돌아가는 기미가 없는 것으로 보아 그들까지 투입되는 것 같구나."

대체 얼마나 많은 인원이 투입되는지 짐작조차 하기 어려웠다.

확실한 점은 이세민이 반드시 끝장을 볼 것과 안시성이 함락당하면 건안성도 무사하지 못할 것이라는 점이었다.

같은 시각, 당나라 진지

토산이 무럭무럭 자랐다.
주변에서 파낸 흙의 분량만큼 괴물이 몸을 불렸다. 약간 봉긋하던 상태에서 벗어난 토산이 본격적으로 성장하기 시작했다.
거대한 인원은 먹는 것도 거대했다. 취사를 담당하는 부대는 하루 종일 밥을 짓고 반찬을 만들어야 했다. 한 끼 식사에 필요한 물과 장작도 엄청났다.
밥과 함께 고기도 먹어야 했다.
고기를 대는 것도 보통 일이 아니었다. 도살장에서 흘러내린 핏물 때문에 주변이 붉은 늪으로 변했다.
일하는 자들은 무엇엔가 홀린 것 같았다.
그들은 살기 위해 밥을 짓는 연기와 죽어가는 가축들이 지르는 비명이 뒤섞인 곳에서 자루를 옮기고 먹고 다시 옮기고 먹었다.
여기에서는 누구나 평등해졌다.
용맹한 무사였거나 강제로 끌려온 백성이었거나, 단순하게 반복되는 노동에 평등하게 버무려졌다. 천재적 발상과 단순한 노력이 배합되고 다져진 결과물이 안시성을 향해 다가갔다.
"앞으로는 짐의 식사도 장병들과 동일하게 준비하라!"
이세민이 단호하게 말했다.
"폐하, 보급이 부족하지 않은데 어찌 그런 명령을 하시옵니까? 듣기조차 민망하오니 거두어주시옵소서!"
 장손무기가 말했지만 이세민은 물러나지 않았다.
 "본국에서 보내는 것과 점령한 성들에서 획득한 것들로 인해 충분한 듯하지만 먹어야 할 인원이 너무 많도다! 비록 토산을 쌓기 위할 목적이지만 오십만이나 되는 인원을 먹여야 하는 데다, 보급이 차단당할 우려가 적지 않은 만큼 짐부터 모범을 보이려는 것이니 오늘부터 당장 시행하라!"
 "폐하! 황공하옵나이다!"
 "그리고 일한 만큼 먹도록 하라! 설인귀처럼 몇 사람 몫을 하는 자는 얼마든지 원하는 대로 먹을 수 있도록 하라!"
 지시를 내린 이세민은 다시 생각에 잠겼다.
 지금까지 보급에 무리가 없었던 것은 연개소문 덕택이라고 해도 과언이 아니었다. 고연수와 고혜진을 배신한 고정의가 안시성을 구원하지 않고 돌아간 것이 컸다. 버림받았다는 배신감은 그들을 적극적으로 움직이지 못하게 만들었다.
 유일하게 적극적으로 움직이는 건안성은 이세민이 마지막 공격을 퍼붓는 안시성과 인접한 데다, 양만춘과 교류가 있는 것이 분명했지만 우려할 정도는 아니었다.
 문제는 신성이었다.
 잊을 만하면 보급을 차단하고 있는 신성이 곧 본격적으로 움직일 것은 의심의 여지가 없었다. 그렇게 되면 전황이 달라질 개연성이 높았다. 건안성이 찝찝이는 상태에서 신성까지 행동에 나서면 지금처럼 보급이 유지되기 어려웠다. 신성이 움직이는 것까지 감안했을 때 보급은 최대한 한 달을 약간 넘기는 정도에 지나지 않았다.

그 전에 안시성을 함락시키는 것밖에 다른 방법이 없었다.
물론 이세민은 자신감이 충분했다. 안시성이 함락되면 요동을 손에 넣을 수 있다! 요동을 영유한 다음에는 평양을 함락할 수 있다! 자라나는 토산을 바라보는 이세민은 스무 살 청년처럼 끓어오르는 흥분을 주체하지 못했다.

같은 시각, 안시성의 변두리

마침내 필생의 작품이 완성되었다.
활줄을 건 노인의 얼굴에 나이답지 않은 맑은 땀이 배어났다. 끝과 끝을 연결하는 줄이 걸리지 않은 활은 아무짝에도 쓸모없었다. 활의 내부에서 응축된 탄력을 화살에 전달하여 빠르게 발사될 수 있게 하는 활줄이 걸려야 활은 비로소 무기로서 기능할 수 있었다.
노인이 경건하게 활을 잡았다.
화살을 먹이지 않은 상태로 활줄을 잡아 당겼다. 노인의 힘으로는 절반도 당길 수 없었다. 약간 당기다가 놓는 것을 반복했다. 당겼다 놓기를 열 번이나 넘게 반복하던 노인의 얼굴에 설핏 균열이 발생했다.
아! 노인이 낮게 부르짖었다.
활줄을 당겼다 놓을 때마다 활을 쥐는 부분의 내부에 송아지 털보다 미세한 비틀림이 느껴진 탓이었다.
노인은 그토록 공들여 만든 활을 집어던졌다. 한 달이 넘도록 자신의 모든 것을 투입한 활은 기가 막히게도 실패작에 지나지 않았다.

지금의 상태로도 기능에는 전혀 문제가 없었다. 오히려 어지간한 고수가 만든 활보다 훨씬 나았고 적을 죽이기에 전혀 부족하지 않았다. 연개소문에게 바쳐도 크게 기뻐하며 상금을 내릴 것이 분명했다.
그러나 노인이 원하는 것은 상금 따위가 아니었다.
그가 원하는 것은 이전에는 물론 이후에도 나타나지 않을 오직 하나밖에 없는 활이었다. 인간으로 치면 황제보다 높게 군림할 수 있는 활이었다.
한동안 굳어 있던 노인이 움직이기 시작했다.
평생 동안 추구했던 최고의 활을 만들기 위해서는 다시 시작하는 것 외에 다른 방도가 없었다.
노인이 모든 것을 처음으로 되돌렸다. 자신의 내부에서 마지막으로 길어 올린 기력을 활 모양으로 굽은 등과 나무뿌리처럼 굳어진 손가락에 불어 넣었다.
더 이상 실패를 반복할 수 없었다. 실패했던 활은 물론 그것을 만들다가 남은 모든 재료들을 깨끗이 치워버렸다. 새로운 재료를 준비하고 도구를 갈아내는 노인은 마지막 승부에 임하는 무사처럼 의지를 불태웠다.

같은 날 오후 7시경, 양만춘의 거처

"여기는 어인 일이십니까?"
양만춘이 의아한 표정으로 무당을 맞이했다.
"성주님께서 잘 계시는지 걱정이 되어 방문하였습니다."

무당이 잔잔하게 웃으며 말했다. 사당에서 거의 나오지 않는 무당이 성주의 처소를 방문하는 것은 지극히 이례적이었다.

"일단 앉으시지요."

"식사는 하였으니 수고하실 필요는 없습니다."

"안시성을 책임지는 성주로서 전쟁을 맞고 있는 만큼 시간을 충분히 할애하지 못한다는 점을 양해하셨으면 합니다."

"저도 그렇습니다. 사당을 책임지는 무당으로서 가급적 빨리 돌아가야 하니까요."

무당이 흘긋 양만춘을 바라보았다.

"다름이 아니라 양두일 장군 때문에 여기까지 오게 되었습니다."

"양두일은 더 이상 장군이 아닙니다. 죄수의 신분으로 하옥되었으니 만나보시려면 감옥으로 가보셔야 할 것입니다."

"저는 양 장군의 무고함을 말씀드리기 위해 온 것입니다."

이번에는 양만춘이 무당에게 날선 시선을 던졌다.

"양두일 장군의 부친 때부터 저희 사당과 결탁하였다고 말씀하신 것 같은데, 확실한 증거를 가지고 있으신가요?"

"평양에서 멀리 떨어져 성주가 세습되는 성에서는 성주가 모든 것을 판단하고 결정한다는 것쯤은 잘 아시리라 믿습니다."

"물론 잘 알고 있습니다."

"부하들이 죄를 저지르면 성주가 처벌하는 것은 지극히 당연하며 양두일도 예외가 될 수 없지 않겠습니까? 그런 일을 가지고 무당께서 방문하시는 것은…."

"사당과 관련이 되었기 때문에 찾아뵌 것입니다. 양두일 장군의 부친 때부터 사당과 결탁했다고 말하셨으니 무당인 제가 가만히 있을 수는 없지 않겠습니까?"

"…."

"다시 질문 드리겠습니다. 저희 사당과 양두일 장군의 집안이 결탁하고 있다는 증거를 가지고 계십니까?"

"백성들에게 먹일 배급을 착복하고 사사로이 이득을 취한 것을 제 눈으로 직접 목격하였으니 그것 이상 확실한 증거가 어디 있겠습니까!"

"그것이 사당과 결탁했다는 증거가 될 수는 없지 않겠습니까!"

"돌아가십시오. 지금은 전쟁 중입니다!"

양만춘의 눈이 이글거리기 시작했다.

"지금은 성주님의 명령에 따르도록 하지요."

무당이 서서히 몸을 일으켰다.

"그만한 일로 장군을 체포하다니, 가당키나 한 일입니까?"

"지금 그만한 일이라고 하셨습니까?"

"그렇지 않으면요."

무당의 눈에서 차가운 것이 일렁였다.

"그만한 일로 성주님께서 유사시에 대리할 수 있는 장군을 체포하시면 안시성의 안전에 부정적인 영향이 초래될 수 있으며, 작게는 사촌형제의 우의가 끊어질 수 있으니 다시 한 번 생각해보시는 게 좋을 거라는 얘깁니다."

"앞으로는 사당에서 나오지 않으시는 것이 좋겠군요. 무당님의 안전이 걱정되어 드리는 말씀이니 부디 유념하십시오."

"그럼 가보겠습니다. 배웅은 필요 없겠네요."

무당이 슬쩍 웃으며 나갔다.

늙은 여우가 캥캥 짖으면서 걸어 나가는 것 같았다. 저런 것 따위에게 막대한 보화를 주고 식량과 바꾼 문태를 생각하면 그저 한숨만 나왔다.

베어버리고 싶은 것을 겨우 참은 양만춘의 팔이 아직도 경련했다. 이세민의 무기가 위압적인 공포를 키우는 상황에서 무당 같은 부류는 털고 가는 것이 마땅했다. 그러나 아직은 신앙과 유력자들을 이용해야 했기 때문에 인내할 뿐이었다.

죽음은 두렵지 않았다. 지금까지의 움직임으로 추정하면 토산이 완성되기 위해서는 적어도 한 달 정도가 더 필요했다. 그때까지 이세민을 붙들어두는 것이 관건이었다. 일단 추워지기 시작하면 걷잡을 수 없는 만큼 어떻게 해서든 9월이 될 때까지 무너지지 말아야 했다.

혼인을 하지 않은 것이 그나마 다행스러웠다. 자신도 인간인 이상 아내와 자식이 걱정되지 않을 수 없을 것이다. 그로 인해 중요한 순간에 망설이는 추태를 보이고 장병들을 위험으로 몰아넣느니 혼자 살다 가는 것이 백번 나았다.

죽음은 두렵지 않았지만 외로움은 익숙해지지 않았다. 성주가 된 다음부터 지금까지 나날이 숙성된 외로움은 양만춘을 더욱 궁지로 몰았다. 특히 이세민에 의해 안시성이 사형수를 가두는 감옥으로 바뀐 다음부터 양만춘은 외로움으로 인해 질식할 것 같았다.

어느 순간 나리가 스며들었다. 양만춘은 더 이상 나리를 떼어내려 애쓰지 않았다. 이렇게 외로울 때 불현듯 떠오르는 나리가 너무나 반가웠다. 하루하루 절망이 연장되는 양만춘에게 나리는 유일한 피난처였다.

다가서는 죽음

8월 4일 오후 10시경, 안시성

개마기병의 무리가 집결하기 시작했다.

안시성에서 자체적으로 양성한 3백기 정도에 다른 성에서 합류한 개마기병까지 합치면 5백기에 이르렀다. 연개소문이 보낸 개마기병에 비할 바 아니지만, 하나의 성에서 보유한 규모로는 대단했다.

개마기병이 집결하자 백성들이 불안하게 웅성거렸다.

최강의 집단이 집결하는 목적은 하나밖에 없지 않은가. 아비와 아들과 남편을 잃게 된 가족들이 비통하게 울부짖었다.

"아무래도 성주님께서 나가보셔야 할 것 같습니다!"

부장의 보고를 받은 양만춘이 나갔을 때는 이미 전투대형으로 집결을 마친 다음이었다.

"성주님을 뵈옵니다!"

개마기병의 지휘관이 양만춘을 향해 우렁차게 외쳤다.
"왜 너희들 위치에 있지 않고 여기로 왔느냐?"
"싸우게 해주십시오!"
지휘관의 외침은 맹수가 포효하는 것 같았다.
"개마기병은 고구려에서 가장 강한 무사들이 아닙니까. 그런 자들이 성에 들어 앉아 밥만 축내고 있으니 부끄러워 견딜 수 없습니다! 지금이라도 나가 싸우게 해주십시오!"
"나가 싸우면 어떻게 될 것 같으냐?"
양만춘이 성 아래를 가리켰다.
토산 쌓기에 전력을 기울이는 이세민이 안시성을 경계하기 위해 떼어낸 부대가 똑똑히 보였다.
"아무리 천하무적이라도 불과 5백을 가지고 저놈들을 이길 것 같으냐! 쓸데없는 소리 그만하고 당장 네 위치로 돌아가라!"
"어차피 살고 싶은 생각은 없습니다!"
지휘관이 이글거리는 눈으로 양만춘을 바라보았다.
"저희는 고구려의 무사입니다. 고구려의 개마기병이 성에 들어 앉아 하릴없이 버티느니 명예롭게 죽는 것이 백번 낫습니다. 저희들은 그렇게 결심하였으니 속히 출격명령을 내리…."
"못난 놈들 같으니!"
양만춘이 차갑게 바라보았다.
"아무런 가치도 없는 개죽음과 가장 명예로운 전사도 구분하지 못하는 놈들이 어찌 고구려 최강을 자부한다는 말이냐! 절대 허락하지 못한다!"
"성주님!"

지휘관이 패검을 뽑았다.

뜨거운 무사의 욕구와 싸늘한 죽음의 한기가 난해하게 뒤얽혔다.

"저희들은 이미 죽음을 각오하였으니 무사의 명예를 지킬 수 있게 해주십시오!"

"어리석은 놈!"

양만춘이 독수리 같은 눈으로 개마기병들을 둘러보았다.

"내가 허락하지 않는 것은 하나라도 더 살리고 싶기 때문이다. 전쟁이 벌어진 이상 죽음을 피할 수 없는 것은 사실이지만, 나는 성주로서 하나의 졸병과 하나의 백성이라도 더 살리고 싶다! 그것이 성주 된 자의 의무이거늘, 승산은커녕 전멸밖에 얻을 것이 없는 출격을 허락할 것 같으냐!"

"…."

"그리고 너희들도 누군가의 아들이고 지아비이며 아비가 아니더냐?"

양만춘이 울부짖는 가족들을 가리켰다.

"왜 무의미한 죽음을 택하여 가족들의 가슴을 아프게 하려는 것이냐! 다시 말하지만 절대 허락할 수 없다!"

"…."

"앞으로 마음껏 싸울 기회가 반드시 있을 것이다. 너희들은 그때 나의 명령에 따르면 될 것이다!"

"약속해주십시오!"

"성주로서 분명히 약속한다! 그러나 함부로 근무지를 이탈하고 성주의 앞에서 패검을 뽑은 죄는 묻지 않을 수 없다!"

양만춘이 그 자리에서 지휘관을 파면하고 차석의 장교를 지휘관으로 임명했다.

　돌아가는 개마기병들의 뒤를 따르는 가족들이 눈물을 흘리며 기뻐했지만 양만춘의 심정은 그렇지 않았다.

　위험했군, 양만춘이 깊은 호흡을 삼켰다.

　최강의 개마기병들이 항명에 가까운 태도를 보인 것은 그냥 넘길 사안이 아니었다. 언뜻 우발적인 것 같았지만 그만큼 불안하다는 반증으로 보아야 했다. 강하게 훈련되고 엄격하게 조련된 개마기병들이 저럴진대 일반 장병들은 어떻겠는가?

　지금 개마기병들을 누르지 못했다면 위험이 걷잡을 수 없이 번져 어떤 사태로 이어질지 몰랐다. 명령과 지휘에서 이탈한 개마기병들이 성문을 열고 뛰쳐나가는 순간 모든 것이 끝장이었다. 그동안 겨우 봉합했던 틈바구니가 벌어지면 살고 싶은 나머지 반란을 일으키거나 성문을 여는 자들까지 나타날 테니까.

　양만춘이 새삼스럽게 토산을 바라보았다.

　이제는 토산이 생명을 가진 것처럼 보이기 시작했다. 날마다 자라나는 괴물이 안시성을 홀리는 것 같았다. 저 괴물이 미처 완성되기도 전에 스스로 무너질 수는 없었다. 이세민을 충분히 붙들어두기 전까지는 어떻게든 버텨야 했다. 그것을 가능하게 만들어줄 무기는 오직 신앙이 유일했다. 마지막 순간이 닥치기 직전까지 무당을 살려둘 수밖에 없었다.

같은 날 오후 7시경, 이세민의 거처

"진전이 어떠하냐?"

이세민이 웃으며 말했다.

"앞으로 한 달 정도면 폐하께서 원하시는 결과가 도출될 것이옵니다."

부복애가 조심스럽게 대답했다.

수십만이나 되는 인력이 투입된 토산은 하루가 다르게 성장했다. 이미 안시성의 절반 높이까지 올라온 토산이 원하는 크기에 도달하는 시기가 멀지 않은 것 같았다.

"부족한 것이 있으면 말해보라."

"인력과 보급을 위시한 모든 것에 아무런 문제가 없사옵니다. 다만…."

"다만 무엇이냐?"

"시간을 마음대로 가져다 쓸 수 없사오니…."

부복애가 대답하자 실소가 터졌다.

중신들과 장군들은 물론 이세민도 한동안 낄낄 웃을 정도였다.

"한 달 후면 안시성을 내려다볼 수 있다!"

낄낄 웃던 이세민의 얼굴이 기괴한 표정으로 굳어졌다. 안시성을 함락시켜 요동을 완전히 손에 넣은 다음 평양으로 진격하겠다는 전략은 폐기된 지 오래였지만, 안시성을 함락한다는 계획은 반드시 이행되어야 했다. 안시성의 함락은 요동이 고구려에서 분리되는 것을 의미했다.

안시성을 함락시킨 다음 건안성을 손에 넣는 것은 식은 죽 먹기였다. 다급해진 연개소문이 진짜 구원할 목적으로 병력을 파견하겠지만, 그때의 요동은 더 이상 고구려의 영역이 아니었다.

병력의 규모도 이전과는 한참 다를 것이 분명했다.

곳곳의 성에 포진한 당군과 10만 이상이 되지 못할 구원군의 승부는 뻔했다. 게다가 입장이 완전히 뒤바뀔 것이었다. 안전한 성에서 먹고 자는 당군과 혹한의 광야에서 천막을 치고 지내야 할 구원군의 승부는 길게 생각할 필요조차 없었다.

아주 고맙게 되겠군. 이세민이 싸늘하게 웃었다.

평양으로 향하는 징검다리는 물론, 고구려의 숨통을 찌르는 비수의 용도까지 겸해주는 안시성을 머지않아 손에 넣을 수 있었다. 그때가 되면 성 안의 사람을 모조리 죽이겠다는 약속을 확실하게 이행해줄 계획이었다. 안시성에서 넘쳐날 피와 비명은 고구려가 멸망하는 소리와 다르지 않았다.

같은 날 오후 9시경, 평양

"수군의 활약이 대단한 모양입니다!"

늘 신중하던 고정의의 표정이 모처럼 활짝 펴졌다.

"아암, 그래야지요."

연개소문도 기분 좋게 잔을 들이켰다.

그가 생각하는 큰 그림 가운데 하나가 완성되기 시작했다.

육군은 몰라도 수군이 압도적으로 강한 만큼, 바다로 진출하려는 적의 의도를 충분히 봉쇄할 수 있었다. 적의 수군이 압록강과 인근에 진출하지 못하는 상태에서 요동이 어느 정도 방어해주면 최종적인 승리가 가능할 것으로 보였다.

그런데 연개소문도 전혀 예상하지 못하는 변수가 발생했다.

거의 기대하지 않았던 안시성의 양만춘이 한 달이나 넘게 버텼다. 보장왕에게 안시성이 그 정도는 버티리라 말했지만 어디까지나 바람일 뿐이었다.

믿기 어려울 정도로 잘 싸우는 양만춘은 이세민으로 하여금 토산까지 쌓게 하는 바람에 적을 모조리 요동에 묶어두기까지 했다. 앞으로 한 달 뒤에는 그토록 바라던 추위가 체감될 것이기 때문에 연개소문의 큰 그림은 빠르게 완성될 수 있었다.

"아주 잘 싸우고 있지만 결국은 패배하게 될 것입니다."

"그렇겠지요. 이세민이 작정하고 덤비는 이상…."

연개소문이 말끝을 흐렸다.

"아무튼 양만춘이 시간을 벌어준 것은 사실인 만큼 헛되이 낭비해서는 안 될 것입니다."

고정의가 연개소문의 잔을 채웠다.

"이세민이 안시성을 함락시킨다고 해도 계속 버티지는 못할 것은 분명하지 않겠습니까?"

"그렇습니다. 9월이 되면 추워지기 시작하는 판에 어찌 요동에서 겨울을 날 수 있겠습니까? 게다가 계속 장안을 비워둘 수도 없으니 9월에는 돌아가겠지요."

연개소문이 천천히 잔을 비웠다.

연개소문이 구상한 전략은 이세민이 돌아가는 것을 전제로 했다. 이세민이 돌아간 다음 점령한 성에 틀어박힌 적을 차례로 공략하여 요동 전체를 탈환하는 것이 연개소문의 의도였다.
"대막리지께서는 어디부터 공격할 생각이십니까?"
"아무래도 안시성부터 탈환해야 하지 않겠습니까?"
"그렇다면 이세민이 쌓은 토산을 우리가 사용해야 하겠습니다 그려."
"이를 말이겠습니까? 그때는 이세민에게 크게 감사해야 할 것 같습니다."
두 사람이 누구 먼저랄 것도 없이 크게 웃었다.
"그런데 만일에 말입니다."
고정의가 힐긋 연개소문을 바라보았다.
"이세민이 그때까지 돌아가지 않으면 어쩌지요?"
안시성을 함락시킨 이세민이 건안성까지 손에 넣으려 하는 것은 지극히 당연했다. 그런데 평양에서 파견할 구원군마저 격파할 의도라면 어쩌겠는가?
게다가 의도를 관철한 이세민이 돌아가면서 곳곳에 남긴 적들이 겨울을 나는 것도 보통 일이 아니었다. 요동의 적들이 봄을 맞아 본토에서 보낸 병력과 보급을 보충하고 다시 진격에 나서는 것은 상상조차 하기 두려웠다.
"이번에는 제가 직접 구원군을 이끌고 나갈 것입니다. 게다가 요동은 아군에게 이롭고 적에게 불리한 지역인 데다 계절까지 우리에게 유리하니 걱정하지 마십시오."
연개소문이 대수롭지 않게 말했다.
그러나 고정의는 걱정하지 않을 수 없었다. 연개소문까지 패배하는 날에는 바로 멸망이었다.

같은 시각, 안시성의 사당

나리가 집요하게 기원했다. 어떻게 해야 하는지 알 수 없어도 기원하고 또 기원하기를 무수하게 반복해나갔다.
"재수 없는 짓거리 그만하라니까!"
만만치 않은 하루를 마치고 돌아온 여관이 빽 소리 질렀다.
그러나 나리는 아무것도 들리지 않는 것처럼 기원을 계속했다. 여관들 가운데 성깔이 만만치 않아 뵈는 여관이 성큼 다가왔다.
"천한 시녀에 지나지 않은 계집을 신녀로 꾸며주니까 눈에 뵈는 것이 없구나!"
"…."
"좋게 말할 때 당장 집어치우고 잠이나 자!"
여관이 싸늘하게 외쳐도 나리는 변함이 없었다.
격분한 여관이 나리의 머리채를 잡아 일으켜 세운 다음 뺨을 때렸다. 얼굴이 휙 돌아갈 정도로 맞은 나리가 서서히 고개를 돌렸다. 나리의 뺨을 때린 여관이 다시 손을 올리려다 흠칫 놀랐다. 여관을 향해 쏟아지는 눈빛은 나리의 그것이 아니었다.
숯불처럼 새파랗게 타오르는 눈빛에 찬바람을 삼키던 여관이 이를 악물었다. 지금 물러서면 안 된다는 것을 본능적으로 절감한 여관이 모질게 마음먹고 손을 올렸다.
"그만!"
어느 틈에 나타난 무당이 크게 외쳤다.
"아무리 꼴 보기 싫더라도 얼굴을 때리면 어떡하느냐?"
무당이 나리의 얼굴을 쓰다듬었다.

"경위야 어쨌든 신녀의 차림으로 수레에 태워지는 만큼 절대 얼굴을 때리면 안 된다! 알겠느냐?"

"아, 알겠사옵니다."

"그리고 누가 나리를 좋아하는지 생각해보아라."

문태에 생각이 닿은 여관이 사색으로 질렸다.

"이제 그만하도록 해라. 네가 계속 이러면 문태가 걱정할 것이다."

그제야 나리가 기원을 멈췄다. 비틀거리며 걷는 나리의 모습은 소름마저 끼쳤다.

거처로 돌아가는 나리를 바라보던 무당이 비릿하게 웃었다. 무당에게 나리는 보물과 같았다. 재물을 바치는 백성들 가운데는 나리의 미모에 혹한 자들이 적지 않은 데다, 문태와 거래한 다음부터 나리의 가치는 헤아릴 수 없었다. 무당과 결탁한 유력자들도 수입이 증대되는 것에 크게 기뻐하며 만족했다.

게다가 나리는 문태를 통제할 수 있는 수단이기도 했다. 양만춘도 두려워하지 않는 문태라고 해도 나리를 붙잡고 있는 이상 함부로 행동하기 어려울 테니까. 그런 나리에게 더 이상 상처가 생기면 곤란했다.

"잘 씻기고 잘 먹이도록 해라."

"언제까지 말입니까?"

좀 전의 여관이 따지듯 말했다.

"전쟁이 끝날 때까지는 너희들이 고생을 해야겠지."

"전쟁은 언제 끝나는 것입니까?"

"때가 되면 알게 될 것이다."

무당은 '자신이 원하는 때'를 다시 한 번 생각했다. 이세민이 토산을 쌓기 시작한 다음부터 생성된 '그때'가 빠르게 다가오고 있었다.

떠날 수 없는 자들

8월 5일 오후 2시경, 안시성

문루에 오른 양만춘이 사방을 둘러보았다.
 가을걷이에 들어갈 시기였지만 누르고 풍성한 들판은 존재하지 않았다. 적이 이용하지 못하도록 깨끗하게 정리한 들판에는 죽음이 그득했다.
 수확의 계절 특유의 여유로움도 보이지 않았다.
 사내들이 부지런히 수확하는 옆에서 아낙들이 밥과 참을 나르는 광경도 사라졌다. 메뚜기처럼 날치며 깔깔대는 아이들의 웃음소리도 사라진 들판에는 썩어가는 시체들만 질척였다.
 가장 신난 것은 쥐와 파리와 까마귀였다.
 처절한 전투가 벌어졌던 안시성의 전면은 먹을 것이 곳곳에 널린 잔칫상과 같았다. 쥐가 파먹고 까마귀들이 쪼아대고 구더기들이 걸

쭉한 살점을 빨아들이면 시체는 빠르게 백골이 되었다.
 밤이 되면 백골들이 빛을 뿜었다.
 오래도록 비가 내리지 않아 바짝 건조된 백골들에서 시퍼런 인광이 흐드러졌다. 눅눅한 여름의 한밤에는 인광이 반딧불처럼 휘돌았고 죽은 자들의 신음이 나직하게 깔렸다.
 양만춘이 다시 앞을 바라보았다.
 저 앞에서 하루가 다르게 몸피를 불리는 괴물은 죽어간 자들의 모든 것을 삼키는 것 같았다. 설마 이세민이 저렇게까지 나오리라는 것을 꿈에서조차 예상하지 못했던 양만춘에게 토산은 느닷없이 나타난 신기루처럼 현실적이지 않았다.
 어느 순간 토산이 스스로 움직일 것 같았다.
 토산의 가운데가 움푹 꺼져 형성된 아가리가 입을 쫙 벌리고 달려들어 안시성을 물어뜯는 악몽이 악몽으로 그칠 것 같지 않았다.
 토산을 노려보던 양만춘이 문루 아래로 내려갔다.
 훨씬 현실적인 그곳은 간단한 덧셈과 뺄셈으로 이루어진 공간의 조합이었다. 누군가가 전사하면 직책과 그동안의 성과를 대입하여 손실된 전투력이 결정되었다. 또한 그가 살아있었으면 소모될 모든 것들이 산출되어야 했다. 곡식부터 된장은 물론, 소금에 이르기까지 아껴지는 분량은 덧셈의 영역이었다.
 그렇게 접근하면 전쟁은 어렵지 않았다.
 덧셈과 뺄셈을 거듭하는 과정에서 변수를 대입하고 약분하여 추출된 결과는 승리가 아니면 패배였다. 승리는 생존에 가깝고 패배는 죽음에 근접했다.
 비기는 전쟁은 존재하지 않았다. 계속 더하고 빼고 나누고 대입하다 보면 승리와 패배의 값이 얻어졌다. 넓게 보면 안시성도 조건의 하나에 지나지 않았다. 조건의 중심에 양만춘이 존재했고, 이세민은 조건 자체라고 할 수 있었다. 두 사람의 덧셈과 뺄셈을 나누다 보면 승패가 생성되었다.

가장 중요한 조건은 눈으로 볼 수 없었다. 양만춘과 이세민은 시간을 놓고 싸운다고 해도 과언이 아니었다. 나의 시간을 아끼고 상대방의 시간을 소모하는 자가 바로 승리자였다. 그런 것을 아예 모르거나 알려 하지 않는 자들에게 전쟁은 잔혹의 외피를 두른 죽음의 단면일 뿐이었다.

병력과 무기와 식량과 장비를 결산한 양만춘이 생소한 곳으로 들어섰다.

감옥은 안시성에서 거의 사용할 필요가 없는 몇 안 되는 장소 가운데 하나였다. 며칠 지나지도 않는 사이에 몰라볼 정도로 수척해진 양두일이 양만춘을 바라보았다.

"석방하러 오셨습니까?"

"나와라."

"제가 사당과 결탁한 증거를 찾지 못하신 거로군요."

양두일이 이죽거렸다.

양두일이 사당과 결탁한 증거는 철철 넘쳤다. 그것의 일부만으로도 얼마든지 처형할 수 있었지만, 사당과 견고하게 결탁했다는 자체가 처형을 어렵게 만들었다.

"부당하게 모은 재산은 전부 압수하였으니 그리 알거라!"

"…"

"직책도 압수하였다!"

양만춘이 매서운 시선을 던졌다.

"너는 장군직에서 파면함은 물론 앞으로도 등용되지 않을 것이다. 생각 같아서는 베어버리고 싶지만 사촌인 것을 감안하며 살려두는 것이니 조용히 살아가도록 해라. 만일 다시 백성들을 괴롭히는 날에는…"

양만춘의 손이 칼자루를 움켰다.

양두일이 약간 움찔했지만 더 이상 두려워하지 않았다.

"편하게 쉴 수 있게 배려하신 성주님께 진심으로 감사드립니다."

양두일이 노골적으로 냉소를 지으며 밖으로 향했다.

어이없이 바라보던 양만춘도 밖으로 나갔다. 방금 전에 양두일이 보인 태도는 너무나 생소했다. 늘 딱하게 여겼던 그동안의 양두일이 아니었다. 미욱한 놈이 전쟁의 압박에 견디지 못한 나머지 정신이 이상해진 것 아닌가?

그러나 그런 것도 아니었다. 언뜻 양두일이 지금까지 본 모습을 감추었던 것 같은 생각이 들었다. 만일 그렇다면 사당 안에서의 양두일과 밖에서의 양두일은 전혀 다른 인물일 가능성이 높았다. 게다가 이미 안시성의 운명이 결정되지 않았던가. 이런 시기에 양두일이 본색을 드러내는 것은 그냥 넘길 일이 아니었다.

하긴 그렇지 않다면 이상하겠지. 양만춘이 피식 웃었다.

양만춘을 따르는 대부분의 군민들은 끝까지 운명을 함께하겠지만, 그렇지 않은 자들도 드물지 않게 존재했다. 사당과 유력자들처럼 가진 것이 많은 자들은 양만춘을 따르려 하지 않았다. 아비 때부터 그들과 결탁한 양두일이 본색을 드러내지 않는다면 오히려 그게 이상할 노릇이었다.

세상에 죽고 싶은 자가 어디 있겠는가?

　장병과 백성들을 명예로운 전사에 동참시키기 위해서는 맹신과 광신이 절대적으로 필요했다. 군민들을 강력한 신앙으로 통제했던 무당의 효용가치는 지금부터 절대적이었다. 어차피 안시성이 함락당하면 적들에 의해 죽어나갈 것이니 굳이 들쑤실 필요는 없었다.

　같은 날 오후 4시경, 안시성의 대로

　나리를 태운 수레가 천천히 움직였다.
　화석처럼 미동도 하지 않고 앉아 있는 나리는 바라보는 것만으로도 심장이 멎을 것 같았다. 일반적인 아름다움을 한참이나 초월한 나리를 전설의 신녀가 강림한 것으로 믿어 의심치 않았다.
　식사와 용변을 위해 잠깐씩 수레를 가려도 먹거나 배설하는 것으로 여겨지지 않았다. 잠시의 공백마저도 나리를 더욱 아름답게 만들어주었다.
　인간의 딸로 여겨지지 않는 나리는 남녀를 가리지 않는 숭배를 받았다. 처음에는 호기심으로 찾아왔던 백성들은 헤어나지 못했다. 바쳐지는 숭배의 두께가 급격히 두꺼워지는 가운데 나리가 더욱 빛을 발했다.
　안시성에서 가장 선망되는 직업은 사당의 무사였다.
　나리를 호위하는 무사들은 전생에 엄청난 공덕을 쌓은 것이 분명하다고 소문이 자자했다. 돌아가면서 호위하는 무사들의 경쟁도 치열했다. 자신의 차례를 양보하는 대가로 적지 않은 재물이 오가기

도 했으며, 양보 받은 차례를 다시 팔아먹는 무사까지 등장할 정도
였다.
　나리는 언젠가부터 말을 하지 않았지만 그것이 아름다움을 더욱
빛나게 했다. 호위하는 무사는 그만두고 나리를 태운 수레를 끄는
황소라도 되어 봤으면 한이 없겠다는 푸념이 줄을 이을 지경이었다.
　갑자기 하늘이 번득이며 갈라졌다.
　번개의 여운이 사라지기도 전에 굉음이 덮쳤다. 이제껏 나타나지
않았던 거대한 우레가 안시성을 뒤흔들었다. 수레를 따르던 백성들
이 비명을 지르며 흩어졌다.
　무사들마저 어쩔 줄 모르고 우왕좌왕하는 가운데 나리가 수레에
서 내렸다. 앞이 보이지 않을 정도의 폭우가 순식간에 나리를 삼켰
다. 알몸이 드러난 나리가 하늘을 향해 미친 듯 웃었다.

　같은 날 오후 10시경, 안시성의 비밀장소

　"소문이 짜하던데?"
　을치가 훌쩍 잔을 삼켰다.
　"뭐가 말이냐?"
　"너하고 신녀가 그렇고 그런 사이라는 것 말이다."
　을치가 잔을 건네자 문태가 쓰게 웃었다.
　"처음부터 여관은 아니었다던데?"
　이번에는 구해가 끼어들었다.
　"시녀로 들어왔다가 사당을 나가려 했는데 무당이 강제로 여관으

로 만든 다음 수레에 태웠다던데, 맞나?"
 고돌발까지 끼어들자 문태는 말없이 술을 들이켰다.
 "그렇다면 걱정할 것 없는 것 아니냐?"
 을치가 싱긋 웃으며 말했다.
 "전쟁이 끝난 다음 성주님에게 청원을 드려보라고."
 "그렇지, 공을 왕창 세운 다음 임무에서 해제해 달라고 청원하면 관례상 받아들일 수밖에 없을 테고. 신녀도 처음에는 시녀에 지나지 않았으니까 원하는 것을 얻을 수 있을 거다."
 구해도 같은 의견을 말했다.
 "공을 세우지 못하면?"
 문태가 말하자 고돌발이 피식 웃었다.
 "남은 심각한데 왜 웃고 지랄이냐!"
 "차라리 그 편이 좋을 것 같지 않나?"
 "무슨 개소리냐?"
 "전쟁에 패배하면 나리라는 시녀와 함께 안시성을 떠나면 그만이겠지. 저번에 얻은 보화도 많이 남았을 테니까 아는 사람이 없는 곳으로 떠나면…."
 "재수 없는 소리 집어치우고 술이나 마셔!"
 "만일 그런 상황이 벌어지면 죽는 한이 있더라도 도울 테니까 부탁만 해라. 어차피 나는 이기든 지든 죽은 목숨이니까."
 "자꾸 술맛 떨어지는 소리 뱉을래!"
 문태가 벌컥 화를 냈다.
 솔직히 그런 생각이 들지 않는 것은 아니었지만 그러기 위해 살아남을 생각은 추호도 없었다.

아무래도 안시성은 함락당할 것 같았다.

아니, 함락당할 수밖에 없었다. 이세민이 토산을 쌓는다는 것은 어떻게든 안시성을 함락하고야 말겠다는 의지의 표현이었다. 안시성의 운명은 도살장으로 끌려가는 황소처럼 결정적이었다.

함락당한 안시성을 향해 적들이 미친 개떼처럼 쏟아져 들어오는 것은 결코 남의 일이 아니었다. 그때는 짐승 같은 적들이 나리를 더럽히기 전에 깨끗하게 죽을 수 있도록 도와주고 목숨을 끊으려는 각오가 더욱 새로워졌다.

용기와 충성

8월 7일 오전 8시경, 신성

신성의 내부가 숨 가쁘게 돌아갔다.
첫 침공을 당한 이후 거센 공격을 막아낸 신성은 건안성과 함께 요동의 희망이었다. 천하무적 요동성은 물론, 현도성과 개모성과 비사성이 함락당하고 백암성마저 항복했을 때도 신성은 꿋꿋이 버텨냈다.
이세민이 주력을 안시성으로 돌린 직후 신성은 공세로 전환했다.
안시성 방면으로 내려가는 당군의 보급을 차단하고 배후를 괴롭히던 신성이 마침내 칼을 뽑았다.
"나가자!"
성주가 직접 선두에 나섰다.
신성의 용사들이 아우성치며 성문을 박차고 나갔다.

같은 날 오후 1시경, 토산

어제 쏟아진 느닷없는 폭우는 불길한 여운을 남겼다. 아득한 과거에 대지의 피부에서 돌출되고 곳곳에 돋아난 수풀로 더욱 견고해진 구릉과 반대로 생성된 토산의 피부는 무르고 푸석거렸다.

가물 때는 먼지 때문에 앞이 보이지 않고 숨도 쉬기 어려웠던 토산에 폭우가 쏟아지자 문제가 더 심각해졌다. 중간 중간에 나무와 나뭇가지를 깔아도 미끄러지는 것을 막을 수 없었다. 토산에 오르내리기조차 어려웠지만 이세민의 독촉은 그치지 않았다.

어쨌든 먹어야 뭐든 할 수 있었다.

취사부대 앞에 길게 늘어진 행렬에서 시비가 벌어졌다.

"이봐! 여기는 요동도행군의 몫이니까 너희 몫이 올 때까지 기다려라!"

이세적 휘하의 장교가 호통 쳤다.

"우리 몫이 오면 돌려줄 테니까 일단 함께 먹도록 하자!"

장손무기 휘하의 장교가 짜증스럽게 외쳤다.

각 부대 별로 준비되는 취사가 일정하게 시간을 맞추는 것도 아니거니와, 차질이 발생하기 일쑤였다. 하기야 수십만에 달하는 병력을 먹이는 데 차질이 발생하지 않는다면 오히려 이상할 일이었다.

"안 된다면 안 되는 줄 알아! 할당량을 채우기 위해서는 먹는 시간도 아껴야 할 판이다!"

"똑같은 입장인데 빡빡하게 굴지 말고 전우애를 발휘해라!"

"할당량을 채우지 못해서 처벌당하면 너희들이 책임질 거냐? 헛소리 집어치우고 저리 비켜!"

장교들이 날카롭게 대립했다.

따지고 보면 어렵지 않게 해결할 수 있는 일이었지만 경쟁의식이 가로막았다. 이세적의 부하들은 가장 중심적인 요동도행군이라는 자부심이 강한 반면, 장손무기의 부하들은 이세민의 최측근 부대라는 우월감이 넘쳤다.

그렇지 않아도 서로를 강하게 의식하는 상황에서 계속된 단순반복 노동으로 황폐해진 자들의 충돌은 언제 일어나도 이상할 게 없었다.

"재수 없는 새끼들!"

"거지보다 못한 놈들!"

욕설이 난무하던 가운데 누가 먼저랄 것도 없이 돌멩이가 날아갔다.

돌멩이에 맞아 머리가 터지고 이빨이 깨진 다음에는 삽과 괭이가 뒤를 이었다. 이세적과 장손무기 부대의 충돌은 그것으로 끝나지 않았다. 주변에 있던 다른 부대들은 물론, 강제로 끌려온 백성들과 죄수들까지 충돌에 휩쓸리자 눈사태처럼 걷잡을 수 없어졌다.

"성주님! 바로 지금입니다!"

문태가 크게 외쳤다.

"개마기병 준비하라!"

양만춘의 외침에 오직 이 순간을 기다렸던 개마기병이 출격태세에 돌입했다.

"성주님! 저희들도 싸우게 해주십시오!"

60명 정도 되는 이질적인 집단이 한목소리로 외쳤다.

요동성과 현도성처럼 집단으로 들어오지 못하고 뜨문뜨문 들어
왔던 다른 성의 야치들이 싸울 기회를 달라고 외쳤다.

"저희들은 그동안 아무런 공도 세우지 못하고 밥만 축냈습니다!
이번 기회에 공을 세우고 함락당한 성의 복수를 할 수 있도록 허락
해주십시오!"

"좋다! 한 가지만 약속해라."

양만춘이 개마기병과 야치들을 강렬하게 바라보았다.

"너희들은 공을 세우기 위해 나가는 것이지 죽기 위해 나가는 것
은 아니다. 충분히 공을 세웠다고 판단되면 즉시 귀환하도록 해라!
그렇지 않으면 절대 허락할 수 없다. 알겠느냐!"

"알겠습니다!"

한목소리로 외친 개마기병과 야치들이 성문을 향해 달렸다.

공을 세울 욕구를 숨기지 않는 그들에게 죽음의 두려움은 찾아볼
수 없었다.

"성문을 열어라!"

"성문을 열어라!"

전쟁이 발발하기 전부터 굳건히 닫혔던 성문이 끄르륵끄르륵 열
리기 시작했다.

"야치들은 가운데로 들어와라. 목표에 도달할 때까지 절대 먼저
나서지 마라!"

신임 지휘관이 격노한 호랑이처럼 부르짖었다.

"고구려를 위해! 안시성을 위해!"

"고구려를 위해! 안시성을 위해!"

함께 부르짖은 개마기병이 속도를 내기 시작하자 땅거죽이 뒤흔

들렸다.

 야치들도 쟁쟁하게 외치며 달려 나가는 뒤에서 장병들과 백성들이 눈물을 쏟으며 함성을 질렀다.

 그들을 바라보던 양만춘의 눈동자가 흔들렸다.

 양만춘은 공을 세우는 즉시 돌아올 것을 명령했지만 이행하기 어려운 명령이었다. 개마기병이 싸우게 해줄 것을 항명에 가깝게 요구했을 때 허락하지 않은 것은 전부 돌아오지 않을 것을 우려했기 때문이 아니었던가! 그들이 죽음을 향해 달려 나가는 것을 바라볼 수밖에 없는 양만춘은 가슴이 찢어지는 것 같았다.

 "성주님의 책임이 아닙니다."

 고돌발이 차분하게 말했다.

 "오히려 무사로서 가장 가치 있게 죽을 수 있는 기회를 주셨으니 저들도 기뻐할 것입니다."

 안시성 전면에 포진한 부대가 혼란에 빠졌다.

 토산에 있던 아군들이 서로 싸우고 죽이는 상황에서 계속 위치를 지킬 것인지, 일단 퇴각하여 혼란을 수습할 것인지 판단이 서지 않았다.

 생각 같아서는 즉시 토산으로 향해야 했지만 이세민의 명령이 없는 이상 그럴 수도 없었다. 장군부터 졸병까지 우왕좌왕하는 사이에 더욱 예기치 못한 상황이 닥쳤다.

 "서, 성문이 열리고 있습니다!"

 "뭐라고?"

활짝 열린 안시성의 성문에서 괴물의 무리가 튀어나왔다.

개마기병들이 나오자마자 내리막의 탄력을 받았다. 그렇지 않아도 뒤흔들리던 적들은 무서운 가속도로 내달리는 개마기병의 강습에 산산이 박살났다.

"돌격! 돌격하라!"

신임 지휘관이 목이 터져라 외쳤다.

쐐기처럼 파고드는 개마기병의 가운데로 엄중한 보호를 받으며 말을 달리던 야치들이 품에서 작은 주머니 같은 것을 꺼내 들었다. 순식간에 전면에 포진한 부대를 돌파한 개마기병의 앞에 다음의 먹이가 나타났다.

다시 돌파하는 과정에서 개마기병들도 피해가 발생하기 시작했다.

"나에게 맡기고 돌아가라!"

전임의 지휘관이 소리 높여 외쳤다.

그를 따르는 나이든 개마기병들이 이를 악물고 나섰다.

"그럴 수 없다는 걸 아시지 않습니까?"

신임 지휘관이 기가 막힌 듯 웃으며 고개를 저었다.

그를 바라보는 전임 지휘관도 쓰게 웃으며 으스러지도록 창을 움켜쥐었다.

"돌격! 돌격!"

누구 먼저랄 것도 없이 돌격을 외쳤다.

머지않아 은퇴할 늙은 개마무사나 훈련과정을 겨우 통과하고 배치된 앳된 개마무사를 가리지 않고 앞다투어 돌격했다. 세 번째로 돌파하는 순간 이세민의 깃발이 나타났다. 전임과 신임의 지휘관의 눈빛이 격렬하게 얽혔다.

"천하무적의 개마기병들이여, 오늘에야말로 충성을 다하지 않겠는가!"

"와아앗!"

"고구려 만세! 안시성 만세!"

개마기병들이 마지막 힘을 다해 돌파했다.

야치들도 임무에 충실했다. 야치들은 나타나는 우물마다 주머니를 던져 넣었다. 야치들의 돌격을 바라보던 전임 지휘관이 크게 외쳤다.

"너희들까지 죽을 이유는 없다! 어서 돌아가라!"

가만히 생각하던 나이든 야치가 크게 외쳤다.

"우리는 여기서 돌아간다. 이만하면 충분히 공을 세웠으니 성주님의 명령대로 안시성으로 귀환한다!"

야치들이 이를 악물고 말머리를 돌렸다.

"더 이상 걸리적거리지 말고 대열에서 이탈하라!"

"너희들이 있으면 마음대로 싸울 수 없으니 빨리 돌아가라!"

야치들을 떼어낸 개마기병들이 무서운 기세로 치달렸다.

"정말 고맙소. 저승에서 만납시다!"

야치들이 피눈물을 뿌리며 퇴각하기 시작했다.

"폐하를 보위하라!"

양홍례가 목이 터져라 외쳤다.

외치는 사이에도 개마기병의 무리가 이세민의 천막을 향해 일직선으로 파고들었다.

"몸을 던져서라도 막앗!"

양홍례가 이끄는 친위부대가 장교와 졸병 할 것 없이 개마기병의 진로에 뛰어들었다. 피떡이 된 육체와 내장이 말발굽을 휘감았다. 이미 상당한 피해를 입은 개마기병은 단말마의 육탄방어를 뚫지 못했다.

가속도와 충격력을 상실한 개마기병은 사냥감에 지나지 않았다.

미친 듯 절규하며 창을 휘두르던 개마기병이 피를 뿜으며 말에서 떨어지는 광경이 반복되었다. 온몸을 피로 칠갑한 전임과 현임의 지휘관도 더 이상 버틸 수 없었다. 그러나 피를 뿜으며 죽어가는 그들은 기꺼이 웃을 수 있었다.

"어서!"

안시성에서 안타깝게 외쳤다.

마지막 순간 탈출한 야치들이 힘겹게 달리는 뒤에서 적이 사납게 추격했다. 처음의 인원에서 거의 축나지 않았던 야치들이 잇달아 화살을 맞고 말에서 떨어졌다.

"성문을 열어라!"

양만춘이 말을 타고 나섰다.

"지금 미쳤습니까?"

문태가 앞을 가로막았다.

"성주님의 명령이 들리지 않느냐!"

고돌발까지 나서자 문태는 어이가 없어 웃음까지 나왔다.

"내가 돌아올 때까지 문태가 지휘하라!"

"나가서 죽든 말든 내 책임이 아니니까 마음대로 하십시오!"
문태가 고래고래 악을 썼다.
악다구니가 미처 끝나기도 전에 양만춘과 고돌발을 선두로 기병들이 뛰쳐나갔다. 안시성의 주장(主將)을 상징하는 거대한 호랑이 깃발이 펄럭일 때마다 피에 굶주린 호랑이가 울부짖으며 달려들 것 같았다.
"성주님께서 직접 구하러 나오셨다!"
급박하게 쫓기는 야치들이 일제히 울부짖었다.
안시성을 박차고 뛰쳐나온 기병들이 일제히 발사했다. 거의 야치들을 따라잡은 적이 무더기로 쓰러졌다.
"고돌발을 모르느냐!"
적의 선두에 뛰어든 고돌발이 닥치는 대로 찔러 팽개쳤다.
지휘관마저 목에서 피를 뿜으며 거꾸러지자 추격대가 비명을 지르며 도주하기에 바빴다.
"안 된다! 끝까지 포기하지 마라!"
양만춘이 자결하려는 야치에게서 단검을 빼앗았다.
부장을 비롯한 장수들이 노획한 적의 말에 야치들을 태운 다음 고삐를 끌고 달렸다.

"저놈이 성주 양만춘이다! 어떤 희생을 치르는 한이 있더라도 돌아가지 못하게 하라!"
이세민이 펄펄 뛰며 외쳤다.
정신이 번쩍 든 당군이 일제히 내닫기 시작했다.

"말에서 떨어진 놈들은 알아서 목숨을 끊을 테니까 버리고 돌아오십시오!"

문태가 악을 써도 양만춘은 듣지 않았다.

양만춘이 마지막 야치까지 구출했을 때는 이미 적의 본대가 근접해 있었다. 기병들이 발사한 화살이 거의 목표를 놓치지 않았지만 적이 너무 많았다.

"어서! 어서 돌아오십시오!"

문태와 야치들은 물론 모든 장병들이 안타깝게 외쳤다.

양만춘과 기병들이 성문을 향해 결사적으로 달리는 후미에서 고돌발이 적을 향해 계속 화살을 날렸다.

"쏴라! 이쪽으로 쏘란 말이다."

고돌발이 갈라지는 목소리로 외쳤다.

"이 새끼야, 지금 쏘았다가는 성주님과 너희들까지 맞을 수 있단 말이다!"

"걱정 집어치우고 쏘기나 해! 성주님이 생포당하는 것을 보고만 있을 셈이냐!"

"에잇, 개새끼 같으니라고!"

문태가 눈을 질끈 감고 사격을 명령했다.

진즉부터 당겨졌던 활들이 일제히 쏘아졌다. 화살이 소나기처럼 퍼부을 때마다 메뚜기 떼 같은 적들이 비명을 지르며 거꾸러졌다. 쓰러진 적들과 달려오는 적들이 뒤엉키는 사이에 겨우 추격을 뿌리칠 수 있었다.

"어서어서!"

야치들을 구출한 기병들이 성문이 닫히는 틈으로 파고들었다.

양만춘 다음으로 고돌발이 마지막으로 들어가자마자 아슬아슬하게 성문이 닫혔다.

"무엇들 하느냐? 바위와 통나무를 굴려라!"

이번에는 문태가 펄펄 뛰며 외쳤다.

성문에 닿을 정도로 바짝 추격했던 적들의 머리 위로 바위와 통나무가 쏟아졌다. 순식간에 엄청난 피해를 당한 적들이 황급하게 물러났다.

"이겼다! 우리가 또 이겼다!"

"성주님이 적을 무찌르고 돌아오셨다!"

안시성의 장병들이 목이 터져라 외쳤다.

"왜 그런 짓을 하셨습니까!"

문태는 당장이라도 후려칠 것 같았다.

"그리고 너 이 새끼!"

문태의 주먹이 고돌발의 턱에 작렬했다. 그렇지 않아도 있는 대로 기력을 소모한 고돌발이 맥없이 쓰러졌다.

"이런 개새끼 같으니라고. 성주님을 만류하지는 못할망정 오히려 충동질해서 위기에 빠뜨려? 너 같은 개새끼는 죽여버리고 말겠다!"

문태가 쓰러진 고돌발을 사정없이 짓밟았다.

"그만하라!"

양만춘이 엄하게 만류했지만 문태는 분이 풀리지 않았다.

"인간으로 여기지도 않는 야치들을 구하기 위해 하마터면 성주님은 물론 안시성까지 위험에 빠질 뻔하지 않았습니까. 대체 왜 그런 짓을 하셨습니까?"

"의무를 지키기 위함이다."

양만춘이 쿨럭이며 외쳤다.

"나의 명령에 따라 공을 세우고 귀환했으면 나는 구해줄 의무가 있다. 졸병이든 장군이든 야치든 무사히 돌아올 수 있도록 최선을 다할 뿐이다."

"…"

"나는 안시성을 책임지는 성주로서 지나치게 젊고 경험도 없다. 그렇기 때문에 하나하나가 피붙이처럼 중요하다. 할 수만 있으면 나는 하나라도 더 살리고 싶다. 내가 하나를 더 살리면 우리가 둘이 되고 둘을 더 살리면 넷이 되지 않겠느냐? 그렇게 내가 너희들을 살리고 너희들이 나를 살리면 우리는 안시성을 살릴 수 있다."

"…"

"우리가 하나로 뭉쳐 싸우는 데 어찌 신분이 있을 수 있겠으며 안시성을 지키는 데 졸병과 장군과 야치가 어찌 차별될 수 있겠느냐? 너희 모두가 지금처럼 따르고 도와준다면 이세민은 결코 우리를 굴복시킬 수 없다."

"성주님!"

문태가 털썩 무릎을 꿇었다.

"지금 반드시 성주님께 드릴 말씀이 있습니다."

문태가 앞으로 나섰다.

"청원할 것이 있으면 나중에…"

"이렇게 기쁜 날 어찌 술과 고기가 빠질 수 있겠습니까? 제가 한턱 낼 테니 허락하여주십시오."

"좋다, 허락한다!"

안시성이 다시 한 번 뒤집어졌다.

돼지와 닭 잡는 소리와 마음껏 먹고 마시며 즐기는 노랫소리가 안시성을 휘감았다.

"제 잔부터 드십시오!"

"안 됩니다. 제 잔부터 드셔야 합니다!"

장병과 야치를 가리지 않고 양만춘에게 잔을 바쳤다.

양만춘은 패주하는 적을 향해 돌격하는 것처럼 경쟁적으로 바치는 잔을 물리치지 않았다. 성주와 야치를 가리지 않고 잔을 주고받는 가운데 안시성을 지배했던 불순물이 빠져나갔다.

모든 장병들이 불안과 공포를 남김없이 털어냈다. 새로운 투지를 넘치도록 주입받은 장병들이 어서 싸우게 해달라고 외쳤다. 특히 양만춘에게 직접 구함을 받은 야치들은 죽으라고 하면 집단으로 목숨을 끊고도 남을 것 같았다.

"성주님께 충성을! 죽음으로 충성을!"

문태가 먼저 크게 외치자 야치들이 눈물을 쏟으며 외쳤다.

"성주님께 충성을! 죽음으로 충성을!"

야치들뿐 아니라 모든 장병들이 함께 외치며 목이 메었다. 어떤 일이 있어도 양만춘과 함께할 것을 맹세한 그들은 서로를 얼싸안으며 얼마 남지 않은 삶을 마음껏 향유했다.

그들을 바라보던 양만춘도 목이 메었다. 무적의 용맹을 자랑하던 개마기병들은 문자 그대로 깨끗이 전멸했다. 겨우 귀환하기는 했지만 야치들 역시 전멸당할 것이며, 양만춘을 비롯한 모든 장병들도 적의 창검에 의해 죽어갈 것이 분명했다.

양만춘도 결국은 인간이었다. 자신의 존재가 흔적조차 없이 사라진다는 것은 형언할 수 없이 두려웠지만, 어차피 피할 수 없다면 최선을 다해 의무를 이행해야 했다. 훗날 이 땅에서 살아갈 후손들이 자신과 안시성을 기억하지 못할지라도 흔쾌하게 목숨을 바쳐야만 했다.

아니, 후손을 존재할 수 있게 하기 위해서는 싸워야만 했다. 자신들의 뜨거운 피와 잘리고 토막 난 육체들이 역사의 항아리에서 버무려지고 곰삭아야 미래의 씨앗을 싹틔울 거름이 될 수 있었다. 비록 역사에서 사라진다고 해도 수고와 노고를 남기면 그만이었다.

같은 시각, 이세민의 거처

"아무도 들어오지 말라!"

털썩 주저앉은 이세민이 날카롭게 외쳤다.

기가 막힌 나머지 웃음까지 입술을 비집었다. 아군들끼리 충돌하여 죽고 죽인 것은 처음이 아니었다. 토산을 쌓게 된 원인을 제공한 마지막 공격에서 그렇게 된 것은 충분히 있을 수 있었다.

그때 아군들이 서로에 의해 죽어 나간 책임은 이세민에게 있었다. 어떻게든 안시성을 함락하기 위하여 무리하게 공격하는 과정에서 공포에 질린 나머지 굳어버린 장병들을 참살한 것이 원인이었다. 뒤에서 휘두르는 아군들의 칼에 속절없이 죽어나가던 장병들이 '이래죽으나 저래죽으나 매일반'이라는 자포자기의 심정으로 반격한 것은 충분히 납득할 수 있었다.

그러나 이번의 사태는 도저히 용납할 수 없었다.

배식이 늦어졌던 것이 충돌의 원인으로 작용했다는 것부터가 한심하기 짝이 없었다. 굶기는 것도 아니고 기다리면 될 것을 가지고 벌어진 충돌의 결과는 지금도 믿기지 않았다. 안시성을 공격했을 때 당한 피해에 필적할 정도의 사상자가 발생한 것은 말도 되지 않았다.

더욱 참을 수 없는 것은 자신이 직접 위협당했다는 점이었다. 토산을 쌓던 아군들끼리 치고받는 바람에 대혼란이 발생한 틈을 놓치지 않고 뛰쳐나온 개마기병은 지금도 소름이 끼쳤다. 그때 양홍례가 죽음을 각오하게 방어하지 않았다면 어떻게 될 뻔했는가? 생각하면 할수록 분통이 터지지 않을 수 없었다.

"폐, 폐하!"

계필하력이 다급하게 외쳤다.

"짐이 누구도 들이지 말라고 하였거늘, 당장 물러가렷다!"

"속히 보셔야 할…."

계필하력이 안절부절못했다. 게다가 바깥의 분위기가 심상치 않았다.

이번에는 또 무슨 헛짓거리라는 말인가! 폭발하려는 것을 겨우 참고 나간 이세민은 입을 딱 벌렸다. 피거품을 토하면서 경련하는 장병들이 한둘이 아니었다.

이, 이놈들이! 이세민의 주먹이 덜덜 떨렸다.

이세민이 노려보는 순간에도 안시성은 흥겹게 먹고 마셨다. 안시성에서 넘쳐흐른 고구려의 노랫가락이 이세민의 고막을 쑤셨다.

"함락시키는 날에는 죽여도 그냥 죽이지 않을 것이다! 사내들은 나이를 막론하고 도살하여 구워먹을 것이며 계집들은 죽을 때까지 강간한 다음 안주로 쓸 것이다!"

죽음으로 살린 기회

8월 8일 오전 11시경, 토산

이세민이 자루를 운반했다.

자루의 중량이 버거운 듯 비척거리며 운반하는 이세민의 뒤에서 피를 토할 것 같은 외침이 터졌다.

"폐하! 모든 것이 신의 잘못이오니 신을 처형하여 주시옵소서!"

"아니옵니다. 늙은 것이 정신이 혼미하여 제대로 통솔하지 못한 탓이니 늙고 쓸모없는 것을 죽여주시옵소서!"

장손무기와 이세적이 다투어 죄를 청했다.

두 사람 뒤에서도 신하와 장군들이 꿇어앉아 외쳤다.

"어찌 폐하께서 노역을 자처하시옵니까? 신들이 제대로 보필하지 못한 탓이오니 엄중하게 처벌하여 주시옵소서."

이세민이 장병들과 함께 나선 것은 이번이 처음은 아니었다. 요동성을 공격할 때도 손수 무기를 운반하고 다친 장병들을 치료했었다. 다른 나라와의 전쟁에서도 모범을 보인 사례가 적지 않았지만, 이번에는 상황이 달랐다.

안시성을 함락하기 위해 최대의 역량이 투입된 상태였다.

작전과 인력과 보급을 포함한 모든 면에서 이제껏 없었던 형태와 규모의 역량이 투입된 것은 물론, 의지도 사상 최초와 최대였지만, 이세민은 모든 것이 마뜩치 않았다.

"폐, 폐하! 위험하옵니다!"

비척거리던 이세민이 보기 흉하게 엎어졌다.

"폐하!"

신하들과 장군들이 달려오려는 것을 이세민이 손을 저어 물리쳤다. 이를 악물고 토산의 끝까지 자루를 들고 간 이세민이 흙을 쏟아 부었다. 이세민은 자신에 의해 계획된 위대한 역사가 시행되는 현장에서 직접 일하는 것으로 의사를 분명히 보여주었다.

더 이상의 실패와 좌절을 결코 용납하지 않겠다는 이세민의 경고를 확인한 자들이 앞 다투어 달려가 자루를 운반했다.

"폐하, 죽은 것들은 어떻게 처리하여야 하겠나이까?"

장손무기가 조심스럽게 말했다.

"토산에 묻어라!"

이세민이 날카롭게 대답했다.

"감히 난투하여 서로 죽고 죽인 죄는 엄중히 연좌하여 처벌되어야 하겠지만, 토산의 일부가 되어 승리에 이바지하는 것으로 죄를 묻지 않도록 하겠으니 당장 시행하라!"

헤아리기조차 어려운 시체들이 토산에 매장되기 시작했다.

아직 죽지 않은 자들도 구덩이로 끌려갔다. 아무리 애걸하고 애원해도 이세민은 용서하지 않았다.

8월 10일 오후 4시경, 당나라 진지

토산의 아래에도 시체들이 쌓였다.
개마기병과 함께 죽음을 각오하고 나왔던 야치들이 우물에 던져 넣은 맹독이 위력을 발휘한 결과였다.
이세민은 원래부터 있던 우물은 절대 사용하지 못하게 했다.
수십만에 달하는 인원에게 안전한 물을 공급하기 위해 별도로 인원을 동원해 우물을 개척했다. 수십 군데의 우물물은 진지의 아래로 흐르는 개울물과 더불어 없어서는 안 될 생명수였다.
그런데 느닷없이 들이닥친 개마기병의 틈에 섞여 침투한 야치들이 우물에 독을 타버렸다. 그것을 알지 못한 자들이 목을 축이기 위해 우물물을 길어 마셨다가 피거품을 토하면서 줄줄이 죽어나갔다.
독에 오염된 우물은 일부에 지나지 않았다. 그러나 모르고 마신 자들이 피거품을 토하면서 죽어 나가자 다른 우물들도 사용하기 어려웠다.
이세민은 모든 우물을 전부 퍼낼 것을 명했다.
바닥까지 퍼내고 새로운 물이 채워지면 다시 퍼내기를 몇 차례나 반복한 다음 내분을 일으키고 체포된 자들에게 먹여 시험했다.
안전하다는 것이 확인되었을 때는 이틀이나 지난 다음이었다.
지금 상황에서 이틀의 손실은 이루 말하기 어려웠다. 게다가 겨우 얼마 되지도 않는 적들에 의한 피해라니 말도 되지 않았다. 사기가 땅에 떨어지다 못해 파묻히기까지 하는 상황에서 이세민이 직접 모범을 보일 수밖에 없었다.

거처로 돌아온 이세민은 서둘러 옷을 벗고 씻었다. 더위가 예전 같지 않았지만 힘든 노역을 자처한 이세민은 온몸이 땀으로 범벅이었다. 개운하게 씻은 이세민이 미리 끓여놓은 차를 마시려다 멈칫했다.

허허허, 쓰게 웃은 이세민이 차를 들이켰다.

장안에서 가져온 최고급 찻물이 사약이라도 된 것처럼 쓰고 아렸다.

같은 날 오후 7시경, 건안성

"저희 성주님께서는 건안성이 동참할 것을 간절히 바라고 계십니다!"

신성에서 파견된 야치가 강하게 말했다.

신성주가 직접 이끌고 나선 부대와 건안성의 부대를 합치는 것이 야치를 파견한 의도였다.

"이번 기회에 본격적으로 보급을 차단하고 배후를 위협하자는 너희 성주님의 뜻은 매우 타당하다. 그렇지만 우리도 의견을 모아야 할 것이니 숙소에 가서 쉬고 있거라."

건안성주가 긍정적으로 말했다.

"기회를 놓치지 않도록 가급적 빨리 회답을 달라고 하셨습니다!"

야치를 통해 전달된 신성주의 뜻은 고압적이기까지 했다. 야치가 여기까지 오느라 갖은 난관을 돌파했겠지만 건안성주는 아무래도 꺼림칙했다.
"계속 건안성에 있다가 안시성이 함락당하는 날에는 죽도 밥도 되지 않는 것 아닙니까?"
고우찬이 먼저 말했다.
"그럴 가능성이 적지 않지만 그렇다고 신성과 합류하는 것도 좋은 것만은 아니다."
고인후가 나직하게 말했다.
"그렇습니다."
건안성주가 담담하게 말했다.
"그럴 경우에 건안성 단독으로는 전혀 승산이 없습니다. 우리가 함락당하면 다음은 신성이 아니겠습니까? 다시 말씀드리지만 안시성이 함락당하는 것은 요동 전체를 빼앗기는 것과 진배가 없습니다."
"이대로 계속 나간다면 안시성이 함락당할 수밖에 없지 않습니까?"
고우찬이 다시 이의를 제기했다.
"토산이 완성되어 포석을 퍼부어대면 천하의 안시성이라고 해도 당할 도리가 없을 테니까요."
"그렇더라도 우리가 계속 여기에 남는 것이 바람직하다. 오히려 신성의 병력이 건안성에 합류하는 방안도 검토할 수 있을 것이다."
"그렇지만 신성주의 의도도 타당하지 않습니까?"
고우찬이 답답한 안색으로 말했다.
"신성의 부대와 합류하면 그쪽의 의도대로 본격적으로 보급을 차단하고 배후를 위협할 수 있는 데다, 잘하면 개모성 같은 곳을 탈환할 수도 있지 않겠습니까? 그렇게 되면 이세민이 위협을 느끼게 될 것이고 안시성이 방어하는 데도 도움이 될 것으로 여겨집니다."

"이세민은 당분간 보급을 걱정하지 않을 정도일 것이며, 토산을 쌓는 이상 안시성의 방어 상태와는 무관할 것입니다."

건안성주가 다시 의견을 개진했다.

세 사람이 계속 논의해도 원점을 맴돌 뿐 결정이 나지 않았다.

"너는 어떻게 할 생각이냐?"

"저는 신성으로 가는 것이 좋다고 생각합니다."

고우찬이 대답하자 고인후가 한숨을 쉬었다.

고우찬이 거느린 개마기병은 사용하기에 따라 전세에 영향을 미칠 수 있을 정도였다. 이후의 상황이 어떻게 돌아가든 반드시 필요했지만 지휘관은 어디까지나 고우찬이었다. 비록 고우찬이 부친 고정의를 따르지 않고 이탈했더라도 개마기병 전체가 싸우기를 원하는 이상, 그들을 이끌고 신성주에게 간다고 해도 막을 방도가 없었다.

안타까운 침묵이 깔리는 가운데 건안성의 야치들을 이끄는 우두머리가 뛰어들었다. 흘긋 두 사람을 바라본 우두머리가 건안성주의 귀에 대고 빠르게 속삭였다

"뭐라고! 그게 사실이냐?"

건안성주가 크게 놀랐다.

"안시성의 개마기병들이 하마터면 이세민을 잡을 뻔했답니다! 그뿐 아니라 야치들의 활약도 대단했다고 합니다!"

건안성주가 정리하여 설명하자 고인후와 고우찬도 크게 기뻐했다.

고우찬은 눈물까지 글썽였다. 주먹으로 눈물을 훔치며 밖으로 나

간 고우찬이 개마기병들에게 전말을 알렸다.
"우리 모두 여기에 있도록 하자! 먼저 간 안시성의 전우들을 따르자!"
"우와아앗!"
고구려 최강의 개마기병들이 주먹을 휘두르며 날뛰었다.
"개마기병은 싸우다 죽을지언정 패배하지 않는다! 반드시 우리 손으로 이세민을 죽이고 전쟁을 승리로 이끌자!"
개마기병은 물론, 전체 고구려군이 지르는 웅장한 함성이 평원에 메아리쳤다.

흔들리는 고구려

8월 11일 오전 9시경, 안시성의 대로

이제는 가을이 완연했다.
병사들은 물론 백성들의 차림도 달라졌지만 나리는 그대로였다. 제대로 먹지 못해 수척해져도 아름다움은 조금도 손상되지 않았다. 가을의 나리는 더욱 아름다워진 것 같았다. 여름에는 주변을 얼릴 것처럼 싸늘하게 뿜어지던 아름다움이 가을이 되면서 따사롭게 퍼졌다.
이제는 장병들이 주로 경배했다. 전쟁이 막바지로 접어들 것으로 짐작한 양만춘이 장수들에게 명하여 차례로 신녀에게 경배하도록 했다.
나리를 바라본 장병들은 눈을 떼지 못했다. 삶과 죽음이 버무려진 전투에 황폐해지고, 부패한 시체에서 풍기는 악취에도 무감각해진 그들이 나리 앞에서는 아기처럼 울었다.
　울음을 터뜨린 그들은 더욱 힘차게 무기를 잡았다.
　나리는 신녀를 지키기 위해서는 죽음도 불사하겠다며 외치는 그들을 처연하게 바라보았다.
　나리와 눈이 마주친 장병들은 미친 듯 펄펄 뛰었다.
　자신의 위치로 돌아간 그들이 '신녀가 나를 바라보며 웃어주었다!'고 자랑할 때마다 부러운 시선들이 쏟아졌다.

　멍청한 놈들 같으니라고. 무당이 비릿하게 웃었다.
　나리를 찾은 장병들이 바친 것들이 제법 쏠쏠했다. 재물을 바칠 형편이 되지 않아 급여로 받은 곡식을 바쳤지만 그것이 더욱 좋았다.
　문태에게 터무니없이 비싸게 쳐서 곡식을 내주고 바꾼 재물이 계속 늘어났다. 이대로 계속 나가면 보장왕보다 부자가 될 것 같았다.
　무당에게 나리는 부자가 될 수 있게 해주는 도구에 지나지 않았다. 제대로 먹지 않고 기원을 드린답시고 쉬지도 않는 나리는 오래가지 못할 것이 분명했다. 나리가 건강하다고 해도 전쟁이 끝나면 이용가치가 없는 만큼, 뽑아먹을 수 있을 때 계속 뽑아먹어야 했다. 무당은 머지않아 끝나게 될 전쟁이 너무나 아쉬웠다.

8월 14일 오전 10시경, 어양

　빈둥빈둥하던 이치가 바짝 긴장했다.

방현령이 다시 방문한다는 전갈을 받은 이상 바쁜 척이라도 해야 했다. 드나드는 군수품의 수량을 확인하고 병력과 인원도 점검하고 돌아다녔다.

한동안이나 이리저리 돌아다니던 끝에 드디어 방현령이 도착했다. 그를 맞으러 나갔던 이치의 눈이 크게 뜨였다.

"사부님 혼자서 오시는 것이 아니셨습니까?"

방현령의 뒤에 정렬한 수레들에서 눈이 번쩍 뜨일 미인들이 줄줄이 내렸다. 언뜻 보기에도 최소한 수백 명은 될 것 같았다.

"어떻게 된 일입니까?"

"폐하를 섬기는 후궁들이 고초에 동참하기 위해 식사를 줄이고 옷도 따뜻한 것을 입지 아니하였다는 것은 태자께서도 아실 것입니다."

"그러합니다만."

"폐하께서 거친 땅에 야영하시기를 이미 다섯 달에 접어들었고 추위가 지척인 만큼 어양까지라도 나와 동참하겠다니 참으로 기특하지 않습니까?"

"그런데요?"

"앞으로 열흘 동안 천막을 치고 생활하겠다는데, 태자께서 원하지 않으시면 돌아가도록 하겠습니다."

"그, 그럴 리가 있겠습니까? 열흘이 아니라 한 달이라도 좋으니 얼마든지 야영하라고 하세요!"

이치가 황급하게 승낙했다.

비록 부친의 후궁들이라지만 하나 같이 젊고 아름답기 그지없었다. 그런 여인들 수백 명과 함께 열흘이나 함께 지낼 생각을 하니 꿈만 같았다.

"그동안 강녕하셨습니까?"

아주 젊은 후궁 하나가 슬쩍 인사하며 지나쳤다.

"불편하거나 필요하신 것이 있으면 말씀하십시오."

젊다고 해도 이세민의 후궁이었기 때문에 예의를 지켜야 했다.

이치는 그 후궁이 낯설지 않다고 느꼈다. 잠시 후 이치는 후궁의 이름이 '무미랑'이라는 것을 기억해냈다. 이세민의 후궁들과 대면할 일이 거의 없던 이치가 그 후궁을 기억하는 것은 특별한 사건 때문이었다.

무미랑이 입궁한 시기는 이치의 모친 장손황후가 세상을 떴던 636년이었다. 당시 열네 살의 무미랑은 미모는 물론 재치가 뛰어났다.

집안이 부유하지 못해 낮은 품계인 정5품의 재인으로 봉해진 어느 날, 이세민이 골머리를 앓는 일이 있었다.

북방의 강적을 물리치고 얻은 전리품 가운데 천하의 명마도 포함되었다. 특히 명마를 좋아하던 이세민은 크게 기뻐했지만 도무지 다룰 길이 없었다.

너무나 사납고 억센 명마를 어떻게든 길을 들이려 해도 번번이 실패로 돌아갔다.

이세민이 답답했던 나머지 '저 명마를 다룰 수 있는 방법을 말하는 사람에게 큰 상을 내리겠다'라고 말했다.

아무도 나설 엄두조차 내지 못했을 때 무미랑이 당돌하게 나섰다. 그때 무미랑은 '폐하께서 명마를 얻기 위해서는 세 가지 물건이 필요합니다'라고 아뢰었다. 무미랑이 필요한 세 가지 물건은 철채찍과 철퇴와 단검이었다.

의아해진 이세민이 용도를 묻자 무미랑은 '가장 먼저 철채찍으로 사정없이 때립니다. 그래도 말을 듣지 않으면 철퇴로 머리를 때립니다'라고 말했다.

더욱 의아해진 이세민이 '그렇다면 단검은 왜 필요하느냐?'고 물었다. 그때 무미랑은 태연하게 '채찍과 철퇴로 때려도 말을 듣지 않는 놈을 어디에 쓰겠습니까? 그런 놈은 단검으로 찔러 죽일 뿐입니다'라고 대답했다.

여리고 아름다운 후궁에게서 너무나 잔혹한 대답이 나오자 이세민마저 소름이 끼쳤다. 이후 무미랑은 이세민의 사랑을 받지 못했지만 그때의 일화는 널리 퍼졌다.

이치가 무미랑을 기억하는 것도 그 일화 때문이었다. 지금은 누구도 알 수 없었지만 나중에 무미랑은 이치의 후궁이 되었으며, 이후 '측천무후'로 기록되었다.

같은 날 오후 4시경, 평양

"구, 국내성에서 내분이 발생했다고 하였습니까?"
보장왕의 목소리가 지진이라도 난 것처럼 떨렸다.
"규모가 크지 않아 어렵지 않게 진압되었다고 하였으니 폐하께서 심려하실 일은 아닌 줄 아옵니다."
연개소문이 대수롭지 않은 기색으로 말했다.
"규모가 문제가 아니지 않습니까? 어떻게 국내성에서 내분이 발생할 수 있느냔 말입니다!"

국내성은 다른 성들과 의미가 달랐다. 고구려의 두 번째 수도로서 역사와 위용을 자랑하던 국내성에서 내분이 일어났다는 데는 기가 막히다 못해 웃음마저 날 지경이었다.

"요동성이 함락당하고 백암성이 배신하더니 이번에는 국내성에서 내분이 일어납니까? 참으로 잘 돌아가고 있습니다 그려."

"폐하! 상황이 나쁘지 않으니 대막리지의 설명을 들으시옵소서!"

고정의가 나섰지만 보장왕은 냉소를 그치지 않았다.

"안시성이 함락당한 이후 반격하기 위해서는 국내성이 주축이 되어야 하지 않습니까? 이제 국내성까지 저 모양이니 무슨 수로 반격할 수 있다는 말입니까! 차라리 이세민에게 조언이라도 구하는 것이 어떻겠습니까?"

"폐하!"

"그러니까 그때 이세민을 공격하여 기세를 꺾었어야지요! 이제는 요동을 통째로 빼앗길 판이니 원!"

보장왕이 찬바람을 일으키며 나갔다.

"폐하께서 저러시는 것도 무리가 아닙니다."

고정의가 나직하게 한숨을 쉬었다.

"그렇지요. 어느 정도 예견되었으니까요."

국내성뿐 아니라 전국에 성한 곳이 없었다. 수나라 때부터 전쟁이 지속된 이후 국력은 전혀 회복되지 못했다. 요동에서 툭하면 치고받는 상태에서 병력과 보급의 지원을 담당하던 후방도 오래전에 한계에 도달했다.

이번의 국내성도 견디다 못한 나머지 반발이 발생한 것에 지나지 않았지만 후유증이 심각할 수밖에 없었다. 가장 믿었던 국내성의 상태가 저렇다면 요동에 훨씬 근접한 오골성과 박작성은 어떻겠는가?

"앞으로 어쩌실 계획이십니까?"

고정의가 흘긋 연개소문을 바라보았다.

"어쩌긴요?"

연개소문이 쓰게 웃었다.

"국내성에 약간의 소란이 발생했을 뿐이니까 쥐어짤 수 있는 대로 짜고 다른 성도 그렇게 해야지요."

"그런 다음에는 어떻게 하시겠습니까?"

"어떻게 되지 않겠습니까?"

"안시성은 얼마나 버틸 것 같습니까?"

"안시성에 대해서는 더 이상 말하시지 않는 것이 좋겠습니다."

이미 확신했던 대로 양만춘이 패배하는 날에는 뭐라고 할 말이 없었다. 방어력에 한계가 드러난 상태에서 안시성에 이어 오골성과 박작성까지 무너지면 평양까지 훤하게 뚫릴 판이었다.

"남쪽의 방비상태는 이상 없겠지요?"

"아직은 이상 없는 것으로…."

고정의의 말이 미처 끝나기도 전에 급사가 뛰어 들어왔다.

"시, 신라가 침공하였습니다!"

"차근차근히 말하라!"

"적장 김유신이 3만이 넘는 부대를 이끌고 북한산주를 지나 국경에 이르렀다 하옵니다!"

보고를 받은 연개소문이 뒷목을 잡았다.

"신라는 당나라를 지원하기 위해 대군을 보낸 상태에서 우리를 공격하기 어려운 데다, 우리와 동맹한 백제가 공세를 취하고 있기 때문에 김유신이 쉽게 북상하기는 어려울 것입니다! 김유신을 위장하여 허장성세를 보이는 것에 지나지 않을 테니 대막리지께서는 심려하지 마십시오!"

고정의가 다급하게 말했다.

"그 정도는 나도 알고 있습니다."

연개소문이 힘없이 웃으며 손을 저었다.

나름대로 그렸던 큰 그림은 산산이 찢어진 상태였다. 아랫돌 빼내 위에 고이는 식으로 남쪽에서 병력을 빼내려 해도 신라가 가만 있지 않았다. 신라가 이렇게 나올 것은 충분히 예상했지만 막상 그렇게 되자 절로 골치가 지끈거렸다.

"부여성에서 국내성을 지원하도록 하십시다. 그것밖에는 달리 방도가 없지 않습니까?"

"이번에도 대막리지의 명에 따르겠습니다."

이번에는 고정의가 쓰게 웃었다. 연개소문의 말대로 어차피 그것밖에 방법이 없었다. 남쪽의 병력을 빼내는 것이 아랫돌 빼내 위에 고이는 것이라면, 부여성의 병력을 국내성에 보내는 것은 윗돌 빼내 아래에 고이는 것과 같았다.

"어떻게 되겠지요. 아무렴 고구려가 그렇게 쉽게 무너지겠습니까?"

연개소문의 표정은 탈탈 털리기 직전의 도박꾼 같았다.

위험한 균열

8월 15일 오후 4시경, 신성 인근

신성주가 부대를 이끌고 돌아왔다.
단단하게 마음먹고 나섰던 출격은 큰 성과가 없었다. 보급부대를 공격하고 전리품을 획득하기는 했지만, 큰 사슴을 잡기 위해 나간 사냥에서 새끼노루를 잡고 돌아온 것 같았다.
건안성이 움직이지 않았던 것이 못내 아쉬웠다.
자신이 제안한 대로 건안성이 포위당한 안시성을 무시하고 북상하여 합류했다면 전세가 바뀔 수도 있었다. 보급의 차단은 물론, 당나라가 설치한 중간기지와 봉화대를 여럿 박살내는 것은 얼마든지 가능했다.
그뿐 아니라 개모성과 백암성의 중간을 차단하고 신성에 근접한 개모성을 공격할 수도 있었다.

개모성을 탈환하지 못한다고 해도 공격했다는 자체가 대단했다. 이세민의 입장에서 개모성이 공격당했다는 것은 주요 보급로가 크게 위협 당한다는 것과 같았다. 그렇게 되면 어쩔 수 없이 다른 보급로를 이용해야 할 것인데, 아무래도 요동성을 경유하는 방향이 될 가능성이 높았다.

그때 건안성이 밀고 올라와 압박하고 신성이 뒤통수를 칠 수 있었다.

요동성에 주둔한 적이 가만히 있지 않겠지만, 전쟁은 위험을 감수해야 마땅했다. 신성주는 자신이 그린 그림이 성공을 거두지 못한 원인이 전적으로 건안성주에게 있다고 확신했다.

건안성주가 직접 나서지 않을 것 같으면 고인후와 고우찬을 설득할 수도 있지 않은가?

특히 고우찬이 거느린 개마기병은 너무나 탐났다. 고인후와 고우찬 가운데 하나도 오지 않은 것은 건안성주와 무관하지 않을 것이 분명했다. 그것은 다시 양만춘이 계속 버티고 있는 것과 무관하지 않았다.

신성주가 보기에도 대단했지만, 어차피 안시성은 오래가지 못할 것이었다. 지금이라도 양만춘이 패배하는 날에는 건안성과 신성도 무사할 수 없었다. 안시성을 집어 삼킨 이세민에게 건안성과 신성이 각개격파 당하기 전에 행동에 나서야 했다.

신성주는 최악의 경우 요동을 탈출하는 것까지 염두에 두고 있었다.

그럴 경우를 가정해도 건안성주의 판단은 아주 틀렸다. 병력을 하나라도 더 보전하여 후일을 기약하기 위해서는 당장 안시성을 포기하고 이쪽으로 와야 했다. 그런데도 계속 머물러 있는 건안성주는 정녕 이해할 수 없었다.

혹시 양만춘이 승리를 거두는 것을 확신하고 있는지도 몰랐다. 물론 그럴 가능성이 아주 없지는 않았다. 그러나 그렇게 가정해도 안시성과 건안성의 병력으로 최소한 삼십만이 넘는 적을 추격하여 섬멸하기는 어려웠다.

어떤 방향으로 어떻게 생각해도 안시성을 포기해야만 했어! 연개소문이 안시성을 버렸을 때 결정했어야 했어! 그런데도 건안성주는 무엇 때문에 미련을 버리지 못하는 것인가?

신성주는 답답한 나머지 미칠 것 같았다.

같은 시각, 안시성의 대로

싸늘하고 조밀한 요동의 바람이 빈틈없이 대지를 핥았다. 이미 숙성되기 시작한 가을의 살점이 나리에게 마찰했다. 바람이 불 때마다 흩날리는 치마와 머리칼은 허공에 떠 있는 것 같은 착각마저 불렀다.

건강하고 명랑했던 나리는 사라지고 없었다. 요사스러울 정도로 황홀한 아름다움과 바스러져 흩날릴 것처럼 연약한 몸을 가진 신녀가 나리를 대체했다.

이제까지 벌어졌던 죽음과 살육은 나리와 무관했다. 죽을 운명인 자는 죽고 그렇지 않은 운명인 자는 살 수 있겠지만, 오늘 살아남았다고 해서 내일도 그러리라는 보장은 없었다. 아침에 태양이 뜨고 저녁에 달이 뜨는 일만큼이나 확실한 것은 오늘 죽은 자가 내일도 죽어 있을 것이라는 점이었다.

죽음의 공포에 함몰당한 나머지 제발 죽지 않을 수 있게 해달라는 애원도 나리의 고막에 전달되지 않았다.

아들과 지아비가 무사할 수 있게 해달라는 기원 역시 나리와 무관했다. 애끓는 기원을 들어주고 싶어도 껍데기만 신녀인 나리로서는 가능하지 않았다. 그럴듯한 표정으로 들어주는 척하는 것이 나리가 할 수 있는 전부였다.

나리의 시선은 자신을 경배하는 자들에게 향하지 않았다. 아득히 먼 곳의 소실점으로 향하는 눈길은 처음으로 사랑했던 연인을 찾아 헤매었다. 요동의 가을바람 같은 슬픔이 나리의 가슴에 휘몰아쳤다.

나리를 사랑하는 연인이 살아가는 방법은 너무나 위험했다. 그를 애타게 부를 때마다 영혼이 움푹움푹 꺼지는 것 같았다.

알지 못하는 사이에 가슴을 비집은 사랑은 너무나 고통스러웠다. 문태와 사랑을 나눌 수만 있다면 지금 죽어도 한이 없을 것 같았다. 아니, 죽은 다음에라도 문태와 함께 할 수 있다면 어떤 짓이라도 할 수 있을 것 같았다.

같은 시각, 평양

"허허, 수군이 또 공을 세웠습니다! 정말 대단한 용사들입니다!"
보장왕이 호들갑스럽게 말했다.
"역시 믿을 것은 수군밖에 없습니다. 대막리지는 어떻게 생각하십니까?"

"폐하의 말씀이 지당하시옵니다."

연개소문의 동의는 다분히 가식적이었다.

함께 배석한 고정의의 표정도 연개소문과 다르지 않았다.

수군이 연전연승을 거두는 것은 사실이었다. 수군이 적의 수군이 팽창하는 것을 막고 비사성과 산동반도가 연결되는 통로로 제한하는 것 역시 부인할 수 없었지만, 그로 인해 전세가 뒤집힐 정도는 아니었다.

그러나 보장왕이 호들갑을 떨 때는 뭔가 이유가 있을 것이었다.

"대막리지와 대로를 특별히 부른 것은 수군에 대한 사안을 논의하기 위함입니다."

아니나 다를까, 연개소문과 고정의의 표정이 굳어졌다.

"수군에 대한 사안이라고 하오시면…."

"배치를 약간 바꾸면 어떨까 합니다만."

현재 고구려의 수군은 세 군데 배치된 상태였다. 건안성과 비사성의 중간쯤 되는 기지에 배치된 요동의 수군은 적의 수군이 요하로 접근하는 것을 막았다. 동시에 수시로 적을 습격하여 가장 많은 공을 세우는 데다, 비사성까지 제압하는 등으로 가장 중요한 역할을 맡고 있었다.

두 번째는 압록강 하구의 섬들에 배치되어 있었다.

이들은 적이 본토로 접근하는 것을 막고 특히 압록강을 통해 상륙하여 요동의 후방을 차단하거나, 내륙으로 가는 거점을 확보하지 못하도록 압박하고 있었다.

세 번째는 대동강 하구에 위치했다. 수나라가 쳐들어왔을 때 적의 수군이 대동강을 거슬러 상륙한 다음 평양을 공격한 적이 있었다. 그때 수군이 승리를 거둔 기억이 워낙 강렬했던 탓에 대동강 하구에도 수군을 배치했다. 그러나 적을 맞아 싸운 경험이 없다 보니 거의 유명무실한 상태였다.

"압록강에 주둔한 수군의 일부를 대동강 방면으로 이동하면 어떻겠습니까?"

연개소문과 고정의가 서로를 바라보았다. 잠시의 침묵이 지난 다음 연개소문이 먼저 간했다.

"폐하! 최전방에서 활약하는 요동의 수군에 군량과 물자를 지원하는 일방으로 적과 싸우는 압록강의 수군에서 병력을 차출하는 것이 불가한 줄 아옵니다!"

"폐하! 대막리지의 주청이 옳사오니 아뢰옵기 황공하오나 명을 거두어 주시오소서!"

두 사람이 한목소리로 반대했다.

깊이 생각할 것도 없이 지금 상황에서 압록강의 수군을 이동하는 것은 절대 금물이었다.

"짐은 일부만 이동하는 것을 말하고 있습니다! 50척 정도만 대동강으로 이동하는 것은 상관없지 않습니까?"

"폐하, 대동강의 수군은 놀고먹는다는 비아냥까지 듣고 있사온데 어찌 압록강의 수군을 이동하여 보강하라고 명하시옵니까? 불가한 줄 아옵니다!"

"폐하, 대막리지의 주청이 거듭 옳사옵니다. 차라리 대동강의 수군을 압록강으로 차출하시는 것이 가하리라…."

"에잇, 그만들 하세요!"

보장왕이 벌떡 일어났다.

"짐은 나라의 안위를 위해 그런 것인데 조정을 이끄는 대막리지와 대로가 이리도 짐의 뜻을 모를 수 있습니까!"

"폐하, 신들은…."

"듣기 싫습니다! 대막리지는 짐의 뜻을 잘 살펴서 실행에 옮길 수 있도록 하세요."

보장왕이 역정을 내며 나갔다.

남아 있는 연개소문과 고정의가 탄식하듯 웃었다.

보장왕이 말도 되지 않는 요구를 하는 것은 그만큼 불안하다는 뜻이었다. 압록강의 수군을 빼내서라도 평양의 방비를 더하고 싶은 심정은 충분히 이해할 수 있었다. 솔직히 연개소문도 그러고 싶은 생각이 없지 않았다. 그러나 만일 압록강의 수군이 50척을 대동강으로 차출하라는 명령에 반발하면 어떻게 되겠는가?

이미 신성과 건안성이 통제를 벗어난 상태에서 또다시 반발을 사게 되면 대책이 없었다. 게다가 연전연승을 거두며 언제든지 평양으로 향할 수 있는 수군이 반발하는 것은 상상하기조차 두려웠다. 그런 위험에 부딪치느니 차라리 보장왕과 한바탕 붙는 것이 나았다.

같은 날 오후 6시경, 이세민의 거처

조촐한 식사를 마친 이세민이 장손무기를 바라보았다.

"군량의 수급은 어떤가?"

"아뢰옵기 황송하오나 그리 좋지 못하옵니다."

"추가로 보급 받지 않는다고 가정하면 얼마나 남았는가?"

"그렇게 가정하면 앞으로 한 달을 넘기기 어렵사옵니다."

"이유는?"

"신성과 건안성의 적들이 수시로 기습하여 약탈하고 여름을 지나면서 습기로 인해 상한 물량도 적지 않사온데, 무엇보다도 인원이 예상을 초과하는 바람에…."

장손무기가 말끝을 흐렸다.

가장 큰 문제는 역시 늘어난 입이었다. 안시성이 예상 외로 강하게 버티자 요동을 점령한 다음 평양으로 진격하려는 계획에 차질이 발생했다. 어떻게든 요동을 손에 넣기 위할 목적으로 토산을 쌓기로 하였지만, 순조롭게 진행되는 대신 군량의 소모가 엄청났다.

"폐하, 아무래도 절약해야 할 것 같사옵니다."

"그럴 필요 없다. 식사의 양과 질은 지금의 상태를 유지하라."

"폐하!"

"식사를 줄이면 당장 양만춘이 알게 될 것이다. 그래서 좋을 것은 아무것도 없지 않겠느냐?"

"…."

"그리고 지금처럼 계속 먹여야 그만큼 빨리 토산을 완공할 수 있을 것이다. 안시성을 함락하여 빼앗은 군량을 먹으면서 건안성을 함락하고 거기서 얻은 군량을 이용하여 다시 신성을 공략하면 될 테니까 식사는 계속 지금의 상태를 유지하라."

이세민이 밖으로 나갔다. 이미 저녁은 싸늘한 정도를 넘어 추울 지경이었다. 한 달 남짓한 기간 동안 토산은 놀랍게 성장했다. 이세민은 안시성의 중간 높이를 지난 토산을 뚫어지게 바라보았다.

"폐하, 날씨가 차가운데 어이하여 나와 계시옵니까?"
보고하러 왔던 부복애가 무릎을 꿇었다.
"오늘부터 밤에도 계속하라!"
차갑게 명한 이세민이 장손무기를 불렀다.
"지금 이 시간부터 저자를 폐쇄한다. 장사치든 뭐든 전부 이쪽으로 끌고 오도록 하라!"

같은 날 오후 11시경, 안시성의 문루

곳곳에서 화톳불이 타오르는 토산은 거대하고 휘황찬란한 무덤 같았다. 한동안 토산을 바라보던 양만춘이 나직하게 말했다.
"얼마나 갈 것 같은가?"
"지금처럼 나가면 늦어도 9월 초에는 완성될 것 같습니다."
양만춘의 질문에 문태가 대답했다.
"그보다도 술이나 하시겠습니까?"
"그때 충분히 마셨으니까 전쟁이 끝난 다음에 마시도록 하지."
"생일에 술이 빠져서야 되겠습니까?"
양만춘이 흘긋 문태를 바라보았다.
"야치가 모르는 것은 없습니다."
잠시 후 야치들이 술과 안주를 가져왔다.
문루에 앉아 휘황한 토산을 바라보면서 마시는 것도 나쁘지 않았다.
"그날 목숨을 걸고 야치들을 구한 것은 솔직히 저도 예상하지 못했습니다."

잔을 마시던 양만춘이 힐긋 시선을 던졌다.

"어차피 개마기병들은 돌아올 수 없지 않겠습니까? 게다가 돌아와서도 안 될 테니까요."

이세민이 토산을 쌓기 시작한 다음부터 안시성은 패배하기 시작했다.

안시성을 함락하기 전까지는 어떤 일이 있어도 물러서지 않겠다는 이세민의 결심은 그토록 강하던 방어력을 부식시켰다. 이대로 나가다가는 무너질 수밖에 없는 현실에 함몰당한 안시성 곳곳에 심각한 균열이 발생했다.

공포와 절망에 삼켜지기 직전 양만춘은 처방을 내렸다.

어차피 개마기병들은 돌아올 수 없었다. 아무리 최강이라고 해도 5백에 지나지 않는 규모로는 한계가 분명한 데다, 돌파가 저지된 다음 기진맥진한 상태로 포위를 벗어나는 것은 불가능했다.

설령 일부가 포위망을 뚫었다고 해도 탈출이 불가능한 것은 마찬가지였다.

겨우 움직일 정도의 속도로는 추격을 벗어날 수 없는 뿐만 아니라, 오르막으로 변해 있을 내리막까지 감안하면 차라리 싸우다가 죽는 것이 백번 나았다.

만에 하나 일부의 개마기병이 돌아온다고 해도 구출할 수 없었다. 비틀거리며 움직이는 것이 고작일 개마기병들을 구하려다는 함께 죽을 것이 뻔했다. 게다가 어떻게 구해서 돌아온다고 해도 반길 사람은 가족 외에 아무도 없었다. 결국 스스로 목숨을 끊어버릴 개마무사들은 애초부터 불합격이었다.

그러나 야치들은 그렇지 않았다. 침투와 탈출에 적수가 없는 야치들은 상황에 따른 판단도 견줄 무리가 없었다. 충분히 공을 세운 데다, 개마기병에게 짐이 되는 것을 피하면서 목숨까지 살릴 수 있는 기회를 놓치지 않을 것이 분명했다.

"성주님은 당연히 야치들을 기다렸을 겁니다. 그렇지 않습니까?"

양만춘은 전혀 모르는 일인 것처럼 대답하지 않았다.

그러나 야치들이 거의 손실 없이 돌아왔을 때 양만춘은 하마터면 펄쩍 뛸 뻔했다. 야치들이 급박하게 쫓길 것까지 충분히 예상하고 있었지만, 야치들을 구출하기 위해 위험을 무릅쓰는 것은 그로서도 상당한 용기를 필요로 했다.

"아무튼 결과는 기대치를 한참이나 뛰어넘었습니다. 인간으로 여겨지지도 않는 건 물론이고, 없어도 그만일 다른 성의 야치들을 이용한 결과였으니 저로서도 뭐라고 할 말이 없었으니까요."

양만춘이 직접 성문을 열고나가 야치들을 구출하고 왜 그래야 했는지 말하는 순간 안시성은 철벽으로 거듭났다. 목숨을 도외시하고 야치까지 구출한 데다, 안시성의 모든 자들을 하나로 아우르는 양만춘을 향해 무서운 의지가 폭발했다.

토산으로 인해 주입된 패배감과 불순물을 말끔하게 털어낸 안시성은 부러진 뼈가 더욱 단단하게 굳는 것처럼 이전보다 훨씬 강해졌다. 게다가 '인간으로 여겨지지도 않은 야치들'을 이용해서 모든 결과를 이끌어낸 양만춘을 다시 볼 수밖에 없었다.

"앞으로 다신 그러지 마십시오! 만일 그러셨다가는 제 손으로…."

"야습을 나갈 작정이었더냐?"

이번에는 문태가 대답 대신 힐긋 양만춘을 바라보았다.

"곳곳에 불을 밝히고 엄중하게 경계하는 것을 역으로 찌르면 적지 않은 전과를 거둘 수 있을 테지. 그러나 전황에 결정적으로 영향을 줄 수 없을 뿐더러 더 이상 아치들을 잃을 수는 없다."

"지금쯤 반격으로 나가도 괜찮을 것도 같습니다만."

"아직 아니다."

양만춘이 고개를 저었다.

"너도 잘 알겠지만 전쟁에 독불장군은 없다. 우리에게는 반드시 건안성이 필요하다."

양만춘이 다시 잔을 돌렸다.

"건안성주는 어떤 형태로든 우리와 이세민의 동태를 파악하고 있을 것이다. 건안성주가 우리를 완전히 믿을 수 있을 때까지 반격은 금물이다."

"…"

"그리고 적의 기력을 소모할 수 있을 데까지 소모시켜야 한다. 건안성주가 나의 뜻에 따라 움직여주고 이세민이 기진맥진했을 때가 반격에 나설 시기다."

"그 전에 토산이 완공되고 포석을 퍼부으면 어떻게 하실 것입니까?"

"솔직히 이세민이 토산을 쌓으리라고는 짐작조차 하지 못했다."

양만춘이 훌쩍 술을 삼켰다.

이세민의 갖가지 공격을 물리쳤을 때는 승리할 수 있다는 확신이 들기도 했다. 그러나 역시 이세민은 위기가 닥쳤을 때 더욱 큰 능력을 발휘하는 영웅이었다.

안시성의 필요성과 함께, 황제의 자존심을 꺾일 수 없다는 것을 절감한 이세민의 선택에 양만춘은 심장이 멎을 정도로 경악했다.

이세민의 결단은 양만춘의 큰 그림이 완성될 수 있는 결정적 계기로 작용할 수 있었지만, 안시성이 패배하는 것은 필연적이었다.
"그때는 죽을 수밖에 없을 테지. 그런 공격을 막아낼 수 있는 사람은 존재하지 않을 테니까."
"…."
"끝내 안시성이 함락당하고 우리들이 전부 죽겠지만 이세민도 결코 무사하지 못할 것이다. 우리 안시성의 희생으로 이세민과 당나라를 잡을 수 있다면 더 이상 무엇을 바라겠느냐?"
"…."
"그 이전에 너는 안시성을 떠나라."
"지금 무어라 말씀하셨습니까!"
문태의 눈이 칼날처럼 날카로워졌다.
"어차피 패배해서 전멸당할 것 같으면 너희 야치들이라도 살리고 싶다. 그동안 너희들은 이루 말하기 어려운 희생을 치르면서 무수한 공을 세웠으니…."
"성주님께서 취하신 모양이니 어서 치우도록 해라!"
휘하들에게 크게 외친 문태가 뒤도 돌아보지 않고 자리를 벗어났다.

반역자와 용장

8월 25일 오후 7시경, 사당

"식사가 마음에 드셨습니까?"
무당이 은근히 웃으면서 말했다.
"물론입니다. 오늘도 아주 잘 먹었소."
양두일이 흡족한 표정으로 대답했다.
"쥐꼬리 같은 녹봉밖에 받지 못하는 장군 직을 떼인 데다, 그동안 아껴 모은 재산을 모두 빼앗기고 나니 하루하루 끼니를 때우는 것조차 여의치 않았습니다. 게다가 장군을 할 때는 뻔질나게 찾아오던 놈들도 안면을 바꾸는 바람에 더욱 곤궁하였는데 이렇게 대해주시니 감사할 뿐입니다."
"그동안 장군님께서 많이 도와주셨으니 신세를 갚아야 하지 않겠습니까? 부담 가지지 마시고 지금처럼 매일매일 오십시오."

"그래서 제가 일부러 장군을 그만둔 것 아니겠습니까? 계속 장군을 하게 되면 아무래도 주변의 눈을 의식해야 하고, 특히 지금처럼 위중한 시기에 자유롭게 행동하기 위해서는 장군을 사임하는 것이 좋지 않겠습니까? 하하하!"

매끄럽게 말하던 양두일이 빤하게 무당을 바라보았다.

먹이를 노리는 뱀 같은 눈초리를 마주보던 무당이 깊은 숨을 내쉬었다. 그리고 때가 되었다는 듯 입을 열었다. 드디어 털어놓는 비밀이었다.

무당의 입에서 술술 풀려 나온 말들은 기가 막힐 정도로 놀라운 내용들이었으나 양두일은 놀라기보다는 눈을 빛냈다.

"사실입니까?"

"사실입니다. 신령들께 맹세할 수도…."

"신령은 됐습니다."

"…."

"무당님께서 지금 말하신 내용에 의하면 안시성의 성주가 될 사람은 양만춘이 아니라 저라는 말이로군요?"

"그렇습니다."

"흐흠…."

양두일의 표정이 차갑게 가라앉았다.

엄청난 비밀의 당사자라는 것을 알게 된 다음 흥분한 나머지 양두일이 펄쩍 뛰리라고 예상했던 무당이 머쓱해질 지경이었다.

"혹시 우리 말고 비밀을 아는 사람이 있습니까?"

"어, 없을 것… 입니다."

"왜 갑자기 말을 더듬으십니까?"

다시 뱀 같은 눈초리가 날아들었다.

"하기야 아는 자가 있다고 해도 여기까지 온 이상…."

빤하게 바라보던 양두일이 피식 웃으며 눈을 돌렸다.

순식간에 칼자루가 넘어간 것을 직감한 무당이 식은땀을 흘렸다.

"일단 성주를 사당으로 끌어들여야 하지 않을까요? 제가 보기에도 거의 마지막까지 온 것 같으니까 승리를 기원하겠다는 핑계로 성주를 참배하게 한 다음 무사들을 동원하여…."

"자꾸 경거망동하시겠습니까!"

무당이 흠칫 놀랐다.

"어차피 목마른 놈이 우물로 오게 되어 있습니다. 모든 것을 제가 책임지고 이끌 테니 무당님은 절대 경거망동하지 말고 기다리면 됩니다. 아시겠습니까?"

"그리하겠습니다."

"술상이나 봐주시겠습니까? 성공에 앞서 건배를 해야 할 테니까요."

같은 시각, 안시성의 변두리

불땀이 없는 방은 바깥과 다르지 않았다.

화로에 약간의 숯불이 있었지만 추위를 막기 위한 용도가 아니었다. 활의 재료를 견고하게 접합하기 위한 접착제의 점도를 유지하기 위해 피운 것이었다.

손가락이 곱아들기 시작할 계절이었지만 노인은 오히려 다행스럽게 여겼다. 미세한 습기를 간과하는 바람에 실패했던 노인에게는 추위가 차라리 나았다.

노인의 방은 자궁과 같았으며 손가락은 탯줄 같았다. 노인의 손가락이 닿을 때마다 생명을 공급받은 활이 쑥쑥 자라났다. 손을 통해 생명과 영혼을 주입하는 노인은 활의 내부를 주의 깊게 살폈다.

아직까지는 이상이 없었지만 안도할 수 없었다. 여기에서 잉태된 활이 고고성을 터뜨릴 때까지 머리칼만큼의 주의도 흩뜨릴 수 없었다.

손을 제외한 노인은 화석 같았다.

바라보지 않고 도구와 재료를 집어든 노인은 정교하게 움직였다. 재료를 쪼갤 때는 단숨에 갈랐고 힘줄을 감을 때는 힘과 호흡을 적절히 배합했다.

숯불에 올린 접착제를 재료에 바르던 노인이 흠칫 떨었다. 필사적으로 이를 악다문 노인이 재료를 접합한 다음 몸을 일으켰다.

밖으로 나간 노인의 입에서 기침이 터졌다. 내장을 쏟아낼 것처럼 격렬한 기침은 각혈을 동반했다. 노인이 토해낸 피가 마당 여기저기에 얼룩졌다. 겨우 기침이 멎었지만 노인은 한동안이나 들어가지 않았다.

앞으로 열흘.

노인이 스스로에게 부여한 기간은 앞으로 열흘이었다.

같은 시각, 건안성

양만춘의 뜻을 알게 된 건안성주와 고인후, 고우찬은 한참 동안이나 말을 잊었다.

"저희 성주님은 건안성주님께 모든 것을 일임하셨습니다."

문태가 강렬한 시선으로 건안성주를 바라보았다.

"어차피 안시성은 패배할 것입니다. 토산에서 발사하는 포석을 어떻게 막겠습니까?"

"…."

"반격의 시기를 비롯한 모든 사안을 건안성주님께서 판단하여 달라는 저희 성주님의 뜻을 헤아려주실 줄 믿습니다."

"잘 알았으니 걱정 마시라고 전하게."

침중하게 대답한 건안성주가 고우찬을 바라보았다.

"반격의 개시는 위두대형께서 담당하셔야 할 것인데, 돌아오지 못할 위험이 높습니다."

"하나도 두렵지 않습니다!"

고우찬이 가슴을 두드리며 외쳤다.

"드디어 나라를 위해 공을 세울 수 있게 되었는데 오히려 감사해야 하지 않겠습니까?"

고우찬이 힘 있게 문태의 어깨를 잡았다.

"처음에는 너희 성주님을 원망했었지만 이제는 그렇지 않다. 가치 있게 죽을 기회를 주신 것에 감사드린다고 전해라."

문태가 대답 대신 품에서 가죽에 둘둘 말린 것을 꺼냈다.

"이것은 현도성의 야치들이 큰 희생을 치르면서 입수한 것입니다. 공을 세우러 나가실 때 반드시 필요할 것이니 찢기거나 분실되지 않도록 주의하십시오."

문태가 지도 가운데 어양을 가리켰다.

"저희 성주님께서는 반드시 어양을 박살내야 할 것이라 하셨습니다!"
"이렇게까지 도와주시는데 어찌 공을 세우지 않을 수 있겠느냐? 죽는 한이 있더라도 공을 세워 보답하겠다고 전해라."
"하하하! 이제야 모든 것을 알게 되었으니 출격에 앞서 술이라도 한잔 나누시는 것이 어떻겠습니까?"
건안성주의 제안에 고인후와 고우찬도 기쁘게 찬성했다.
"이세민이 토산까지 쌓을 줄 어떻게 알았겠습니까? 토산이 완성되면 머지않아 안시성이 패배할 것입니다."
한 잔을 마신 고인후가 한숨을 쉬며 말했다.
"안시성주님은 오히려 그것을 기회로 만들지 않았습니까? 안시성을 미끼로 하여 이세민을 붙들어 두고 반격의 기틀을 만들었으니 너무 상심하지 마십시오."
건안성주가 짐짓 밝게 웃으며 말했다.
"너도 한 잔 받아라."
고우찬이 문태에게 잔을 내밀었다.
"솔직히 말하면 너희 야치들을 인간으로 여기지도 않았는데, 앞으로는 달리 생각해야겠구나!"
"…."
"남자 대 남자로서 마시자!"
"저는 돌아가야 하니 술을 마시면 안 됩니다."
"그래, 돌아가야겠지."
건안성주가 아프게 바라보았다.
"앞으로는 다시 만날 수 없겠구나."
"…."

"돌아가면 너희 성주님께 전해라. 절대 잊지 않겠다고 말이다."
"반드시 그렇게 전하겠습니다."
돌아가려던 문태가 누군가에게 막혔다.
"그동안 잘 지냈나?"
문태를 막아선 건안성의 우두머리 야치가 담담하게 말했다.
"덕분에."
"돌아가서 말씀을 전한 다음 다시 오면 안 되겠나?"
"너 같으면 그럴 수 있겠나?"
"하기는…."
쓰게 웃은 우두머리가 비켜주었다.
"부디 잘 가게나."

8월 29일 오전 11시경, 토산

"폐하께서 어찌…."
부복애를 위시한 모든 자들이 황급히 무릎을 꿇었다.
"진척 상황을 둘러보러 왔으니 멈추지 말고 계속하라!"
토산의 정상에 오른 이세민은 흥분을 감추지 않았다. 거의 안시성의 턱밑까지 성장한 토산에서 안시성을 바라보는 기분은 어떻게 말로 형언할 수 없었다.
"곧 9월에 접어들면 추위가 시작될 테니 서둘러야 할 것이다!"
"폐하, 죽음을 각오하고 매진하겠나이다!"
"앞으로 얼마나 걸릴 것 같으냐?"

"폐하, 늦어도 열흘 후에는…."
"안 된다!"
이세민이 날카롭게 외쳤다.
"무슨 수를 써서라도 열흘 이전에 끝마쳐라. 만일 그렇지 못하면 엄중하게 다스리겠다!"
부복애를 다그치던 이세민의 표정이 묘하게 비틀렸다.
안시성에서 성벽을 높이는 것이 보였다. 그것을 바라보던 이세민이 웃음을 터뜨렸다. 모든 자들이 황제를 따라 웃었다. 만삭으로 부푼 토산에 웃음꽃이 흐드러졌다.

안시성의 군민이 부지런히 움직였다.
토성인 안시성의 성벽을 높이는 것은 어렵지 않았다. 사람이 살지 않는 집을 헐고 꺼낸 목재와 통나무로 얼개를 짠 다음 견고하게 다진 흙을 채워 넣는 것으로 새로운 성벽이 완성되었다.
움직일 수 있는 자들은 전부 동원되었다.
사내들이 목재와 흙을 나르면 여자들은 솥을 걸고 밥을 끓였다. 경험 많은 노인들이 얼개를 짜는 것을 가르치고 하다못해 아이들도 돌멩이를 날랐다.
그들을 바라보던 양만춘의 가슴이 무너졌다.
토산이 완성되는 날이 바로 안시성의 제삿날이었다. 성벽을 높여도 오래가지 못할 것이 분명했다. 적들이 어렵지 않게 토산을 높일 테니까.
앞으로 당면하게 될 공격은 이전과 차원이 달랐다.

증오를 그득 품은 적들이 발사하는 포석을 방어할 수 있는 수단은 존재하지 않았다. 위에서 내려다보면서 발사하는 포석을 더 이상 버틸 수 없게 되면 이세민은 죽여도 그냥 죽이지 않겠다는 약속을 이행할 것이었다.

남자들은 싸우다 죽으면 그만이었지만 여자들이 짐승 같은 적들에게 윤간을 당하는 광경은 상상하기조차 두려웠다. 안시성의 최후가 그런 형태라는 것을 모르지 않을 것임에도 한사코 성벽을 높이는 백성들이 너무나 불쌍했다.

패배는 피할 수 없었고 죽음도 피할 수 없었다.

양만춘도 인간인 이상 어떻게든 살아남고 싶었지만 의무를 배신할 수는 없었다. 자신을 믿고 따르는 백성들을 위해서라도 마지막까지 싸워야 했다. 군민들을 이끌고 끝까지 싸우다가 죽을망정 비겁한 놈이라는 욕은 먹지 말아야 했다.

제발, 양만춘은 마지막 순간에 추태를 부리지 않게 해달라고 간절히 기원했다.

무르익는 반역

9월 1일 오전 11시경, 안시성의 대로

나리는 수레에 목각된 것처럼 앉아 있었다.
구워버릴 것처럼 작열하던 태양은 예전에 빛이 바랬고 그악스레 울어대던 매미들도 오래전에 자취를 감췄다.
새벽에 서리가 내릴 정도였어도 나리의 차림은 변하지 않았다. 부스스한 눈길로 앞을 바라보는 나리는 아무것도 느끼지 못하는 인형 같았다.
"아무래도 틀린 것 같지 않나?"
호위하던 무사 가운데 하나가 말했다.
"지금까지 살아있는 것부터가 이해하지 못하겠어."
다른 무사가 고개를 저었다.
그들이 보기에도 나리는 희망이 없었지만 그럴수록 아름다움이 더했다. 투명하게 우려진 생명의 분말이 나리를 감싸고 휘돌았다.

　　같은 시각, 양만춘의 거처

"아무래도 사당에 가보는 것이 좋을 것 같구나."
양만춘이 나직하게 말했다.
적들이 저희들끼리 난투를 벌이는 것을 이용해 적지 않은 전과를 거두고 해이했던 것들도 다잡았지만, 거기까지가 한계였다.
양만춘은 자신이 그렸던 거대한 그림을 살아서 목격할 수 없었다.
큰 그림이 완성되고 건안성주와 뜻이 통한 이상 적을 하나라도 더 죽이고 전투력을 약화시켜야 했다.
손도 쓰지 못하고 전멸 당할 상황에서는 정상적인 정신과 힘은 소용 없었다.
이제부터는 마비된 정신과 맹목적인 힘이 필요했다. 공포를 제압하고 죽을 때까지 싸울 수 있게 해줄 수 있는 것은 신앙이 유일했다. 강력하게 정신을 마비시키고 무서운 힘을 낼 수 있게 해주는 신앙에 의지해야 할 때는 바로 지금이었다.
"꼭 그러셔야 하겠습니까?"
문태가 마뜩치 않은 표정을 감추지 않았다.
"왜? 마음에 걸리는 것이라도 있느냐?"
"사당으로 들어가는 것은 피하셔야 할 것 같습니다."
"참배하여 영험을 받고 필승을 간구하기 위해서는 사당으로 들어갈 수밖에 없지 않느냐?"

양만춘이 의아하게 말했다.
"최근에 양두일이 사당에 살다시피 하는 데다, 무사들의 움직임도 예전 같지 않습니다."
"구체적인 증거라도 있느냐?"
"그렇지는 않습니다. 야치로서의 직감이…."
"지금의 사안이 워낙 중대한 만큼 네 직감을 믿고 움직일 수는 없다."
"그렇다면 사당으로 들어가지 않고 군민들과 함께 영험을 받을 수 있는 방도를 취하는 것이 어떻겠습니까?"
문태가 의외로 강하게 나왔다.
가만히 바라보던 양만춘이 한 걸음 물러섰다.
"그럴 수 있는 방도가 있겠느냐?"
"사당 앞의 큰길은 많은 사람들이 모일 수 있는 데다, 바로 사당과 근접했기 때문에 거기서 기원해달라고 하시면…."
양만춘이 생각해도 다른 방도가 없었다.
"좋다, 네가 가서 나의 뜻을 전해라."
"알겠습니다."
문태가 나간 다음 양만춘은 깊은 한숨을 쉬었다. 신앙으로 위장된 광신이 가장 필요한 사람은 양만춘 자신이었다. 이제까지 잘 따라준 장병들과 백성들을 죽음으로 몰아넣을 자신이 형언할 수 없이 무서운 괴물 같았다.
곧 죽을 것이 빤한데도 '우리가 이긴다'며 나가 싸우라고 등을 떠밀어야 하는 자신이 괴물이 아니면 무엇이란 말인가? 게다가 저를 비롯한 장병들이 전멸당한 다음 성 안의 백성들이 당할 고초를 생각하면 아무리 큰 그림을 위해서라도 차마 못할 짓이었다.
 스스로를 마비시키기 위해서는 신앙이 필요했다.
 장병들이 피를 뿜으며 쓰러져도 얼음을 삼킨 것처럼 계속 죽을 것을 명령하고, 화살받이로 내몰린 백성들의 아내와 자식들이 울부짖어도 태연하게 다음 순서의 등을 떠밀 수 있으려면 충분한 이상으로 마비되어야만 했다. 모든 것이 끝난 다음 스스로 목숨을 끊을 때도 광신의 도움이 필요할 것이었다.

 같은 시각, 토산

 이세민이 다시 토산을 방문했다.
 부복애를 비롯한 자들이 무릎을 꿇고 예의를 표했지만 이전처럼 황망하지 않았다. 요즘의 이세민은 토산 위에 서서 안시성을 바라보는 것이 유일한 낙이었다.
 토산은 그 자체로 위대한 역사의 증거였고, 이세민을 수식하는 가장 확실한 도구였다. 훗날의 역사에 이세민은 황제들 가운데서도 유일무이와 전무후무한 황제로 기록될 것이 분명했다.
 "서둘러라! 기일 내에 끝마치면 큰 상을 내리겠다!"
 "와아아!"
 "황제폐하 만세!"
 일제히 터지는 외침이 안시성을 삼킬 것 같았다.

같은 날 오후 2시경, 사당

"성주님의 뜻은 잘 알겠습니다."
무당이 정중하게 말했다.
"중대한 의식을 집전하기 위해서는 준비가 필요하니 사흘 뒤의 좋은 시간에 시작하는 좋을 것 같습니다."
"성주님께 그렇게 전하겠습니다."
돌아선 문태는 뒤통수에 날카로운 칼날 같은 것이 박히는 것을 느꼈지만 내색하지 않고 나갔다.
밖으로 향하는 문태의 심정은 말할 수 없이 복잡했다.
양만춘이 무당을 만나 뜻을 전하라고 명한 것은 배려일 수 있었다. 어차피 이렇게 된 이상 죽기 전에 나리를 만나보라는 뜻은 고마웠다. 그러나 문태는 지금 상태에서 나리를 만나기는 어렵다고 생각했다.
두 사람이 만날 때는 안시성이 함락당한 다음이었다. 그때 나리가 순결하게 죽을 수 있도록 도와준 다음 그녀의 옆에서 목숨을 끊을 작정이었다.
나리의 상태가 매우 좋지 않다는 것은 문태도 모르지 않았다. 나리가 자신을 너무나 사랑한다는 것도 잘 알고 있었지만 그럴수록 만나기 두려웠다.
'전쟁에 패배한 다음 나리를 데리고 떠나면 되지 않겠느냐'는 고돌발의 권유도 생각해보지 않은 것은 아니었다. 만일 떠나려면 탈출이 훨씬 용이할 지금 나가야 했지만 양만춘과 야치들을 배신할 수는 없었다.

묵묵히 사당의 대문을 나서던 문태가 우뚝 멈췄다. 대로 방향에서 수레가 돌아오는 것을 바라보던 문태가 그쪽으로 향했다.

"거기 서라!"

무사들이 날카롭게 외쳤다.

"잠시 멈춰라. 물어볼 것이 있다."

"야치 따위가 어디서 수작이냐. 당장 물러서라!"

"다른 뜻은 없다. 시간이 한참 남았는데도 무엇 때문에 돌아오는 거냐?"

"비키지 않으면 벤다!"

무사들이 칼을 뽑는 순간 문태가 움직였다.

카캉!

칼과 칼이 마찰하며 불꽃이 튀었다.

놀랍게도 문태가 밀리기 시작했다. 상대가 여럿인 데다 최강 가운데 하나로 꼽히는 사당의 무사들이었지만, 문태는 그들을 벨 수 없었다.

지금 상황에서 사당의 무사들을 베었다가는 크게 비화할 수 있었다. 무당의 뒤에서 뭔가 꿍꿍이를 부리는 것 같은 양두일에게 도발할 빌미를 줄 수는 없었다.

문태가 극도로 조심스러운 반면 무사들은 사정을 봐줄 이유가 없었다. 신녀의 수레를 가로 막은 것부터가 참살의 이유로 충분했다. 거기다 공을 세웠다고 우쭐대는 야치들의 우두머리를 죽일 기회를 놓칠 수 없었다.

조심하라! 앞에서 덤벼드는 무사의 어깨를 벤 문태가 옆에서 압박하는 무사의 옆구리를 칼등으로 쳤다. 다시 하나의 어깨를 베는 순간 칼날이 허벅지를 스치고 지나갔다.

크윽! 문태의 입에서 신음이 비집고 나왔다.

옅게 베인 정도였지만 하필이면 보화를 가지고 돌아오다 심하게 다친 곳이었다. 하마터면 무릎을 꿇을 뻔했다. 고통을 간신히 참은 문태에게 다른 무사의 칼이 사납게 쇄도했다.

피잇! 간발의 차이로 피했지만, 그게 아니었으면 목이 갈라졌을 것이 분명했다.

그 무사와 함께 방금 허벅지를 베었던 무사를 칼등으로 처리하자마자 사당에서 무사들이 쏟아져 나왔다.

"야치 주제에 감히 신녀를 가로막은 것부터가 죽고도 남을 죄이거늘, 호위하는 무사들을 베기까지 하다니!"

"당장 칼을 버리고 투항하라. 그렇지 않으면 후회하게 될 것이다!"

문태를 포위한 사당의 무사들이 살벌하게 외쳤다.

마음만 먹으면 뚫고 나가는 것은 어렵지 않았지만, 그러기 위해서는 진짜로 베어야만 했다. 게다가 나리가 전혀 기척이 없는 것도 신경 쓰였다. 나리가 걱정된 나머지 수레를 곁눈질하는 순간, 무사들이 일제히 달려들었다.

"멈추지 못할까!"

난데없이 천둥 같은 고함이 터졌다.

무사들이 멈칫하는 순간 누군가가 뛰어들었다.

"고돌발을 모르거나 죽고 싶은 자는 나서라!"

무사들이 일제히 주춤했다. 고돌발! 인간으로 믿기 어려운 무예와 함께, 이기든 지든 스스로 목숨을 끊을 것을 공언한 고돌발에게

도전하는 것은 자살하는 것과 같았다.

"어서!"

고돌발이 지키는 가운데 문태가 수레의 문을 열었다.

반듯하게 누워 있는 나리에게 불길한 냄새가 흩날렸다.

"어어…."

문태는 말이 나오지 않았다.

"급소를 안마하고 막힌 숨을 트이게 해!"

고돌발이 다시 외쳤다.

정신이 번쩍 든 문태가 곳곳의 급소를 강하게 누르자 미약하게 호흡이 돌아왔다.

그러나 나리는 눈을 뜨지 못했다.

안타깝게 부르짖던 문태가 칼로 손가락을 깊이 베었다. 줄줄 흐르는 피를 나리의 입에 대었다. 적지 않은 시간이 지난 다음에야 비로소 나리가 눈을 떴다.

멍하게 문태를 바라보던 나리가 와락 품에 안겼다.

"문태님! 문태님 맞으세요?"

"그렇소! 나 문태요."

문태도 뜨거운 눈물을 쏟았다.

어디에 이렇게 많은 눈물이 감춰져 있었는지 몰랐다. 그러나 재회의 기쁨도 잠시, 나리가 다시 사그라들었다.

"안 돼! 죽으면 안 돼!"

문태가 나리를 끌어안고 울부짖었다.

"이럴 여유가 없다. 어서 이동하자!"

고돌발이 수레를 끄는 황소의 고삐를 잡는 순간 무사들이 이를 악물었다.
 어떤 이유로든 신녀를 탈취당한다면 사형에 처해질 것이 분명했다. 이판사판으로 해볼 수밖에 없었다.
 "대체 뭘 보고 있습니까. 빨리 보내주도록 하십시오!"
 거리를 두고 숨어 지켜보던 양두일이 무당에게 펄펄 뛰었다.
 "신녀가 끌려가면 사당의 체통이…."
 "천한 시녀에 불과한 것 따위가 신녀는 무슨 얼어 죽을 신녀입니까! 사태가 더 이상 확대되면 계획이 틀어질 수 있으니 빨리 보내주도록 하십시오."

 "그게 사실이냐?"
 부장의 보고를 받은 양만춘이 크게 놀랐다.
 사당에 보낸 문태가 나리를 태운 수레를 막아선 것도 모자라 호위하는 무사들까지 해쳤다는 보고는 진정으로 믿기 어려웠다. 게다가 고돌발까지 합세하여 수레를 끌고 갔다니 양만춘도 입을 딱 벌렸다.
 "이놈들이 미친 게 아니더냐!"
 "아무래도 뭔가 사정이 있는 것 같으니 제가 알아보도록 하겠습니다."
 부장이 황급히 나간 다음 얼마 지나지 않아 사당에서 보낸 여관이 들어왔다.
 "어인 일이냐?"
 "무당님께서는 현재 발생한 사태에 대해 지극히 우려하고 계십니다."

"모두가 성주인 나의 잘못이니 책임을 통감한다고 전해라. 감히 사당의 무사들을 베고 신녀의 수레를 끌고 간 놈들을 엄벌에 처할 것이니…."

"그러실 필요는 없다고 하셨습니다."

그럴 필요 없다고? 양만춘이 다시 한 번 입을 딱 벌릴 뻔했다.

사당의 입장에서는 나리가 끌려간 자체가 최악 이상의 사태였다. 비록 나리가 천한 시녀였다가 강제로 신녀가 되었지만, 이후 절대적인 존재로 격상되지 않았던가? 이제 나리가 없는 안시성은 상상조차 못할 지경이었다.

최후의 영험을 받기 위한 집전에서도 당연히 나리가 있어야만 했다. 신성하기까지 한 미모와 신비한 마력으로 군민들을 사로잡은 나리를 이용하면 보다 수월하게 양만춘의 의도를 관철할 수 있었다. 물론 무당도 원하는 이상의 재물을 얻을 수 있을 테지만, 나리가 없다면 피차의 목적이 이루어지기 어려웠다.

"그러면 왜 너를 보내셨느냐?"

"지금 상황에서는 안시성을 수호하기 위한 영험을 집전하는 것 이상 중요한 사안이 없는 만큼, 책임의 추궁과 처벌은 집전 이후에 하는 것이 어떠하시냐는 말씀이 계셨습니다."

"날짜는?"

"성주님의 뜻을 받아들여 생기가 가장 활발할 사흘 뒤의 정오에 대로에서 집전할 것이라 하셨습니다."

"알았다. 배려에 감사드린다고 전해라."

여관에게 심부름 값을 넘치게 주어 보낸 양만춘은 어이가 없다

못해 실소까지 나왔다. 비록 문태와 고돌발이 처형당하고도 남을 엄청난 짓을 저질렀지만, 무당의 말처럼 중요한 것은 영험의 집전이었다.

하지만 양만춘의 입장에서 처형할 것은 오히려 무당이었다.

어떤 성이든 함락당하면 무당은 신앙을 지키기 위해 사당을 불사르고 여관들과 함께 최후를 마쳐야 했다. 그러나 안시성의 무당이 그럴 리 만무했다. 자결은커녕 살아남기 위해 입에 담기조차 추잡한 짓까지 서슴지 않을 것이 눈에 선했다.

물론 양만춘은 그런 것을 좌시할 생각은 추호도 없었다. 최후의 순간이 닥치기 전에 야치들을 사당에 난입시켜 모조리 죽인 다음 불을 지를 작정이었다. '무당님께서 신앙을 지키기 위해 자결하셨으니 우리들도 끝까지 싸우다가 죽자'고 외치면 적을 하나라도 더 죽이는 데 도움이 될 것이 분명했다.

무당에 대한 사안을 정리한 양만춘은 다시 의혹에 휩싸였다.

문태는 무엇 때문에 나리를 가로막고 무사들까지 베었으며, 고돌발은 왜 문태에게 협조하여 수레를 끌고 갔다는 말인가? 아무리 생각해도 이세민이 던진 승부수처럼 종잡을 수 없었다.

적지 않은 시간이 지난 다음 돌아온 부장의 보고는 전혀 도움이 되지 못했다. 문태가 수레를 호위하는 무사들을 제압하자 사당에서 거의 모든 무사들이 뛰어나왔다는 것까지는 정상의 범주를 벗어나지 않았다.

"그런데 고돌발이 뛰어든 다음 사당의 무사들이 곱게 수레를 보내주었다고 했느냐?"

"제가 알아본 바는 그렇습니다."

실마리를 찾기는커녕 더욱 엉키는 바람에 미칠 것 같았다.

분명한 것은 무당의 명령 없이는 나리와 수레를 그렇게 쉽게 탈취할 수 없다는 점이었다. 그리고 무당의 배후에는 양두일이 있는 것이 틀림없었다. 지금 상황에서 사당의 전부라고 해도 과언이 아닐 나리를 내줄 정도라면 꿍꿍이도 보통 꿍꿍이가 아닐 것이 분명했다.

"부장! 적 가운데 가장 위험한 것이 내부의 적이라는 것은 굳이 말할 필요가 없을 줄 안다. 만에 하나라도 우리의 내부에 그런 것들이 존재할 가능성이 있지 않은가?"

"절대 그럴 리 없습니다!"

너무나 단호한 대답에 질문한 양만춘의 맥이 빠졌다.

하긴 그런 것들을 뿌리 뽑은 사람이 바로 나였으니까. 자신이 야치들을 구한 직후부터 투지와 용기를 잠식한 고름들이 남김없이 짜내지고 급격히 치유되지 않았던가?

토산에 의해 발생한 공포의 균열이 완전히 봉합되고 이전보다 훨씬 강해졌다는 것은 누구보다도 양만춘 자신이 잘 알고 있는 상태였다. 야치부터 장수들까지 새롭게 거듭나는 과정이 지금도 생생하게 떠올랐다.

"다시 묻겠다! 만에 하나라도 우리의 내부에 위험한 요소가 존재할 수 있는 가능성이 있지 않은가?"

"장병들도 인간인 이상 전부의 마음이 동일할 수는 없지 않겠습니까? 차라리 장병들의 무예와 용맹이 차이가 날 수밖에 없는 것으로 이해하시는 것이 좋을 것 같습니다!"

"좋다, 다음으로 사당은 어떨 것 같은가?"

"무, 무슨 말씀이십니까?"

"부장의 시각에서 판단하는 사당의 전투력에 대해서 솔직히 말해보라!"

이번에는 부장의 맥이 빠졌다.

겨우 백 명에도 미치지 못하는 사당의 무사들을 양만춘에게 지휘되는 최강의 장병들에 대입하는 것은 미친 짓에 가까웠다. 만일 그런 소문이 퍼진다면 안시성의 강아지와 병아리들까지 배꼽을 잡고 데굴데굴 구를 것이 틀림없었다.

"성주님!"

부장의 시선이 유달리 강렬했다.

"문태와 고돌발에 의한 사태가 납득하기 어려운 것은 사실이지만, 우리가 집중할 대상은 이세민이 아닙니까? 그런 사실을 누구보다도 잘 알고 계실 성주님께서 계속 이러시면 앞으로의 승부에 전혀 도움이 되지 못할 것입니다!"

"그래, 아무래도 내가 과민했던 모양이군."

양만춘이 부장의 어깨를 툭 쳤다.

"장병들을 최고로 잘 먹이도록 하게."

"그렇지 않아도 잘 먹이고 있습니다만."

"내가 원하는 것은 '최고로 잘 먹이도록' 하는 것이야."

짐짓 웃으며 당부한 양만춘이 성루로 향했다.

안시성과 거의 대등할 정도로 성장한 토산이 다가오는 것 같았다.

후방에서 파낸 흙에 의해 성장하는 탓에 앞으로 이동하는 것 같은 착각을 일으키기도 했지만, 실제로 토산은 안시성을 향해 접근하고 있었다. 엄청난 흙이 부어지면서 아래로 퍼진 경사에 계속 축적된 결과였다.

시간의 흐름은 토산 이전과 이후로 구획되었다.

큰 그림을 구상한 양만춘이 치열한 공격을 잇달아 격퇴했을 때는 시간이 기어가는 것처럼 느리게 흘렀다. 어서 빨리 다음 반격할 시기만 기다릴 때는 한없이 더뎠던 시간이 토산이 등장한 다음부터는 획획 내닫는 것 같았다.

토산으로 인해 구획될 것 가운데는 안시성과 양만춘도 포함되었다.

큰 그림의 성공 여부와 관계없이 안시성은 끝장이었다. 양만춘이 성공한다면 이세민이 함락시킬 것은 더 이상 존재하지 않았다. 그러기 위해 할 수 있는 모든 것을 다했지만, 안시성이 무너지는 환영에서 헤어날 길이 없었다.

양만춘이 흘긋 사당을 바라보았다.

비록 추악하게 변질했지만, 저것들도 어떻게든 살고 싶을 것이었다. 지금 상황에서 살아남을 수 있는 유일한 방법은 양만춘을 죽인 다음 성문을 열고 이세민을 맞아들이는 것밖에 없었지만, 안시성이 토산에서 비 오듯 쏟아질 포석을 견디고 승리하는 것만큼이나 불가능했다.

죽고 싶으면 무슨 짓을 못하겠나? 양만춘이 비릿하게 웃었다.

만일 사당이 더 이상 수상한 기미를 보였다가는 더 빠른 죽음 말고는 얻을 것이 없었다. 지금이라도 당장 무당과 양두일을 비롯한 모든 것들의 머리와 몸통을 분리하고 싶었지만, 마지막 쓰임새를 보아서 참고 있을 뿐이었다.

그래, 너희들이라도 살아남아야지. 양만춘의 웃음이 아프게 변했다.

어떤 형태로든 결심을 굳힌 문태가 고돌발의 협조를 얻는다면 나리를 데리고 탈출하는 것은 불가능하지 않았다. 그렇게 해서라도 문태와 나리가 살아남기를 간절히 원하는 양만춘의 가슴은 그믐의 밤처럼 어둡고 침침했다.

죽음에 포위당한 안시성

9월 2일 오후 9시경, 평양

"어서 오십시오. 야밤에 뵙기를 청하여 송구스럽습니다."
연개소문이 정중하게 고정의를 맞이했다.
"대막리지께서 부르셨을 때는 그만한 일이 있을 테니 자다가도 달려와야지요."
고정의가 웃으며 답례했다.
"게다가 고구려에서 제일가는 술과 미녀들이 있으니 오히려 감사드려야 하지 않겠습니까?"
"그렇게 생각해주시니 감사할 따름입니다. 어서 안으로 드시지요."
이미 잘 차린 술상이 준비되어 있었다.
한 순배 돌리고 기녀들을 물리친 연개소문이 나직하게 말했다.

"요동의 수군에서 급보를 보내왔는데…."

"그, 그게 사실입니까!"

연개소문의 말이 미처 끝나기도 전에 고정의가 경악했다.

건안성주가 요동의 수군에 야치를 파견하여 언제든지 개마기병을 싣고 요하를 거슬러 오를 수 있도록 당부한 것은 충분히 경악할 만했다. 고우찬이 이끄는 개마기병이 당나라의 후방을 박살낸다면 이세민에게로 기울었던 전쟁의 저울이 이쪽으로 기울 수 있었다.

"그렇게만 된다면 이번 전쟁에서 이길 수도 있지 않습니까?"

"그럴 수도 있겠지요."

"허면 즉시 폐하께 알리고 대신들을 소집하여 긴급회의를…."

"안 됩니다!"

연개소문이 단호하게 잘랐다.

"극도로 비밀을 유지해야 하는 만큼 저와 대로 이외에는 누구도 알아서는 안 됩니다!"

고정의가 찬바람을 삼켰다.

보장왕과 대신들의 귀에 들어가면 평양 전체에 알려지는 것은 시간문제였다. 고혜진과 백암성주 같은 놈들이 없다고 할 수 없는 만큼 연개소문이 옳았다.

"그리고…."

모든 공을 자신들이 삼켜야 한다고 말할 뻔했던 연개소문이 술을 꿀꺽 삼켰다.

"그리고… 아직 확실하지 않은 이상 시기를 보아서 아뢰는 것이 좋겠지요."

"허허, 양만춘이 의외로 대단합니다!"

"저도 적지 않게 놀랐습니다. 젊고 경험이 없는 것으로만 치부했는데 그런 계책을 세우다니…."

연개소문이 목이 탄 것처럼 훌쩍 들이켰다.

"이긴다고 해도 양만춘과 안시성이 패배할 수밖에 없으니 참으로 안타까운 일입니다."

"어쩔 수 없지 않습니까? 전쟁을 하다 보면 희생이 따를 수밖에 없으니까요."

"양만춘을 도울 수는 없겠습니까?"

고정의가 말하자 연개소문이 흘긋 시선을 던졌다.

"그럴 필요 없습니다."

"…."

"아비와 아들이 반항한 안시성은 이번 기회에 반드시 성주를 바꾸어야 합니다. 신성과 건안성도 마찬가집니다. 우리가 비록 고연수와 고혜진을 내동댕이치고 안시성을 버렸다고 해도 감히 반발한 대가는 치러야 하지 않겠습니까?"

연개소문이 부드득 이를 갈았다.

"아무튼 지원군을 보내야…."

"안시성이 전멸하고 이세민도 기진맥진했을 때 보낼 테니 걱정 마십시오!"

같은 시각, 안시성의 비밀장소

주인 부부까지 내보낸 야치들이 빈틈없이 둘러쌌다.
안으로 들어가는 모든 것에 철저한 확인을 거치는 옆에서 창을 어깨에 기댄 고돌발이 쭈그리고 앉아 쪽잠이 들었다.
"틀렸소이다."
늙은 의원이 고개를 저었다.
"오래도록 제대로 쉬지도 못하고 먹지도 못해 기력이 남김없이 소진된 데다, 애달픈 병이 가슴을 태워버렸소이다."
"재물은 얼마든지 드릴 테니 제발 살려주십시오!"
"재물이 문제가 아니외다."
의원이 자리를 털고 일어섰다.
"머지않아 세상을 떠날 것 같으니 마음의 준비를 갖추는 것이 좋겠소."
의원이 나간 다음 문태가 다시 나리에게 매달렸다.
"제발 정신을 차리란 말이야!"
미칠 듯 주무르면서 땀을 닦아내는 문태는 한없이 자책했다.
사랑이 이토록 고통스러울 줄은 몰랐다. 차라리 나리를 만나지 않았어야 했다고 절규했지만 이미 때가 늦어버렸다.
나리가 죽은 다음에는 살아갈 이유가 없었다.
어차피 안시성도 틀린 이상 야치들과 함께 적에게 뛰어들어 최후를 마치면 그만이었다.

9월 3일 오후 1시경, 토산

이세민이 바라보는 가운데 포차들이 정렬했다.

안시성과 대등할 정도로 높아진 토산에서 내린 밧줄에 포차가 견고하게 묶였다.

"당겨라!"

부복애가 목이 찢어질 정도로 외쳤다.

첫 포차가 꿈틀거리며 토산의 경사를 오르기 시작했다. 포차를 올리기 위해 깔아놓은 판자들도 통과하는 중량을 무리 없이 감당해 냈다.

"와아아!"

그동안 토산을 쌓았던 장졸들이 목이 메어 외쳤다.

눈물을 쏟던 그들은 시키지도 않았는데 앞 다투어 달려가 포차를 밀었다. 첫 포차가 순식간에 올라간 다음 대기했던 포차들이 동일한 방식으로 줄을 이었다.

"포석도 올려라!"

수레에 실어둔 포석들도 자신들이 있어야 할 곳으로 이동하기 시작했다.

포차가 올라갈 때와 동일한 수고가 투입된 수레들이 정렬되기에는 긴 시간이 필요하지 않았다.

"장전!"

"장전!"

포차에 설치된 거대한 바구니 같은 틀에 포석이 하나씩 들어갔다.

이미 대기하고 있던 노예들이 포석의 옆구리에 설치된 방아틀을 감았다. 방아틀에 연결된 도르래가 감길 때마다 무서운 힘이 응축되기 시작했다. 더 이상 흡수할 수 없을 정도로 탄력을 포식한 포차들이 안시성을 매섭게 노려보았다.

흐흠, 이세민은 눈물이 나려는 것을 겨우 참고 있었다. 드디어 안시성을 직접 공격할 수 있게 된 지금 펄쩍펄쩍 뛰면서 소리라도 지르고 싶은 심정이었다.

"폐하! 속히 명령을 내리시오소서!"

장손무기의 목소리도 떨렸지만 이세민은 애써 외면했다.

"별것도 아닌 것에 어찌 짐이 직접 명령하겠느냐? 책임을 맡은 장교가 알아서 진행하라!"

잠시 후 방아틀이 잇달아 풀렸다.

가마니만 한 포석들이 불길한 소리를 지르며 허공을 갈랐다. 토산에서 안시성을 향해 발사된 최초의 포석이 성벽을 때린 직후 숨 쉴 틈도 없이 작렬했다.

"그만하라!"

첫 번째 일제포격이 멈추었다.

황제부터 노예까지 모두의 시선이 안시성을 향해 쇄도했다. 가장 높이 맞은 것이 성벽의 반길 아래, 나머지는 한길 정도 아래에 집중된 것이 여기서도 똑똑히 보였다.

"폐하, 아직 미진하오나 기일 내에 완성될 것이옵니다!"

부복애가 부들부들 떨면서 아뢰었다.

"어차피 시험할 목적이었으니 괘념치 말라."

아무렇지도 않게 말했지만 이세민의 내심은 그렇지 않았다.

시험으로 발사한 포석 가운데 한둘 정도라도 성벽을 넘을 것을 기대했던 이세민의 시선이 부복애를 향했다.
"만일 기일 내에 완성하지 못했다가는 참형으로 다스리겠다!"
이세민의 말이 끝나기도 전에 자루를 진 행렬이 개미떼처럼 올라왔다.
이제는 토산이 자라는 것이 눈에 보였다. 수십만에 달하는 인원들이 자루를 털어낼 때마다 토산은 쑥쑥 성장했다. 안시성은 물론 고구려까지 죽음으로 몰아넣을 위대한 무기의 담금질에 마지막 박차가 가해졌다.

같은 날 오후 3시경, 안시성의 변두리

이제는 아예 보이지 않았다. 호흡하는 것조차 힘에 겨웠지만 노인의 손은 멈추는 것을 강하게 거부했다. 마지막 과정이 남아 있었다.
자신의 것이 아닌 것처럼 떨리는 손으로 마지막을 매조진 노인이 바다에서 솟구친 깊은 숨을 들이마셨다.
잠시 후 노인이 활줄을 걸었다.
한참 동안 애를 써서야 겨우 활줄을 걸 수 있었다. 나무뿌리처럼 거친 노인의 손가락이 활의 모든 곳을 세심하게 만졌다.
좋다! 마침내 노인이 활을 쥐고 줄을 약간 당겼다가 놓았다.
퉁! 소리가 맑았다.
사람의 발길이 닿지 않는 깊은 산에서 솟구치는 샘물처럼 티 하나 없이 맑은 소리에 전율하던 노인이 다시 한 번 활줄을 당겼다 놓았다. 이번의 소리도 더 없이 훌륭했고 진동 역시 일정하고 개운

했다.
 무엇보다도 쓰디쓴 실패를 맛보게 했던 비틀림이 없었다.
 모든 과정을 세심하게 점검한 노인은 끓어오르는 흥분을 애써 삼켰다. 노인이 홀린 것처럼 활줄을 당기고 놓는 것을 반복했다. 졸아붙은 힘을 다해 당길 때마다 활이 생명을 빨아들였다.
 한동안 활줄을 당기는 것을 반복하던 노인이 스르르 무너졌다. 입가에 달린 그의 웃음은 영원히 지워지지 않을 것 같았다.

같은 날 오후 5시경, 비밀장소

 "저, 저게 뭐냐?"
 야치들이 웅성거렸다.
 시끄럽다고 타박하려던 고돌발이 눈을 떴다. 야치들이 놀랄 정도라면 대단히 심상치 않을 것으로 짐작하고 창을 고쳐 잡던 고돌발의 눈도 크게 뜨였다.
 부드러운 안개 같은 것이 지붕을 감싼 것이 보였다.
 지금 시간에 안개가 나타나는 자체가 말도 되지 않았다.
 또한 바람이 불어도 흩어지지 않는 데다, 오히려 더욱 짙어지기까지 했다. 게다가 지붕을 감싸던 안개가 품는 것처럼 아늑하게 응축되는 것에 고돌발도 그만 입이 딱 벌어졌다.

오후 7시경, 사당

"준비는 완벽합니다."

양두일이 강하게 확신했다.

"가장 중요한 것은 유력자들이 이탈하지 못하게 하는 것입니다. 그것을 우려하여 유력자들을 불러들이면 문태의 의심을 살 것이 분명하지 않겠습니까? 정상적으로 참배하러 온 자들에게 귀띔한 다음 주변에 알리라고 했으니 지금쯤은 태도를 정했을 것입니다."

"참으로 잘하셨습니다."

무당의 확신도 양두일과 다르지 않았다.

"일단 제가 운을 뗄 테니 장군, 아니 성주님께서 마무리하시는 것으로 알겠습니다."

"제 걱정은 마시고 무당님이나 잘하십시오."

"이렇게 중요한 시기에 가장 걸림돌이 될 수 있는 문태와 야치들은 물론 고돌발까지 양만춘의 곁을 지키지 못하다니, 우리에게 천운이 따르는 것이 분명합니다."

무당이 말을 마치는 순간 무사들이 달려 들어왔다.

양두일의 명에 따라 문태와 고돌발을 추적하고 관찰하던 무사들이 보고하는 내용은 놀라운 차원을 한참이나 초월했다.

"내림에 대한 가능성을 배제할 수 없지 않겠습니까?"

양두일의 말에 무당의 표정이 쥐어짠 걸레처럼 비틀렸다.

고구려의 신앙을 계승하기 위해서는 반드시 내림을 받아야만 했다. 신령들에게 선택받은 여관의 주변에 상식으로 납득되지 않는 현상이 나타나는 것과 함께, 여관 자신도 기이한 상태에 빠진다는 것은 양두일도 알고 있었다.

"내림이 맞다면 변수로 작용할 수도 있는 만큼 확실하게 알아보시는 것이 어떻…."

"내림이 무슨 강아지 이름인 줄 아십니까?"

무당의 표정이 오물을 씹은 것처럼 이지러졌다.

"솔직히 말해서 내림은 이미 오래전에 맥이 끊겼습니다! 저를 위시한 고구려의 무당들 가운데서도 내림을 받고 사당을 승계한 사례가 존재하지 않거늘, 애송이 여관도 아닌 천한 시녀 출신에게 내림이 나타난다는 것이 말이 된다고 생각하십니까?"

"저도 내림의 의미와 용도를 모르지 않기 때문에 드리는 말씀입니다. 군민들이 나리를 신녀로 떠받드는 만큼, 행여 나리가 내림을 무기로 하여 그들을 미혹하기라도 하면…."

"다시 말씀드리지만 저도 받지 못한 내림이 그 따위 천한 계집에게 나타날 것 같습니까?"

"…."

"만에 하나라도 나리가 죽지 않고 살아남은 다음 내림을 빙자하여 우리 일을 방해하려 든다면 제가 그냥두지 않을 것입니다! 그러니 성주님께서는 내일 일이나 신경 쓰도록 하십시오."

무당이 단호하게 말했다.

아픈 곳을 찔린 나머지 새파랗게 독이 오른 무당을 바라보던 양두일이 속으로 피식 웃었다.

양두일은 자신들에 의해 성문이 열린 이후에도 무당과 함께할 생각은 추호도 없었다. 무당은 그때부터 이용가치가 없겠지만, 나리의 가치는 오히려 그때부터 시작이었다.

양두일 역시 내림의 의미와 용도를 알고 있을 뿐, 그것이 실재한 다고는 믿지 않았다. 지금 상태에서 내림의 조짐이 나타났다는 것은 나리가 어떤 형태로든 기사회생했다는 의미일 것이었다.

이세민에게 안시성과 더불어 나리를 바치면 어떻게 될까? 살아남을 수 있는 확률을 더욱 높인 양두일의 표정이 그윽해졌다. 일단 양만춘을 대체한 다음에는 얼마든지 나리를 확보할 수 있는 만큼 그것에 주력해야 했다.

같은 시각, 안시성의 내부

저녁을 먹고 푸근하게 쉬어야 할 백성들이 모여들었다.
토산이 있는 방향의 성벽에는 곳곳에 밝혀진 횃불로 인해 대낮 같았다. 모여든 백성들이 성벽으로 올라가 일을 나누기 시작했다. 입이 없는 것처럼 묵묵히 일하는 백성들은 허깨비들의 군상처럼 소름마저 끼쳤다.
그들을 바라보던 양만춘의 가슴이 다시 미어졌다.
백성들에게 밤에 나와 일할 것을 명령하지 않았으며 곳곳을 밝히라고 명령한 적도 없었다. 그럼에도 몰려나와 망령처럼 일하는 백성들에 의해 성벽이 높아지고 있었다.
점심을 먹은 직후 토산에서 발사된 포석은 안시성을 뒤흔들었다.
불길한 소리를 지르며 날아온 포석이 성벽에 작렬할 때마다 양만춘은 온몸이 으깨지는 것처럼 전율했다. 이전에 겪었던 어떤 것보다 강력한 형태의 공격에 직면한 양만춘이 할 수 있는 일은 주먹을 움켜쥐고 부들부들 떠는 것밖에 없었다.

백성들에게 체감되는 충격의 강도는 양만춘과 비교할 수 없었다.

포석이 성벽을 때릴 때마다 머리를 감싸고 비명을 지르던 백성들 중 미쳐 날뛰는 자들까지 나타날 지경이었다. 당장이라도 포석에 으깨질 것 같은 공포에 함몰당한 백성들은 한사코 성벽을 높이려 했다.

그동안 안시성이 놀고 있던 것은 아니었다.

필사적으로 성벽을 높이고 또 높였지만 수십만이 먹여주는 토산이 성장하는 속도를 따라가지 못했다. 그저 바라보는 것밖에 할 수 있는 것이 없는 가운데 날아든 첫 포격의 위력은 양만춘이 애써 봉합한 투지와 사기를 뒤흔들기에 너무나도 충분했다.

양만춘의 시선이 다시 백성들을 훑었다.

시키지도 않았는데 자발적으로 움직이는 모습은 적의 포차가 토산으로 오르는 광경과 정확히 겹쳐졌지만 내면은 그렇지 않았다. 기필코 죽이고야 말겠다는 살벌한 야욕과 어떻게든 살아보겠다는 맹목적인 본능이 토산과 성벽의 형태로 구현되었다.

이제는 정말 마지막이었다.

사나흘 후에 토산이 안시성을 굽어볼 수 있다는 것은 시간이 앞으로 흐르는 것만큼이나 명확했다. 그때 빗발치는 포석에 의해 안시성의 전부가 파괴될 것 역시 약간의 이의조차 제기할 수 없는 현실이 될 것이었다. 포석에 맞아 산산이 흩어지는 최후가 눈에 선했다.

성루에 오른 양만춘이 토산을 바라보았다.

거대한 괴물이 웅크린 것 같은 토산의 모습이 친근하기까지 했다. 양만춘은 올해 첫 사냥에서 맞닥뜨렸던 거대한 호랑이가 떠올랐다. 지금 상황은 달려들려는 호랑이를 맞아 막대기를 들고 대적하려는 것과 하나도 다르지 않았다.
 잠시 후 양만춘은 백성들에게 녹아들었다.
 성벽을 높이는 것 외에 관심을 두려 하지 않는 백성들 틈에 선 양만춘이 할 수 있는 일은 목재와 흙벽돌을 나르는 것밖에 없었다. 백성들과 어우러져 땀을 흘리던 양만춘의 어깨가 부르르 떨렸다. 땀에 범벅된 눈물이 성벽에 스며들었다.

하나의 죽음을 격파하다

같은 날 오후 10시 반경, 비밀장소

나리를 빼닮은 아기가 방긋 웃었다.
앙증맞도록 조그만 입으로 옹알거리는 아기를 품에 안은 문태가 넋을 잃고 바라보았다. 꼬물거리는 손가락과 깜빡이는 눈망울까지 사랑스럽지 않은 것이 없었다.
"이리 주세요."
조심스레 아기를 건네받은 나리가 젖을 물렸다.
아기가 젖을 빨 때마다 그만큼 자라는 것 같았다. 다시 한 번 넋을 잃고 바라보는 문태의 곁에 자신을 빼다 박은 사내아이가 나타났다.
"아빠, 저기로 가고 싶어요!"
문태는 스스럼없이 아이를 안고 달렸다.

꽃이 만발한 언덕에 닿은 문태가 아이와 함께 달리고 뛰놀았다. 한동안 날치던 아이가 칭얼대자 얼른 과일을 따다 먹였다. 아이가 먹다 남긴 머루를 그득 입에 물고 씹으려던 문태가 스르르 눈을 떴다.

"어어…?"

아이들이 보이지 않았다.

울상이 되어 아이들을 찾던 문태의 눈이 찢어질 듯 홉뜨였다. 자신을 깨운 사람은 어이없게도 나리였다.

아직도 꿈을 꾸는가 싶어 어정쩡하게 바라보는 문태의 뺨에 나리의 입술이 닿았다.

"저는 내림을 받았답니다. 문태님이 정말 고생하셨어요."

나리가 말할 때마다 황홀한 향기가 배어났다.

아찔해진 문태가 한겨울에 물에 빠진 짐승처럼 진저리쳤다.

겨우 정신을 수습한 문태가 다시 나리를 바라보았다. 슬쩍 보는 것만으로도 숨이 막혔던 아름다움이 몇 배나 강해진 것 같았다. 특히 한 쌍의 별 같은 눈동자는 모든 것을 빨아들일 것처럼 깊고 서늘했다.

당장 죽어도 이상하지 않을 정도로 메말랐던 나리는 존재하지 않았다.

안개로 이루어진 것처럼 뽀얀 살결에 생기가 넘쳤으며, 제대로 먹지 못해 부스스 했던 머리칼도 기름으로 감은 것처럼 매끄러운 윤기가 흘렀다. 아름다운 나비가 번데기가 된 다음 다시 나비가 된 것 같았다.

"여기에서 나가야 해요. 우리가 할 일이 있거든요."

나리가 일어나 문이 있는 곳으로 향했다.

안개가 움직이는 것처럼 아무런 무게도 느껴지지 않는 나리는 스르르 미끄러지는 것 같았다. 문태는 홀린 듯 나리의 뒤를 따랐다.
"누, 누구냐!"
밖에 있던 야치들이 기겁하고 물러섰다.
비쩍 마른 나리의 시체가 들려 나오는 대신 눈부시도록 환한 여인이 훨훨 날아오는 것처럼 다가오자 놀라지 않는 야치가 없었다.
"고돌발 님도 고생 많으셨습니다. 구해와 을치 님의 은혜도 잊을 수 없답니다. 어디 그뿐이겠습니까? 재루 님, 술표 님…."
나리가 하나하나의 이름을 부르며 감사를 표했다.
고돌발과 구해, 을치는 물론 모든 야치들이 멍하게 나리를 바라보았다.
"가야 할 곳이 있으니 수레를 준비해주세요."
야치들이 우당탕거리며 나리를 태웠던 수레를 끌고 왔다.
문태의 도움을 받아 수레에 오르는 나리는 강제로 올라야 했던 이전과는 비교도 못 할 만큼 달랐다. 몇 배나 강해진 아름다움과 이해할 수 없는 신비를 겹겹이 두른 나리는 누가 보기에도 신녀가 분명했다.
어느새 몰려든 백성들도 놀라다 못해 딱딱하게 굳어졌다.
나리를 태운 수레가 밖으로 나오자 누구랄 것도 없이 바닥에 엎드려 경배했다.
"과거에 제가 살았던 곳으로 가세요."
고삐를 잡은 문태가 골목길로 접어들었다.
야치들에게 빈틈없이 호위된 수레가 비좁은 골목을 이리저리 굽어 돌았다.

"따라붙는 놈들이 있다."

고돌발이 나직하게 말했다.

"내가 처리하겠다."

수하들을 대동한 을치가 은밀히 떨어져나갔다.

고삐를 잡은 문태는 계속 수레를 이끌었다. 나리를 구해주었던 골목을 지나칠 때 문태의 어깨가 부르르 떨렸다.

"다 왔습니다."

변두리의 허름한 집에 닿은 나리가 수레에서 내렸다.

자신이 살았던 집으로 들어간 나리는 한동안이나 움직이지 않았다.

"돌아가신 지 오래되지 않은 것 같습니다."

문태가 침중하게 말했다.

그러나 나리는 슬퍼하지 않았다. 나리는 아비가 목숨까지 바쳐 완성한 활을 홀린 것처럼 바라보았다.

같은 시각, 이세민의 거처

"두 번째 암호는 '시산(屍山)'과 '혈해(血海)'로 하라!"

암호를 받은 제장들이 분주히 나갔다.

처음에는 암호를 하루에 하나를 사용했지만 요즘은 두 번이 기본이었다. 벼랑 끝까지 몰린 안시성이 이판사판으로 야습을 가할 위험이 높은 데다, 안시성은 그럴 능력을 충분히 보유한 상태였다.

특히 문태를 위시한 놈들은 생각만 해도 소름이 끼쳤다. 이미 한 차례 침투하여 외곽을 피바다로 만들어버린 문태가 마음만 먹는다면 토산에 접근하는 것은 어렵지 않았다. 만일 그런 사태가 발생한다면, 그리하여 토산의 완공이 늦춰지는 것은 절대 용납할 수 없었다.

그러나 아무리 곳곳에 불을 밝히고 눈을 부릅뜨고 경계해도 문태 같은 놈들을 막아내기 어려웠다. 어떤 때는 암호를 세 차례나 변경하는 것도 야습에 대비하기 위함이었는데, 안시성은 이상할 정도로 움직이지 않았다.

자신이 변경한 암호를 생각하다 '계륵'을 떠올린 이세민이 쓰게 웃었다.

닭의 갈비인 계륵은 간웅으로 유명한 조조가 유비와의 무익한 전쟁에서 자존심 때문에 퇴각하지 않는 상태에서 정한 암호였다.

저녁으로 닭갈비를 먹던 조조가 암호를 정하면서 무심결에 '계륵'이라고 하였는데, 닭갈비는 먹자니 실속이 없고 버리자니 아까웠기 때문에 당시의 상황과 딱 맞아떨어졌다.

그러나 안시성은 계륵이 아니었고 이세민은 조조가 아니었다. 이세민의 당나라가 최강을 자부했던 수나라까지 멸망시킨 고구려를 때려잡기 위해서는 반드시 안시성을 손에 넣어야만 했다. 이미 함락시킨 요동성이 요동의 척추라면 안시성은 평양으로 향하는 길을 막아선 거대한 바위였다.

이세민이 밖으로 나갔다. 9월 초에 마찰하는 요동의 밤바람에서는 이미 늦가을의 살점이 묻어나기 시작했다. 요동의 혹독한 겨울은 상상하기조차 두려웠다. 그 전에 안시성을 함락시킬 것이다! 곳곳에 불이 밝혀진 토산은 거대한 횃불 같았다. 저 횃불이 안시성을 태우고야 말 것이었다.

9월 4일 정오, 사당 앞의 대로

주요한 장수들을 거느린 양만춘이 대로 앞에 도착했다.

유력자들은 물론 소문을 들은 백성들까지 나오는 바람에 넓은 길이 적지 않게 혼잡했다.

"몸은 어떠십니까?"

부장의 질문에 양만춘은 웃음으로 대답을 대신했다. 어젯밤에 백성들과 어울려 중노동을 하며 거의 꼬박 지새운 양만춘은 상태가 좋지 못했다. 게다가 전쟁이 시작되기 전부터 제대로 쉬어본 적이 드물었던 양만춘은 당장 쓰러져도 이상하지 않을 지경이었다.

"누구나 그렇지 않나?"

이번에는 부장이 쓰게 웃었다.

양만춘과 자신은 물론 모든 군민들의 피로가 극한인 상태였다. 그동안 수시로 전투를 치르며 성벽을 높인 데다, 특히 어제 토산에서 발사한 포석이 성벽을 때린 다음부터는 펭하지 않는 때가 드물었다.

"나옵니다!"

부장이 손을 들어 앞을 가리켰다.

사당의 앞에 둘러섰던 백성들이 양쪽으로 좌악 갈라졌다. 무사들에게 호위된 무당이 여관들을 이끌고 나오는 것이 보였다.

무당의 행렬을 바라보던 양만춘의 표정이 이지러졌다. 행렬 속에 양두일이 섞여 있었다.

"저놈을 왜 대동하는 것입니까?"

부장도 의아한 표정을 감추지 않았다. 양만춘이 무색할 정도로 화려하게 차려입은 양두일에게 일제히 시선이 쏟아졌다. 양만춘은 자신도 모르게 손을 부르르 떨었다. 모조리 베어버리고 싶었지만 무당을 이용해 공포를 마비시키기 위해서는 참아야 했다.

"그동안 별일 없으셨습니까?"

무당이 비릿하게 웃으며 인사를 건넸다.

"사당의 영험 덕분에 무고하게 지낼 수 있었습니다."

양만춘이 가볍게 답례하면서 한쪽 무릎을 꿇었다.

성주가 무당에게 무릎을 꿇는 것은 어디까지나 의례적이었다. 신앙이 우위에 있다는 상징적인 과정을 가급적 빨리 끝내고 다음 과정으로 넘어가야 했다. 그런데도 무당은 양만춘을 일으키지 않았다. 오히려 무당은 무릎을 꿇은 양만춘을 감상하는 것처럼 지그시 바라보고 있었다.

"아무리 무당님이라도 이러시면 안 되지 않습니까!"

보다 못한 부장이 나섰다.

"성주님께서 무당님께 예의를 갖추었으니 무당님도 성주님께 예의를 갖추십시오!"

"성주님이 어디 계신다는 말입니까?"

무당이 피식 웃으며 말했다.

부장은 물론 모든 자들이 경악하는 가운데 양만춘이 서서히 일어났다.

"지금 뭐라고 하셨습니까?"

"여기에 성주님이 없다고 말했습니다."

"그렇다면 무당님 앞에 있는 사람은 누구입니까?"

"전임 성주님의 아들인 것은 맞지만 성주가 될 사람은 아닙니다."

"아무리 무당님이라도 하실 말씀과 그렇지 않은 말이 있지 않겠습니까!"

양만춘이 칼자루를 움켜잡았다.

그러나 무당은 조금도 두려워하지 않았다. 오히려 한 걸음 더 다가간 무당이 싸늘하게 말했다.

"성주님께서 아들을 야치로 만들었다는 소문은 대부분 알고 있을 것입니다. 그렇기 때문에 성주님이 더욱 존경을 받을 수 있었으니까요."

"그런데요?"

"문제는 아들 둘이 거의 동시에 태어났다는 것입니다. 성주님의 부인과 기녀 출신의 첩이 하루의 차이를 두고 아들을 낳았으니까요."

"그래서?"

"성주님께서는 첩이 낳은 아들을 야치로 만든 것이 아니라 정실부인이 낳은 아들을 야치로 만드셨습니다!"

무당의 선언에 모든 자들이 다시 한 번 경악했다.

칼자루를 잡은 양만춘의 손에 더욱 힘이 들어갔다.

"그래서 제가 첩이 낳은 아들이라는 말입니까?"

"그렇습니다!"

무당이 날카롭게 양만춘을 바라보았다.

"성주님께서 직접 안고 오신 사내아기는 정실부인이 낳은 아들이었습니다. 무당이 축원할 때 저는 다음 무당의 자격으로 축원에 참석할 수 있었습니다. 축원이 끝나고 성주님께서 귀가하신 다음 날 첩이 아들을 낳았다는 것을 알게 되었습니다!"

"어떻게 입증하시겠습니까?"

"부인께서는 몸을 많이 상한 나머지 곧 돌아가셨고 첩도 머지않아 행방이 묘연해졌으니까 직접 입증할 방법은 없겠지요. 그러나 제가 직접 목격하였습니다! 신령을 섬기는 무당이 왜 거짓을 말하겠습니까? 그것 이상 확실한 증거는 없습니다. 그리고 여기 있는 모든 분이 똑똑히 들었으니 당신은 더 이상 성주가 아닙니다. 성주의 자리는 반드시 정실부인이 생산한 아들에게 물려주어야 합니다. 기녀 출신의 첩이 낳은 천한 자식은 절대 성주가 될 수 없습니다! 그렇지 않습니까?"

여기저기서 그렇다는 외침이 터져 나왔다.

무당과 결탁한 유력자들이 외치기 시작하자 양만춘에게 의심스러운 시선이 쏟아졌다.

"그리고 정식 아들이 야치가 된 이상 살아있다고 해도 성주가 될 수 없습니다. 인간으로 여기지도 않는 살인마를 성주로 모실 수는 없지 않겠습니까?"

그렇다는 외침이 더욱 높아졌다. 승리를 확신한 무당이 씨익 웃었다.

"첩의 자식에 지나지 않는 양만춘은 당장 물러나고 정통성을 갖춘 후계자가 성주가 되어야 할 것입니다!"

무당이 양두일을 가리켰다.

유력자들의 외침이 더욱 커지는 가운데 양두일이 앞으로 나섰다.

"진즉에 바로잡아야 했는데 저놈이 워낙 교활하여 손을 쓸 수가 없었소. 이제라도 무당님이 진실을 발표하여 바로 잡았으니…."

"당장 꺼지지 못하겠느냐!"

"꺼질 놈은 내가 아니라 너라는 걸 아직도 모르겠느냐!"

양만춘을 바라보는 양두일의 눈은 독니를 드러낸 살모사 같았다.

"너는 일찍부터 자신에게 정통성이 없다는 것을 알고 있었다. 정통성을 가진 나를 제거하기 위해 기회를 노렸지만 성주님이 살아 계셨을 때는 감히 손을 쓸 수 없었겠지. 그러다 성주님이 돌아가시고 전쟁이 벌어지자 나를 죽이려 했다! 아무런 죄도 없이 오직 안시성을 위해 충실하게 일하던 내게 누명을 씌웠지만 내가 무고한 것은 물론, 모든 것을 알게 계시는 무당님께서 직접 너를 찾아가 압박하셨기 때문에 뜻을 이루지 못했던 것이다."

반박할 틈조차 주지 않고 열변을 토한 양두일이 유력자들을 향했다.

"제가 정통성을 계승하여 성주가 되면 안시성을 살릴 수 있습니다!"

양두일이 이세민이 있는 방향을 가리켰다.

"당나라의 황제는 수나라도 함락시키지 못한 요동성을 손쉽게 함락하고 요동의 주요한 성들을 거의 손에 넣었습니다. 이제 우리 안시성만 남았다고 해도 과언이 아닌데 앞으로 얼마나 버틸 것 같습니까?"

"…."

"상황이 이렇게까지 악화된 것은 저놈의 사욕에 의한 것입니다! 양만춘은 애초부터 자격이 미달하는 가짜였던 만큼 양만춘에 의해 추진된 모든 것은 무위로 돌아가야 마땅하지 않겠습니까? 제가 성주가 된 다음 양만춘을 포박하여 황제에게 바치고 사실을 말씀드리면 황제가 아량을 베풀 수 있을 것입니다. 황제도 가짜에게 속은 나머지 지금까지 전쟁을 벌인 셈이니 굳이 우리 안시성과 계속 싸울 이유가 없어지면 최대한 아량을 베풀지 않겠습니까?"

유력자들이 일제히 그렇다고 외쳤다.

옆에서 지켜보던 무당이 엄숙하게 나섰다.

"신앙을 계승한 무당으로서 가짜 양만춘 대신 진짜인 양두일 장군이 성주가 된 것을 신령님들께 고하나이다!"

백성들은 어안이 벙벙한 가운데 일사천리로 모든 것이 끝났다.

콩 구워먹듯 성주가 되어버린 양두일이 이번에는 장수들에게 향했다.

"머지않아 처단될 가짜를 따를 장수들은 그 자리에 남아 있고 나를 따를 장수들은 이쪽으로 오라!"

누구도 선뜻 움직이지 못했다. 그들을 바라보던 양두일이 비릿하게 웃었다.

"처자식들이 무슨 죄가 있겠느냐? 처자식들과 함께 살아남고 싶다면 지금 잘 판단해야 할 것이다."

반응이 나타나기에는 긴 시간이 필요하지 않았다. 누군가가 미적이며 움직이는 것을 시작으로 장수들이 앞 다투어 양두일에게 향했다.

"비겁한 놈들 같으니!"

부장이 절규하듯 외쳤다.

"성주님이 대체 무엇을 잘못 하셨느냐? 너희들과 가족들을 지키기 위해 제대로 드시지도 못하고 조금도 쉬지 못하셨거늘, 어찌 배신할 수 있단 말이냐?"

"이놈! 닥치지 못하겠느냐."

"닥치지 못하겠다! 설령 무당의 말이 옳다고 하더라도 나는 끝까지 성주님과 함께 할 것이다!"

"안시성의 성주로서 명령한다. 즉시 저놈을 참수하라!"

양두일이 외치자 그에게 향했던 장수들이 칼을 뽑았다.

부장도 칼을 뽑아들고 싸웠지만 역부족이었다. 여러 군데를 베인 부장이 털썩 무릎을 꿇었다. 부장이 난도질당하려는 순간 격노한 외침이 터졌다.

"멈추지 못할까!"

양만춘이 나서자 누구도 칼을 내리치지 못했다.

"장병들은 누구를 따르겠는가? 너희들의 뜻대로 선택하라!"

부근에 있던 장병들이 함성을 지르며 달려와 양만춘을 감쌌다. 게다가 장병들의 수효가 계속 불어나기 시작했다.

이런 것이었나! 양만춘이 무당과 양두일을 다시 바라보았다.

아무래도 사당과 양두일이 미심쩍었던 데다, 문태와 야치들까지 함정에라도 빠진 것처럼 제 역할을 할 수 없게 된 게 여간 꺼림칙하지 않았지만, 양만춘은 굳이 은밀하게 대비 같은 걸 하지 않았다.

"성주님을 지키자!"

누군가의 외침이 빠르게 퍼졌다.

사당과 유력자들에게 인간 취급도 받지 못하던 장병들은 함께 먹고 함께 싸웠던 양만춘을 배신하지 않았다. 그동안 피붙이처럼 먹이고 돌보면서 싸웠던 장병들의 신뢰를 확인한 양만춘은 뜨거운 것이 울컥였다.

"신앙의 힘으로 백성들을 바른 길로 이끌어야 할 무당과 목숨을 바쳐 백성들을 지켜야 할 장군이었던 자가 어찌 반역할 수 있다는 말이냐! 지금이라도 잘못을 깨닫고 본래의 위치로 돌아간다면 없던 것으로 할 테니 명령에 따르라!"

"어디라고 헛소리를 지껄이느냐. 가짜에 지나지 않는 놈이 물러나기는커녕 군민들을 죽음으로 몰아넣으려 했기 때문에 무당님과 내가 나선 것이다!"

양두일은 전혀 명령에 따를 기미가 없었다. 이렇게 된 이상 성주가 되어 목숨을 구할 수 있는 기회를 결코 놓칠 수 없었다. 게다가 자신을 따르는 장수들이 압도적으로 많은 이상 졸병 따위들의 지지를 받는 양만춘을 제압할 자신이 있었다.

"비록 우리가 안시성을 지키지 못한다고 해도 승리할 수 있다! 이전처럼 나를 믿고 싸우면 반드시 이길 수 있으니 사당은 본연의 자세로 돌아가 승리를 기원하는 의무를 다하라."

"안시성이 함락당하고 우리가 모두 죽는 판에 어떻게 승리를 거둘 수 있다는 말이냐? 개소리 집어치우고 포박 받을 준비나 해라!"

양만춘은 기가 막힌 나머지 헛웃음마저 나왔다.

지금이라도 명령을 내리면 양두일을 제압하는 것은 어렵지 않았다. 사당의 무사들과 변심한 장수들을 합친다고 해도 안시성의 군대를 당할 수 없을 테니까. 그러나 힘으로 사당을 제압하고 무당을 처형한다면 마지막 순간에 결정적으로 소용될 맹목적인 광신을 얻을 수 없지 않은가? 게다가 사당을 앞세운 양두일의 반목을 목격한 백성들이 동요할 우려가 높았다. 그것이 내분을 부르는 날에는 모든 것이 끝이었기 때문에 차마 명령을 내리지 못하고 있을 뿐이었다.

"더러운 반역자들아, 평양에서 가만히 있을 것 같으냐?"

중상을 당해 정신이 혼미한 부장이 갈라지는 목소리로 외쳤다.

"연개소문이 보낸 고정의가 무슨 짓을 하였더냐! 우리가 결심하게 된 것도 연개소문 때문이라고 해도 과언이 아니다. 앞으로 황제에게 협조하면 평양이 떨어지고 연개소문의 모가지도 잘려나갈 테니까 저승에서 구경이나 해라."

"평양은 몰라도 건안성은 절대 가만있지 않을 것이다!

부장이 필사적으로 외쳤다.

"건안성의 성주님과 용사들은 당나라 놈들을 헤아릴 수 없을 정도로 죽였다. 게다가 고인후 장군의 대군에 고우찬 장군이 이끄는 천하무적의 개마기병까지 있지 않느냐. 네놈이 우리를 죽이고 안시성을 바치는 즉시 건안성에서 파견한 야치들이 알게 될 것이니…."

"아주 적절한 조언이로군."

양두일이 과장되게 웃었다.

"네놈의 조언을 받아들여 가짜 놈을 포박한 다음 오늘 밤에 성문을 약간 열고 나가 황제에게 바치도록 하겠다. 그리하여 계속 대치하고 있는 것으로 꾸민 다음 황제가 은밀하게 편성한 부대가 건안성을 공격하면 어떻게 되겠느냐?"

순간 양만춘은 칼에 베이기라도 한 것처럼 전율했다. 그가 그린 그림의 주안점은 이세민이 모르는 상태에서 건안성과 고우찬이 움직이는 것이었다. 그렇지 않고 어떤 형태로든 이세민이 먼저 건안성으로 향하면 큰 그림이고 뭐고 모든 것이 수포로 돌아갈 수밖에 없었다.

"양만춘을 따르면 모두 죽겠지만 나를 따르면 살 수 있습니다. 양만춘을 당장 참살한 다음 황제에게 모든 것을 알리면 살아남을 수 있을 뿐 아니라 공을 인정받아 출세까지 할 수 있단 말입니다. 시간이 없는 만큼 속히 판단을 내리십시오!"

양두일의 외침에 귀를 기울이던 백성들이 불안하게 수런거렸다.

게다가 장수들 측에도 장병들이 모여드는 기미가 나타났다. 양만춘이 성주가 되기 오래 전부터 자신들을 지휘했던 장수들의 호소를 뿌리치지 못하는 장병들은 살 수 있다는 희망도 뿌리치지 못했다.

이 상태가 유지되면 문제가 너무나 심각했다. 안시성에서 내전이 발생하고 탈출한 누군가가 이세민에게 알리면 결과는 마찬가지였다. 안시성이 내부로부터 무너진 것을 알게 된 이세민은 주저 없이 건안성을 공격할 것이었다. 그리하여 고우찬의 개마기병이 밀려나는 것은 상상하기조차 두려웠다.

그동안 줄곧 양만춘을 괴롭혔던 질환은 바로 그것이었다. 이세민이 어떤 이유로든 함락한 안시성에 들어가기 전에 건안성을 건드리는 것은 악몽과 같았다. 실제로 그런 꿈을 꾸다가 가위를 눌린 적이 한두 번이 아니었다.

그런데 그것이 눈앞에서 현실이 되려 하고 있지 않은가! 그것을 약간이라도 늦추는 방법은 오직 하나밖에 없었다. 어차피 신앙을 이용할 수 없게 된 이상 양두일과 무당을 위시한 반역자들을 모조리 죽이는 것이 급선무였다.

그렇게 한 다음 토산에서 포석이 날아올 때까지 강압적으로라도 수습하여 버틸 수밖에 없었다. 그 이전에 이세민에게 파악당하다고 해도 어쩔 수 없었다.

양만춘이 명령을 내리려는 순간, 익숙한 목소리가 우레처럼 외쳤다.

"신녀님 행차시다! 썩 비키지 못하겠느냐!"

문태가 고삐를 잡은 수레가 나타났다.

문태와 고돌발은 물론, 을치와 구해가 이끄는 야치들에게 엄중하게 호위된 수레가 나타나자 모든 자들이 크게 놀랐다. 양두일도 적지 않게 놀랐지만 포기하기는 일렀다.

"문태를 위시한 야치들이 새로운 성주인 나에게 충성을 다짐하기 위해 신녀님까지 모셔왔구나! 어서 신녀님을 이쪽으로 모셔서 모두 함께 축복을 받도록 하자!"

"우리는 이곳으로 가라는 신녀님의 말씀을 따른 것뿐이외다! 그리고 누가 새로운 성주라는 말이오?"

문태가 부르짖자 야치들이 일제히 무기를 뽑으려 했다.

"내가 바로 새로운 성주다. 무당님께서 저놈이 가짜라는 것과 내가 정통성이 있다는 것을 직접 입증하셨으니 네놈들은 즉시 무릎을 꿇고 충성을 맹세해야 할 것이다."

양두일이 당당하게 외쳤다.

아무튼 무당이 직접 그렇게 입증한 데다, 양두일의 선동에 혹하는 자들이 늘어났기 때문에 반박하는 목소리가 나오지 않았다. 게다가 양만춘이 전혀 예상하지 못했던 상황이 계속 나타나는 바람에 어안이 벙벙했기 때문에 양두일의 주장이 기정사실처럼 확산되었다.

"다시 명령하겠다. 당장 무릎을 꿇고 충성을 맹세하지 않으면 참수로 다스릴 뿐이다!"

"누가 안시성의 새로운 성주라는 말입니까?"

나리가 천천히 수레에서 내렸다.

처음 나리를 목격하는 자들은 경악하다 못해 멍해졌다. 양두일마

저도 넋을 잃고 한참이나 바라보다 화들짝 정신을 차렸을 지경이었다.

저 계집을 이세민에게 바치면 정말 출세할 수 있겠구나! 양두일은 가슴이 폭발할 것 같았다. 침을 질질 흘리며 나리를 바라보는 양두일의 옆에 있던 무당은 심장이 덜컥이며 멈추는 것 같았다.

저, 저것은 내림이다! 무당은 내림을 목격하지 않았어도 나리를 보는 순간 알 것 같았다. 그렇다면 무릎을 꿇을 자들은 이쪽이었다. 그러나 지금 무릎을 꿇게 되면 끝장이라는 위기의식이 상황을 계속 밀고 나가게 만들었다.

"내림도 받지 못한 것이 무당을 승계하여 사당을 말아먹은 것도 모자라 기생충 같은 것들과 결탁하여 안시성을 통째로 적에게 바치려고 하느냐! 오늘 신령들을 대신하여 너를 징치하고 안시성을 바로 잡겠다!"

나리가 불을 토하는 것처럼 외쳤다.

몇 번을 눈을 비비고 보아도 얼마 전의 나리가 아니었다. 다시 가슴이 철렁했지만 물러설 곳은 없었다.

"천한 계집을 신녀로 꾸며주었더니 간이 배 밖으로 나왔구나!"

"그렇다. 네 말대로 나는 천한 신분으로 사당에 들어가 일하다가 너에 의해 강제로 신녀의 수레에 타야 했던 시녀에 지나지 않았다."

이번의 외침은 얼음을 뱉는 것처럼 소름끼치도록 싸늘했다.

"그러나 나는 내림을 받았다! 나는 내림을 받은 다음부터 진정한 신녀가 되었다! 아직도 내가 네 마음으로 할 수 있었던 천한 시녀로 보이느냐?"

양두일에게 혹하려던 백성들이 다시 술렁거렸다.

문태와 고돌발이 나리를 데려갔던 곳에 나타난 기이한 조짐을 목격한 백성들이 적지 않았다. 비밀장소라고 해도 외부의 침투에 극도로 대비되었을 뿐, 백성들과 가까운 뒷골목에 있었던 탓이었다.

"아, 신녀님이다!"

"정말로 신녀님이었어!"

일부에게 목격된 내림이 급격히 퍼졌다. 나리가 내림을 받은 신녀라는 술렁임이 퍼질 때마다 마비되었던 분위기가 빠르게 희석되었다.

"천한 것을 신녀라고 떠받들어주었더니 미쳐도 제대로 미쳤구나!"

안되겠다 싶었던지 양두일이 나섰다.

"네년이 내림이라도 받은 것처럼 떠드는데 무슨 증거가 있다고 함부로 나불대느냐? 허무맹랑한 속임수로 군민들을 미혹하려 들다가는 이 자리에서 죽음을 면치 못하리라!"

"말로 해서 안 된다면!"

나리가 손짓하자 을치가 결박된 자들을 끌고 나왔다.

나리를 데려 간 문태와 고돌발을 감시하기 위해 백성 차림으로 보낸 무사들이 생포당한 것을 본 양두일의 표정이 순식간에 변했다.

"사실대로 말하면 죽이지 않을 테니 어서 말하라."

문태가 은근히 말했지만 오히려 그것이 더 공포스러웠다.

"저, 저희들은 양두일 장군의 명을 받고 백성들 틈에 섞여 감시하다가 기이한 광경을 목격하였습니다. 그런 사실을 장군과 무당님께 보고하였더니 계속 감시하라고 하여 따라붙었다가…."

"시끄럽다! 어디라고 개수작을!"

양두일이 펄펄 뛰었다.

"저놈들이 사당의 무사라는데 무당님께서 확인해주십시오! 맞습니까?"

"아, 아닌 것 같습니다."

"아닌 것 같다니요? 똑바로 말씀하세요!"

"그, 그렇습니다."

"무당님께서 아니라고 하지 않느냐! 그리고 아까 하신 말씀 다시 한 번 해주십시오! 양만춘은 첩에게서 태어난 아들이기 때문에 정통성을 가진 제가…."

"성주의 정통성에는 약간의 흠조차 없습니다!"

나리가 군민들을 향해 크게 외쳤다.

"신녀인 제가 보증할 수 있습니다! 다시 말하건대 양만춘 성주의 정통성은 아무런 흠이 없으며, 안시성의 성주는 오직 양만춘이어야만 합니다! 그것이 바로 신령들의 뜻입니다!"

"집어치워! 신령들의 뜻이라는 것을 어떻게 입증할 수 있다는 말이냐?"

나리가 반박 대신 문태를 불렀다.

"신령들께서 내리신 활을 가져오세요!"

수레로 달려간 문태가 활을 꺼내왔다.

역대를 통틀어 최고의 솜씨를 가진 나리의 아비가 목숨까지 불어넣은 활은 인간이 만든 것 같지 않았다. 나리만큼이나 훌륭한 활은 모든 자들의 넋을 빼앗기에 충분했다.

"이 활은 신령들께서 내리신 신물(神物)입니다. 성주는 어서 신물을 받으세요!"

나리에게 활을 받은 양만춘이 부르르 경련했다.

가장 높이 군림하는 활이 살아서 말을 걸어오는 것 같았다. 이전에도 없었고 앞으로도 나타나지 못할 최고의 활을 가진 양만춘은 주몽의 화신처럼 보였다.

"성주님, 여기 있습니다!"

문태가 화살을 가져왔다.

최고의 활에 어울리는 최고의 화살을 활에 걸자 징징 울었다. 하늘을 향해 활을 당기는 양만춘에게서 무서운 기운이 서리서리 피어났다.

"보십시오, 신령들께서 보낸 활과 화살이 주인을 만난 것을. 앞으로 양만춘 성주를 불신하거나 거역하려는 자가 있다면 내가 가만두지 않겠어요!"

"신녀님이 옳습니다! 성주님을 따르겠습니다!"

감격에 겨운 누군가의 외침이 동심원을 그리며 퍼져나갔다.

문태와 고돌발은 물론 구해와 을치가 이끄는 야치들도 일제히 양만춘을 외쳤다. 그들을 바라보던 양만춘이 양두일을 향해 활을 겨누었다.

"사, 살려주십시오!"

시퍼렇게 질린 양두일이 털썩 무릎을 꿇었다.

"미욱하고 모자란 제가 무엇을 알겠습니까? 모든 것은 저 늙은 계집이 꾸민 것입니다! 혈육의 정을 보아서라도 제발 살려주십시오!"

"네 따위 놈이나 죽이라고 만든 활일 것 같으냐?"

해야 할 일을 하듯 양만춘이 화살을 갈무리한 다음 무당에게 향했다.

"제 어머니는 어떤 분이셨습니까?"

"저, 전임성주님의 정실부인이셨습니다. 자상하고 온화하신 데다, 백성들을 자식처럼 사랑하시어 칭송이 끊이지 않으셨던 분이셨습니다."

"아까는 왜 달랐습니까?"

"나이가 들어 제정신이 아닌 상태에서 잘못 입에 담은 것이 이런 사태까지 부를 줄은 몰랐습니다. 성주님께서는 부디 너그러이…."

"반역자들을 체포하라! 반항하면 죽여도 무방하다!"

문태가 야치들을 지휘하여 체포에 나섰다.

양두일의 편에 섰던 장수들은 대부분 칼을 버리고 투항했다. 투항하지 않은 장수들과 사당의 무사 일부가 항거하다가 참살당한 다음에는 누구도 대항하려 하지 않았다.

"서, 성주님."

부장은 이미 죽어가고 있었다.

양만춘이 그의 손을 잡자마자 기다렸다는 듯 숨이 끊겼다. 부장의 눈을 감긴 양만춘이 활을 높이 들었다.

"신녀님께서 말했듯이 이 활은 고구려를 수호하시는 신령들께서 내리신 신궁이다. 신령들께서 왜 지금 신녀님을 보냈으며 신궁을 내렸겠는가? 우리 안시성이 반드시 이세민을 물리칠 것은 물론, 모두가 살아남을 수 있다는 계시가 아니면 무엇이겠는가!"

"와아아아!"

"신령들께서 수호하시고 신녀님께서 앞장서실 것이다. 나는 너희들을 믿을 테니 너희들도 나를 믿고 싸워서 이기자! 그리하면 살아남을 수 있다. 우리 모두 살아남자!"
"성주님 만세!"
"신녀님 만세!"
군민들이 미친 듯 날뛰었다.
더럽고 추악하게 마비시켰던 것들이 썩은 고름을 짜내는 것처럼 밀려나고 새로운 성분이 그득 채워졌다. 더욱 강하게 결속된 군민들이 양만춘과 나리를 둘러싸고 벅차게 외쳤다.

같은 시각, 이세민의 거처

일찍부터 토산에 나갔던 이세민이 거처로 향했다.
오늘따라 햇볕이 유난히 강하기도 했지만, 굳이 나가서 확인할 필요를 느끼지 못한 탓이었다. 게다가 할 일이 태산 같았다. 거처로 돌아온 이세민은 언덕처럼 쌓인 서류를 살피고 결재하기에 여념이 없었다.
적을 베는 것처럼 빠르게 전개되던 이세민의 붓이 딱 멈췄다.
붓을 놓은 이세민이 밖으로 나왔다. 이번에도 바라볼 것은 안시성과 토산밖에 없었지만, 안시성에 고정된 이세민의 시선이 심상치 않았다. 가슴 저 아래서 스멀거리며 떠오른 육감이 전신을 터뜨릴 것처럼 팽팽하게 부풀었다.
무수하게 겪었던 전투와 모략에서 살아남고 황제까지 될 수 있었던 것은 육감에 따랐기 때문이라고 해도 과언이 아니었다. 연개소문이 보낸 고연수와 고혜진을 격파했을 때도 육감을 믿었던 덕택이 었지 않은가?
그랬던 이세민에게도 이렇게 강력한 감각은 처음이었다.
그 발원지는 안시성이었다. 아무래도 안시성 내부에서 뭔가가 벌어지고 있는 것이 분명했다. 육감은 이번 기회를 놓치면 절대 안 된다고 외치다 못해 절규하는 것 같았다.
"가장 빨리 동원할 수 있는 부대는?"
곁에 있던 장손무기는 당나라의 황궁에서 호랑이 떼를 만난 것만큼이나 황당했다.
"다시 묻지 않겠다! 지금 상황에서 가장 빨리 동원할 수 있는 부대는?"
"요, 용병들이옵니다."
그 정도는 이세민도 알고 있었.
토산을 쌓거나 경계에 배치되지 않는 유일한 부대가 용병인 데다, 정규의 편제에 포함되지 않았기 때문에 용병밖에 동원할 부대가 없었다. 그것을 확인한 이세민의 표정이 단호하게 굳어졌다.
"당장 집결시켜라!"
"폐, 폐하!"
장손무기는 갈수록 황당해졌다.
정규군에 비하면 얼마 되지도 않는 용병으로 안시성을 공격하겠다는 것도 납득하기 어려웠지만, 이렇게 벌건 대낮에 정면으로 돌격시켰다가는 떼죽음 밖에 얻을 것이 없었다.
"폐하, 용병을 이용하시려면 차라리 야습을 감행하시오소서!"
"죽고 싶지 않으면 당장 집결시켜라!"

"화, 황명에 따르겠사옵니다!"

제정신이냐고 뻗을 뻔했던 것을 간신히 참은 장손무기가 황급하게 달려 나갔다.

이세민의 명대로 즉시 용병들을 집결하려 했지만 가능하지 않았다. '가장 빨리 동원할 수 있는 부대'는 정규군과의 상대적 개념이었다. 용병들도 무기를 갖추고 안시성을 공격하기 위해서는 적지 않은 시간이 필요했다.

게다가 워낙 전투가 없다보니 무료한 나머지 저희들끼리 치고받다가 중상을 당한 놈들도 적지 않았다. 그런 놈들을 제외하면 즉시 출격할 수 있는 용병들은 절반을 약간 넘기는 정도였다. 전부 투입해도 몰살당할 판에 그 정도로는 계산조차 나오지 않았다.

머리를 굴리던 이세민의 눈이 번득였다.

안시성을 경계할 목적으로 가장 앞에 배치시킨 부대가 눈에 띈 탓이었다. 그 부대를 돌격시킬까 생각했지만, 방어에서 공격으로 전환하기 쉽지 않은 데다 운제 같은 장비를 갖추지 못했기 때문에 소용되기 어려웠다.

우선 용병 놈들을 돌격시켜서 운제를 동원할 시간을 벌게 한 다음… 아니야, 그러다가 용병들이 전멸당하는 날에는 운제가 다가가 봤자 다시 전멸당하기 십상인데… 아니지, 지금 상황에서 가장 중요한 것은 신속한 행동이니까 전멸을 각오하고서라도 돌격시켜야…

이세민은 머리가 빠개질 것 같았다.

토산에만 집중시킨 나머지 돌발적인 공격에 제동이 걸렸지만, 모든 역량을 토산으로 집중하도록 명령한 자는 이세민 자신이었다.

이리저리 머리를 굴리던 이세민이 마침내 결정을 내렸다.

"지금 즉시 용병들을 돌격….”

미처 명령이 끝나기도 전에 안시성이 들썩였다.

텅 빈 것처럼 조용하던 안시성에서 고함이 터지는가 싶더니 만세를 부르고 흐느끼는 소리가 뒤범벅되었다. 계속 갇혀 있다 보니 단체로 미치지 않았느냐는 생각마저 들 정도였다.

잠시 후 이세민이 쓰게 웃었다.

안시성의 내부에서 어떤 사태가 벌어졌는지 모르겠지만, 기회가 사라졌다는 것은 그쪽에서 떠드는 소리만큼이나 확실했다. 일생일대의 육감을 허망하게 날려버린 이세민은 사약을 삼킨 것처럼 씁쓸하게 웃을 수밖에 없었다.

"폐하, 어이하여 명령을 내리지 않으시옵니까?"

"경계심이 해이해지는 것이 우려되어 실시한 연습의 일환이었으니 돌려보내도록 하라!"

허겁지겁 집결했던 용병들이 투덜거리며 돌아간 다음 이세민이 깊은 숨을 토했다.

며칠만 기다리면 될 것을 쓸데없이 기력을 소모했다고 애써 자위했지만, 그날의 기억은 죽을 때까지 떨어지지 않았다.

9월 6일 오전 9시경, 안시성의 관아

"제발 살려주십시오!"

양두일이 거품을 물었다.

"모든 것은 저 요망한 늙은 계집이 꾸민 것입니다. 저는 속아 넘어간 죄밖에 없으니 살려주십시오! 이렇게 빌겠습니다!"

양두일은 눈물콧물을 짜면서 애걸했다. 그리고 필사적으로 책임을 떠넘겼다. 무당은 남의 일이라도 보는 것처럼 무덤덤했다.

"장군은 예전에 포기했으니 병졸이라도 좋습니다. 아니 노비나 머슴이라도 좋으니 살려만 주십시오. 제가 사당에 숨겨둔 재물들도 전부 바칠 테니…."

"더럽게 살았으면 죽을 때만이라도 깨끗하게 죽어라!"

"형님, 혈육의 정을 보아서라도 목숨만은 살려 주십시오!"

"무엇들 하느냐!"

대기하던 장병들이 양두일의 덜미를 잡고 끌고나갔다.

도살당하는 짐승처럼 끌려가던 양두일이 온몸을 비틀면서 발악했지만 소용없었다.

"양만춘! 더러운 놈은 내가 아니라 네놈이다! 아무 놈에게나 술을 따르고 다리까지 벌려주던 천한 기녀의 자식 주제에 나의 자리인 성주를 폐차더니 결국 몰살당하게 생겼구나! 무고한 군민들까지 죽이고 싶지 않으려면 지금이라도…."

작두가 풀단을 자르는 것 같은 소리와 함께 발악하던 양두일이 잠잠해졌다.

양두일을 시작으로 처형이 시작되었다. 깊이 관련되거나 적극적으로 협력한 자들이 차례로 목이 날아갔다.

"무당은 내가 직접 처리할 테니 부를 때까지 나가 있거라!"

잠시 후 피가 흥건한 마당에 마지막으로 남은 무당이 처량하게 양만춘을 바라보았다.

"지금부터 묻는 말에 사실대로 대답하면 살아날 길이 없지 않을 것이다."

"…."

"나리가 사당을 접수한 다음 너에 대한 처분을 나리에게 맡기도록 할 것이다. 내가 나리에게 잘 말하면 사당의 허드렛일이라도 하면서…."

"비록 이렇게 되었지만 오래도록 무당을 하였던 몸이 그렇게까지 하면서 살 수 있겠습니까? 궁금한 것이 있으시면 그냥 물어보십시오."

"좋다, 네가 했던 나에 대한 말 가운데 어떤 것이 진짜냐?"

"어차피 둘 가운데 하나일 수밖에 없으니 좋을 대로 생각하십시오."

"야치가 되었다는 나의 형제는 아직도 살아있느냐?"

"그렇습니다."

"비록 배가 다르다고 해도 형제 같으면 닮은 구석이 있어야 할 텐데 야치들 가운데는 그런 자가 하나도 없었다. 왜 그렇지?"

"두 분 다 성주님을 전혀 닮지 않고 생모를 닮았기 때문에 눈치를 채지 못한 것입니다. 게다가 살아가는 환경이 너무 다르다 보니 얼굴도 변하지 않았겠습니까?"

"마지막으로 묻겠다. 그 야치의 이름은 무엇이냐?"

"꼭 아셔야 하겠습니까?"

"고통 없이 죽여주겠다."

양만춘이 장검을 뽑아들었다.

"그 야치의 이름은…."

무당이 말하려는 순간 단검이 목을 꿰뚫었다.

어느 틈에 나타난 문태가 피를 뿜으며 경련하는 무당의 목에서 단검을 뽑았다.
"무슨 짓이냐!"
"성주님께서 보시는 그대로입니다."
"야치 따위가 감히 나를 능멸하는 것이냐!"
양만춘의 장검이 지금이라도 내리칠 것 같았다.
"어차피 우리는 죽습니다. 설마 나리가 했던 말을 믿으시는 것은 아니겠지요?"
"지금 무슨 말을 뱉는 것이냐?"
"나리가 이전과 달라진 것은 분명하지만 안시성을 구할 수는 없지 않겠습니까? 기왕 죽을 바에는 각자의 위치와 본분을 지키면서 죽는 것이 좋을 것 같습니다."
문태가 밖을 향해 돌아섰다.
"저는 야치니까 들개처럼 싸우다 죽겠습니다! 성주님은 성주답게 끝까지 장병들을 지휘하면서 그들이 자랑스럽게 전사할 수 있도록 도와주십시오."
문태의 손에 들린 단검에서 떨어지는 피가 섬뜩하게 다가왔다.

패배 직전

같은 날 오후 6시경, 안시성의 비밀장소

"정말 추접한 놈이었어."
고돌발이 경멸스런 표정으로 잔을 들이켰다.
"그런 놈이 성주님 바로 아래서 장군을 맡은 것은 지금 생각해도 소름이 돋는다니까."
구해가 맞장구를 쳤다.
"가장 놀란 것은 무당이 배신했다는 사실이다. 어떻게 무당이 그럴 수 있지?"
을치가 쓰게 웃으며 잔을 털어 넣었다.
"야치가 배신하는 판에 내림도 받지 못한 무당이 배신하는 것은 아무것도 아니겠지."
문태가 을치를 매섭게 바라보았다.

"지금부터 내가 묻는 말에 솔직하게 대답하기 바란다."

"무슨 소리를 지껄이는 거냐!"

"요동성이 함락당할 당시 내가 인근에서 활동하고 있었다는 것은 알고 있겠지?"

"그래서?"

"한동안 비가 오지 않은 상태에서 당나라 놈들이 불화살을 발사하는 바람에 요동성이 함락당했는데…."

"하고 싶은 말이 뭐냐!"

"불화살이 떨어진 다음 거의 동시에 불길이 치솟더군. 일단 불이 붙기 위해서는 약간의 시간이 필요하고 요동성에서도 그 정도는 대비하고 있었을 텐데도 빠르게 불길이 치솟았다는 것은 아무래도 이상하지 않나?"

"그래서 뭐가 어쨌다는 거냐? 게다가 나는 그때 요동성 밖에 있었다!"

"그럼 왜 아직도 악몽에서 헤어 나오지 못하는 것이냐! 그때 너는 대체 무슨 짓을 저지른 거냐?"

"…."

"왜 말을 못하는 거야!"

"맞아, 요동성은 바로 우리 야치들에 의해 함락 당했으니까."

고돌발과 구해가 멍하게 을치를 바라보았다.

요동성의 함락은 단순히 성 하나를 상실한 것이 아니었다. 이번에도 요동성이 방어할 것을 전제로 하여 세워진 전략이 완전히 틀어졌고, 고구려 전체가 멸망할 수 있는 위기까지 불렀다. 그런데 그것이 야치들이 배신한 결과라니….

"다시 한 번 말해봐라!"

구해가 날카롭게 외쳤다.

"요동성은 우리 야치들이 내부에서 지른 불 때문에 함락당했다. 그렇게 하라고 명령한 사람은 바로 나였어."

을치가 다시 시인했지만 더욱 믿기지 않았다.

천하무적의 요동성이 내부의 반역에 의해, 그것도 야치들에 의해 함락 당했다는 것은 토끼가 호랑이를 물어 죽였다는 것만큼이나 믿기 어려웠다. 아무래도 뭔가 잘못들은 것 같았지만, 을치를 보노라면 그것도 아니었다.

"각오는 되어 있는 것이지?"

고돌발이 창을 잡고 일어섰다.

"야치들의 일이니까 너는 나서지 마라!"

문태가 칼을 뽑아들고 나섰다.

"왜 그런 짓을 저질렀나?"

"우리를 배신했기 때문이지."

을치가 소름끼치는 꼬챙이 같은 검을 뽑았다.

답답할 정도로 느리게 칼집에서 나오던 을치의 검이 어느 순간 번득였다.

캉! 독사처럼 뻗어오는 검을 퉁긴 문태가 그대로 내찔렀다. 몸을 비틀어 문태의 일격을 흘린 을치가 빠르게 회전하여 자세를 잡았다.

"우리는 최강 요동성의 이름을 더럽히지 않기 위해 어떤 야치들보다도 용맹하게 싸웠다! 4백을 넘겼던 인원이 절반 이하로 줄어들었어도 요동성을 위해 기꺼이 목숨을 바쳤단 말이다!"

을치의 눈이 이글이글 타올랐다.

"그러나 왕과 높은 놈들은 우리를 저버렸다. 우리가 죽어가는 마당에 왕이라는 놈은 이세민에게 똥덩어리 신하를 자청하고 갖은 정보를 넘겨주기까지 했다! 그런 놈들이 왕과 높은 자리를 차지하고 있는 이상 고구려는 희망이 없어!"

"그래서 요동성 내부에서 불을 질렀나? 기름까지 뿌리고?"

"그렇다! 나의 명령을 받고 내부에서 불을 지른 야치는 친동생이었다! 그때 친동생과 함께 다시 절반에 달하는 야치들이 목숨을 잃었다."

피를 토하는 것처럼 외친 을치가 검을 휘두르며 육박했다.

피잇! 회초리처럼 휘두르는 검에 걸리는 것은 아무것도 남아나지 않았다. 좁은 공간에서 황급하게 물러나던 문태가 엎어진 그릇을 밟고 비틀거렸다.

"조심해!"

고돌발이 외치는 순간 을치의 장검이 목을 향해 파고들었다. 구해도 눈을 질끈 감는 순간 거의 목에 닿은 검을 칼등으로 밀친 문태의 주먹이 을치의 명치에 틀어박혔다.

퍼억! 망치가 후려치는 것 같은 충격에 달려들던 속도와 자신의 체중까지 더해진 을치는 그대로 나뒹굴었다. 한동안이나 지나서야 눈을 뜬 을치가 털썩 꿇어앉았다.

"야치의 율법에 따르겠으니 네 마음대로 해라."

"여기서도 그럴 생각이었나?"

"물론 그럴 생각이었다."

"그런데 왜 지금까지 실행하지 않았지?"

"제정신이 들었기 때문이라고 하면 믿을 수 있겠나?"

"…."

"안시성에 들어온 다음 가장 먼저 한 일은 두말할 것도 없이 정보를 수집하는 것이었다."

안시성에 대한 정보를 수집하던 요동성의 야치들이 경악하기에는 긴 시간이 필요하지 않았다. 성주가 자신의 아들을 야치로 만들었다는 걸 알게 된 을치는 한동안이나 멍하게 서 있었다.

"이후 안시성의 명령을 받고 작전에 나가기 시작했을 때부터 나는 빠르게 변했다. 마음만 먹으면 얼마든지 내부에서 무너뜨릴 수 있었지만 끝내 그런 명령을 내릴 수 없었어. 특히 가장 최근에 야치로 만든 성주님의 아들이 정실부인…."

"그만!"

말을 삼킨 을치가 떨어뜨린 장검을 집어 들었다.

"아무리 여기서 정신이 들었다고 해도 내가 요동성에서 저질렀던 죄악을 돌이킬 수 없을 테지. 나로 인해 요동성이 떨어지고 성주님은 물론 무수한 군민들이 희생당한 데다, 나라까지 위태롭게 되었으니…."

문태를 바라보던 을치가 장검을 목으로 가져갔다.

"설령 네가 용서한다고 해도 나 자신을 용서할 수 없을 것 같다. 부하들은 아무것도 모르고 있으니까 나 하나가 죽는 것으로 끝내주면 고맙겠다."

"그만둬!"

문태가 을치의 손목을 잡는 순간 구해의 칼이 번득였다.

"무슨 짓이냐?"

고돌발이 막으려는 순간 문태의 얼굴에서 피가 튀었다.

구해의 칼을 간신히 피한 문태의 얼굴이 길게 그어졌다. 흉측한 흉터 위에 다시 칼을 맞은 문태의 얼굴이 악귀처럼 일그러졌다.

"구해! 이게 무슨 짓이냐?"

고돌발이 어이없어 하며 구해를 바라보았다.

"현도성의 성문을 연 것은 바로 나다! 내가 현도성의 성문을 열었단 말이다!"

구해가 미친 듯이 웃었다.

문태와 고돌발은 물론 을치까지 멍하게 바라보았다.

"그러니까 내가 죽일 새끼는 을치가 아니라 문태일 수밖에!"

외침이 끝나기도 전에 구해가 다시 격돌했다.

"고돌발! 이번에도 나서면 안 된다! 다시 말하지만 이건 야치끼리 해결할 문제다!"

"안시성에 들어왔을 때 을치와 내가 일부러 져준 것을 가지고 기고만장하는구나!"

구해의 칼은 이전과 비교조차 할 수 없이 빠르고 치명적이었다. 몰라볼 정도로 강하게 변한 구해를 바라보던 고돌발이 혀를 내두르는 순간 문태와 구해가 뒤얽혔다.

칼을 잡은 팔목을 제압당한 구해가 이를 갈았다.

잡힌 팔목을 포기한 구해가 다른 손을 품에 넣어 단검을 꺼냈지만 그것도 문태에게 잡혀버렸다. 구해가 벗어나기 위해 몸을 뒤채는 순간 문태가 발뒤축을 걸고 후렸다.

쿵! 빙글 돌아 그대로 떨어진 구해는 온몸이 부서지는 충격에 하마터면 정신을 잃을 뻔했다. 구해를 올라탄 문태가 단검을 움켜쥐고 목을 노렸다. 이번에는 구해가 문태의 손을 잡고 필사적으로 버텼지만 오래가지 못했다.

"그래, 죽여라!"

구해가 오히려 단검을 잡아 당겼다.

"죽여! 어서 죽이라니까! 배신자를 죽이지 않고 뭐하는 거냐?"

"그만하자."

문태가 단검을 집어던지고 구해를 일으켰다.

쓰러진 탁자를 치운 다음 을치와 구해를 앉힌 문태가 술을 가져왔다.

"그만 됐으니까 술이나 마시자!"

문태가 두 사람의 잔에 넘치도록 따랐다.

을치와 구해는 술을 받을 엄두조차 내지 못하고 하염없이 눈물을 쏟았다.

"내가 무슨 짓을 저질렀는지 깨달았을 때는 이미 늦어 있었지."

"나도 안시성에 들어온 다음에야 비로소 제정신을 차릴 수 있었다. 그때의 일을 떠올리면 요즘도 잠을 이루지 못할 정도로 괴롭다."

문태가 그들의 어깨를 두드리며 위로했다.

"솔직히 말하자면 나도 그런 생각이 들지 않았던 것은 아니다. 우리 야치들 가운데 제정신을 가진 놈이 얼마나 되겠나?"

"…"

"너희들이 죽는다고 해도 요동성과 현도성을 다시 찾을 수는 없다. 그때 죽은 사람들 역시 되살아 날 수 없겠지. 엎질러진 물은 주워 담을 수 없겠지만, 다시 엎지르지 않을 수 있도록 할 수는 있지 않겠나?"

"…."

"이 자리에서 말한 것은 절대 비밀로 할 것이다. 그러니까…."

"그러니까 이 새끼들은 죽여야 한다!"

고돌발이 창을 움켜잡았다.

"성을 지키기 위해서는 백 번이라도 흔쾌하게 죽어도 모자랄 놈들이 오히려 반역을 일으키고 성문을 열어? 토막을 쳐 죽여도 시원치 않을 놈들 같으니!"

"고돌발! 그만해!"

"그만하지 못하겠다! 이건 야치들만의 문제가 아냐!"

고돌발의 눈이 이글이글 타올랐다.

"내가 오골성에서 배신을 당했을 때 어떤 광경을 목격했는지 아느냐? 저놈들은 자신들이 저지른 죄책감 때문에 잠이 오지 않을지 모르겠지만, 나는 지옥으로 변한 오골성 때문에 매일같이 악몽에 시달린단 말이다! 나는 차라리 그때 죽었어야 했어!"

고돌발이 처절하게 부르짖었다.

"네 심정은 충분히 알겠지만 그쯤 하자. 이리 앉아서…."

"절대 그럴 수 없어!"

고돌발은 당장이라도 창을 휘두를 것 같았다.

"내가 가장 증오하는 것은 자신이 지키던 성을 적에게 내준 개새끼들이다! 그런 개새끼들은 물론 부하들까지 모조리 토막 쳐 죽여도 시원치 않을 판에 함께 술이나 마시자고? 너야말로 제정신이냐!"

"고돌발! 그쯤 하자고 했다."

"역시 팔이 안으로 굽는군 그래."

고돌발이 냉소하자 문태의 표정이 싸늘하게 굳어졌다.

"한번 해보자고?"

"못 할 것도 없지."

문태도 칼을 뽑아들었다.

"나를 이길 자신이 있나?"

"야치를 우습게 여겼다간 후회할 거야."

"아무튼 좋다! 너는 이미 두 번이나 싸웠으니까 체력을 회복할 시간을 주겠다!"

"언제 싸워도 너는 후회하게 되어 있어!"

"이 새끼가!"

문태와 고돌발이 맞붙으려는 순간, 구해와 을치가 뛰어들었다.

"네가 말한 대로 나는 죽어 마땅한 반역자인 만큼 죗값을 흔쾌히 받도록 하겠다! 나를 죽여서 약간이라도 분이 풀릴 수 있다면 어서 손을 써라!"

"나는 죽어 마땅하지만 부하들은 살려다오! 부하들은 아무것도 모르거니와, 지금 네게 죽으면 명예롭게 전사할 수 있는 기회를 잃는 셈이 아니겠나? 은혜는 잊지 않을 테니 부하들만이라도 살려다오!"

두 사람이 동시에 무릎을 꿇었다.

죽음에 직면한 그들은 두려워하지 않았다. 오히려 담담하게 웃는 그들을 바라보는 고돌발의 창이 덜덜 떨렸다.

한동안이나 노려보던 고돌발이 두 사람을 걷어차 일으켰다.

"이 새끼들이 술 마시다가 왜 꿇어앉고 지랄이야? 당장 자리로 돌아가지 못해!"

"정말… 고맙다!"

문태가 그득 따른 술을 단숨에 삼킨 고돌발이 잔을 건넸다.
"고마워하기는 아직 일러! 언젠가는 너희들 부하들까지 토막 쳐서 안주로 삼을 테니까!"
"내 고기는 질겨서 맛이 없을 것 같은데 그래도 괜찮겠나?"
을치가 잔을 건네며 말하자 왁자한 웃음이 터졌다. 그러나 그 웃음들은 순식간에 울음으로 바뀌고, 어느 순간 웃는 건지 우는 건지 알지 못할 괴성들이 난무했다.
그들을 바라보던 문태가 영혼이 묻어날 것 같은 호흡을 내쉬었다.
'나도 그런 생각이 들지 않았던 것은 아니다'는 위로는 사실이었다. 문태에게 그런 생각을 들게 한 것은 가장 높은 놈들이었다.
야치로 길러진 다음 이제까지 문태는 명예 이외의 것을 바라지 않았다. 형제 같았던 야치들이 돌아오지 못할 때마다 심장이 난도질당하고 영혼이 으깨지는 것처럼 고통스러웠다.
문태 자신이 죽을 고비를 넘긴 것도 헤아릴 수 없었다.
베이고 찢긴 상처를 스스로 꿰매는 것은 아무것도 아니었다. 팔다리가 부러져 허수아비처럼 덜렁거리고 피가 거의 빠져나가 말린 생선처럼 뻣뻣한 육체를 이끌고 간신히 돌아온 것도 일일이 기억하지 못할 정도였다.
자신들의 희생으로 인해 전투에서 승리를 거두었다는 것을 알게 될 때마다 야치들은 득도한 것 같은 희열에 몸을 떨었다. 자신들의 희생 하나하나가 모여 마침내 전쟁에서 이겼을 때는 죽어도 아깝지 않을 것 같았다.
흉터는 피부에 새겨진 증거였고 명예는 가슴에 새겨진 증거였다.
아무도 알아주지 않는다고 해도 내가 기억하면 그만이었다. 돌아오지 못하거나 후미를 차단하다 죽어간 야치들도 마지막 명예를 그득히 포만하고 스러졌을 것이었다.

그러나 명예와 바꾼 죽음을 바칠 대상이 사라졌다.

아니, 그것은 꿈에서조차 상상하지도 못할 배신이었다. 고구려의 왕이 당나라의 황제에게 스스로 무릎을 꿇고 신하를 자청했다는 것을 알게 되었을 때는 낮과 밤이 뒤바뀌었다는 것만큼이나 믿기지 않았다.

그러나 엄연한 사실이었다.

평양의 궁궐과 조정에서 벌어지는 믿지 못할 소문들이 사실이었다는 것을 알게 된 야치들은 누구보다도 분노했다. 연개소문이 나서 모조리 토막 내었지만 그때는 야치들까지 뒤흔들린 다음이었다.

게다가 연개소문은 절대 해서는 안 될 짓을 저질렀다.

연개소문이 안시성을 굴복시키기 위해 쳐들어오자 요동의 야치들은 기가 막힌 나머지 말도 나오지 않았다. 돌이킬 수 없는 배신을 당했던 그들에게 연개소문은 찢어 죽여도 시원치 않을 왕을 대체한 괴물에 지나지 않았다.

그때 안시성의 야치들은 말이 필요 없을 정도로 격분했다.

결국 연개소문이 퇴각했지만 안시성의 야치들도 더 이상 명예를 위해 싸우려들지 않았다. 각각의 야치를 견고하게 연결했던 끈이 끊어질 뻔했을 때 성주가 그들을 불렀다.

안시성의 성주는 다그치고 윽박지르거나 달콤하게 말하지 않았다. 늘 하던 것처럼 하나하나의 이름을 부르고 상처를 쓰다듬으면서 모두가 무사히 돌아올 것을 당부했을 뿐이었다. 그렇지 않았다면 어떻게 되었을까?

휘하의 야치들이 어떤 충격을 받았는지 아랑곳하지 않고 계속 내보냈던 요동성과 현도성의 성주들은 자신들이 왜 패배했는지 영원히 알 수 없을 것이었다. 거의 미치다시피 한 상태로 반역을 저지른 구해와 을치가 측은하기까지 했다.
"자, 마시자!"
고돌발이 미친 듯이 잔을 비웠다.
술로 얼룩진 고돌발의 얼굴에 눈물이 흘러내렸다. 안시성에 들어온 다음 죽을 정도로 퍼마셨던 고돌발의 고통이 아프게 마찰했다.
"그동안 너무나 지긋지긋했어! 이번에는 진짜로 죽을 수 있겠지? 어서 죽고 싶단 말이다!"
진저리치며 외치는 고돌발의 눈은 살아있는 사람의 눈 같지 않았다.
백암성을 나온 이후 다시 창을 잡은 다음부터 그는 살아있는 상태가 아니었다. 구해와 을치의 눈도 다르지 않았다.
그래, 마시자! 마시잔 말이다! 그들을 바라보던 문태도 미친 듯이 퍼마셨다. 길지 않은 생애일지언정 이런 놈들을 만났으니 여한이 없었다.

9월 7일 오전 11시경, 안시성의 대로

"우리가 이깁니다! 두려워하지 마세요!"
나리가 낭랑하게 외쳤다.
구속에서 풀려나 나리를 호위하는 무사들까지 어이없어 했다.
토산이 완성되기 직전인데도 나리는 대체 무엇을 믿고 저러는 것인가? 당장 포석이 날아와도 이상할 것이 없는데도 나리는 조금도 두려워하지 않았다.

"고구려를 이루신 신령들과 고구려를 지키기 위해 순국하신 영령들께서 보호하시는 안시성이 이길 수밖에 없습니다. 신령들께서 보낸 제가 승리의 증거이니 여러분은 성주님의 명에 따라 움직이기만 하연 됩니다!"

나리의 확신은 나날이 강해졌다.

가만히 듣고 있으면 빨려 들어가는 것 같았지만, 안시성보다 훌쩍 높아진 토산은 광신의 희망마저 사라지게 만들었다.

마비에서 깨어난 자들이 서로를 바라보며 절망을 교환했다.

'안전한 곳'이라는 안시성(安市城)이 의미와 반대되는 지옥으로 변하기에는 얼마 남지도 않았다. 어차피 죽음을 피할 수 없는 바에야 양두일을 따랐어야 했다는 무언의 절규가 곳곳을 휩쓸었다.

"오늘은 이만 하시는 것이 좋겠습니다."

양만춘이 그만할 것을 권유했다. 얼마 남지 않은 시간이나마 조용히 보내고 싶었던 양만춘은 나리도 쉴 수 있도록 배려하고 싶었다.

"신녀님은 사당으로 들어가셔서 안시성을 위해 기원하시는 것이…."

"우리가 이길 것과 살아남을 수 있다는 것을 그렇게 외쳤는데도 믿지 못하십니까?"

"…."

"성주님께 당부하건대 군량을 곡식 한 톨이라도 낭비하면 안 됩니다!"

평온했던 양만춘의 표정이 곤혹스럽게 변했다. 최후의 공격이 닥치면 즉시 군량을 불태우도록 명령했기 때문이었다. 비록 전멸당하는 한이 있더라도 이세민에게 군량을 넘겨줄 수는 없었다. 상식 축에도 끼지 못하는 조치임에도 나리에게는 통하지 않았다.

"정녕 그러셔야 하겠습니까?"

"다시 말하게 하지 마세요!"

양만춘이 고개를 흔들고 돌아섰다.

새로운 부장에게 그렇게 하라고 명령한 양만춘이 거처로 돌아갔다. 내일 죽을 것이 분명한 이상 더 이상 아무것에도 구애받고 싶지 않았다.

같은 날 오후 3시경, 토산

다시 포차들이 배치되기 시작했다.

이번의 분위기는 호들갑스러웠던 지난번과는 전혀 달랐다. 토산 위에서 당기고 아래에서 미는 움직임은 북소리에 의해 통제되었다. 우렁찬 북소리 사이사이에 저벅저벅 밀고 끄는 모습에는 절로 소름이 끼쳤다.

"포차 배치 끝!"

"포석 배치 시작!"

수레에 실려 올라가는 포석은 더욱 공포스러웠다.

불길한 휘파람 같은 소리를 지르며 날아와 건물을 박살내고 육체를 으깨버릴 포석들이 빠르게 경사를 올랐다. 각각의 포석 뒤에 줄지어 부려지는 포석들이 안시성을 노려보며 이를 가는 것 같았다.

"포석 배치 끝!"

모든 배치가 끝나는 즉시 토산을 경계할 부대가 이동하기 시작했다.

이미 토산 아래 마련된 야영시설에 도착한 부대가 부산스레 움직이는 가운데 이세민의 얼굴에 모처럼 흡족한 표정이 걸렸다.

"정말 수고했구나."

이세민의 입이 악어처럼 찢어졌다.

"상을 내릴 테니 원하는 것이 있으면 말해보아라."

"폐하께서 승리하시는 것이 유일한 소원인 만큼 이미 소원을 이루었사옵니다."

부복애가 한껏 조아리며 겸양했다.

"하하하, 겸손도 토산처럼 대단하도다. 경들은 이 사람을 본받아야 할 것이야!"

"황공하옵니다!"

부복애가 눈물을 쏟았다.

"내일부터 안시성에 본때를 보일 것이니 장병들을 잘 먹이도록 하라! 고기도 아끼지 말라!"

이세민이 상기된 표정으로 외쳤다.

"안시성에 돌입하는 즉시 모조리 죽이도록 하라. 성에서 탈출하는 것들 역시 하나도 살려두지 마라! 계집들은 사로잡아 마음껏 즐긴 다음 죽이거나 죽을 때까지 즐겨라!

"와아아아!"

"안시성에서 발견되는 보물은 모두 너희들의 것이다! 또한 공을 세운 순서대로 포상할 것이니 모든 장병들은 기회를 놓치지 말도록 분발에 분발을 거듭해야 할 것이다!"

"폐하 만세!"

"황제폐하 만만세!"

눈이 허옇게 돌아간 적들이 미친 개떼처럼 날뛰었다.

내일이면 안시성은 지옥으로 변할 것이 분명했다. 푸짐하게 벌어질 살육과 강간의 향연은 상상하는 것만으로도 군침이 흘렀다. 쏟아지는 포석을 견디다 못해 성문을 열고 나온 먹잇감도 결코 놓칠 수 없었다.

그동안의 고생이 눈 녹듯 사라졌다.

이제 남은 것은 가급적 많이 죽이고 겁탈하는 것밖에 없었다. 많이 죽이기 위해서는 무뎌진 날을 세워야 했고 많이 겁탈하기 위해서는 기름진 것을 먹어둬야 했다. 저마다 준비하는 그들은 내일이 너무나 기다려졌다.

같은 시각, 평양

"안시성이 아직까지 버티고 있습니까?"

보장왕이 의아한 표정으로 말했다.

"성주가 지나치게 젊고 경험이 없어 믿을 수 없다고 하였는데, 두 달이 훨씬 넘게 버티다니 참으로 대단합니다."

"폐하, 머지않아 끝장날 것입니다."

연개소문이 말했다.

"지금쯤이면 토산이 완성되었을 것인데 어찌 버틸 수 있겠사옵니까? 비통하지만 안시성은 포기하시는 것이 가하리라 여겨지옵니다."

"그때 안시성을 지원했다면 이 지경이 되지는 않았을 것이기 때문에 하는 말입니다!"

보장왕이 날카롭게 말했다.

"폐하! 지난 일을 돌이켜서 무엇 하겠나이까?"

고정의가 나섰다.

"이미 추워진 만큼 이세민이 오래 견디지는 못할 것이옵니다! 그것을 이용하여 승리할 수 있는 방도를…."

"아무렴 이세민이 그대로 물러날 것 같습니까?"

보장왕이 냉소했다.

"자칫 잘못 추격했다가 패배하는 날에는 평양이 위태롭습니다! 그리고 이세민이 내년 봄에 다시 돌아오는 날에도 평양이 위태롭지 않겠습니까?"

보장왕이 흘긋 연개소문을 바라보았다.

"전에 짐이 대막리지에게 제안했던 사안은 어떻게 되었습니까?"

"어떤 사안을 말씀하시는…."

"압록강의 수군 일부를 대동강으로 옮기는 것 말입니다."

"폐하! 그것은 불가하다고…."

"불가하다고만 할 것이 아니라 현실적으로 생각해보세요!"

보장왕이 펄펄 뛰었다.

"안시성을 빼앗기는 것은 요동 전체를 잃는 것과 진배가 없지 않습니까? 그런 상태에서 이세민이 다시 온다면 평양의 방어에 치중해야 하는 만큼, 압록강은 물론 요동의 수군도 대동강으로 집결해야 할 것입니다! 그렇지 않습니까?"
"…."
"대막리지는 즉시 실행하도록 하세요!"

같은 날 오후 8시, 안시성의 관아

장수들은 물론 야치들까지 전부 집결했다.
이미 술과 고기가 푸짐하게 차려졌다. 양만춘이 술을 돌리게 했지만 표정들이 하나같이 밝지 못했다.
"그동안 고생들 많았다!"
양만춘이 먼저 잔을 들었다.
"안시성이 무너질 것이 자명한 만큼 너희들 모두에게 판단할 기회를 주겠다!"
"…."
"나는 성주로서 안시성과 최후까지 함께 하겠지만 모두가 그럴 필요는 없지 않겠느냐. 살고 싶은 자는 비밀통로를 통해 빠져나가라! 아무런 책임도 묻지 않을 테니 이 자리에서 결정하도록 해라!"
한동안이나 시간이 흘렀지만 누구도 나서지 않았다.
"그렇다면 내가 명령하겠다!"
양만춘이 문태를 가리켰다.
"너는 지금 즉시 모든 야치들을 이끌고 빠져나가라. 건안성으로 가든 어디로 가든 너희들 마음이다."
"어, 어찌 그럴 수가 있습니까?"

"죽더라도 안시성에서 함께 죽겠습니다!"

야치들이 일제히 울부짖었다.

그들을 바라보며 목이 메었던 양만춘이 단호하게 외쳤다.

"이건 명령이다! 따르지 않는 자는 누구라도 베겠다!"

"성주님!"

구해가 성큼 나섰다.

"일전에 저희 현도성의 야치들이 공을 세운 다음 성주님께서 청원을 허락하셨을 때 나중에 말씀드리겠다고 말한 사실이 있습니다!"

"말하라."

"제가 오늘 드릴 청원은 안시성에서 함께 싸우게 해달라는 것입니다! 저희들의 청원을 받아주십시오!"

"…."

"성주님! 저희도 있습니다!"

이번에는 을치가 나섰다.

"저희 요동성의 야치들은 현도성만큼은 아니라도 공을 세운 것은 사실이니 청원하겠습니다!"

"말하라."

"저희들도 성주님과 함께 싸울 수 있도록 해주십시오!"

양만춘은 맥없이 고개를 숙였다.

"허락… 한다."

그의 어깨가 들먹였다.

"저도 청원 드리겠습니다!"

문태가 나서자 모두가 심드렁했다.

"저 새끼는 왜 저렇게 눈치가 없나?"

"똑같은 청원으로 아까운 시간 보내지 말고 성주님 모시고 다 함께 술이나 마시자!"

구해와 을치가 궁시렁거리는데도 문태가 앞으로 나섰다.

"저는 혼인을 하고 싶습니다!"

뭐라고? 저, 저 새끼가 드디어 미쳤나? 사방에서 의아한 눈길이 쏟아졌다.

"야치들은 혼인을 할 수 없지만 저는 특별한 공을 세웠으니 혼인할 수 있도록 해주십시오!"

"상대는 누구냐?"

"그야 당연히 사랑하는 여인이 아니겠습니까? 이번 전쟁이 승리로 끝난 다음 혼인할 수 있도록 해주십시오!"

가만히 생각하던 양만춘이 고개를 끄덕이며 허락했다.

"너무 진부한 것 아냐?"

고돌발이 비웃으며 나섰다.

"진부하긴 뭐가 진부해?"

"그냥 나리라고 하면 될 것을…."

"이게 벌써 취했나!"

문태가 황급하게 고돌발의 입을 틀어막았다.

"전쟁이 끝나고 내가 혼인을 할 때 정말로 대차게 마시자. 재물이야 충분하니까 얼마든지 마시자고."

"으하하하, 공짜 술로 배 채우게 생겼구나! 그날 네 집의 기둥뿌리를 뽑아버리겠다."

신나게 웃던 고돌발의 눈에서 별이 번쩍였다.

"빈손으로 오는 놈은 뒈질 줄 알아라. 그리고 먼저 뒈지는 놈은 내가 지옥까지라도 쫓아가서 그냥 두지 않을 테니까 알아서 해!"

고돌발의 뒤통수를 쥐어박은 문태가 악을 썼다.

잠시 후 본격적으로 술자리가 벌어졌다. 이번에도 양만춘은 사양하지 않았다. 문득 양만춘이 고돌발에게 잔을 건넸다.

"자네는 어쩔 셈인가?"

"저는 안시성 소속이 아니니까 성주님의 명령에 구애받을 이유가 없지 않습니까?"

하기는…. 양만춘이 묵묵히 술을 털어 넣었다.

혼돈과 역습

9월 8일 오전 9시경, 이세민의 천막

"준비가 완료되었다고 하였느냐?"
"그, 그러하옵니다, 폐하!"
부복애가 감격에 떨리는 목소리로 말했다.
"전쟁이 끝나면 너를 장군으로 봉하겠다! 이제부터는 굳이 토산에 있을 필요가 없으니 짐의 측근에서 보좌하라!"
"폐하, 황은이 망극하옵니다!"
"나가자! 안시성의 최후를 목격해야 하지 않겠느냐?"
이세민을 필두로 모든 자들이 밖으로 나갔다.

안시성의 모든 병력이 성문 앞으로 집결했다.

백성들도 도끼와 낫 같은 것을 들고 후미에 합류했다. 여자들이 비통하게 울부짖는 가운데 성문이 열릴 준비에 들어갔다.

"이봐."

문태가 구해를 툭 쳤다.

"왜 그래?"

"지도는 정확하겠지?"

"그걸 말이라고 하나? 야치는 죽더라도 임무를 완수한다!"

"그런데 말이야…."

문태가 다시 구해를 바라보았다.

"어제 성주님이 기회를 주셨는데도 왜 나가지 않았나?"

"현도성의 성문을 열었던 속죄를 하기 위해서다!"

"속죄고 개뿔이고 목숨이 가장 중요하니까 지금이라도 수하들을 데리고 떠나. 네가 청원하는 바람에 요동성은 물론 다른 성에서 들어온 야치들까지 전부 죽게 생겼다. 안시성은 우리로도 충분하니까 굳이 너희들까지 희생시키고 싶은 생각은 없어."

"나는 네 부하가 아니니까 명령하지 마라."

구해가 칼을 뽑았다.

"개소리 집어치우고 저승에서 만나자."

"나도 함께 만나자."

을치도 기쁘게 칼을 뽑았다.

토산에서 포석이 발사되는 순간을 신호로 성문을 열고 돌격하기로 되어 있었다. 고돌발이 느긋하게 몸을 푸는 가운데 포차들이 잇달아 장전하기 시작했다.

"이제야말로 끝장을 보겠노라!"

아래에 있던 이세민이 껄껄 웃었다.

이번에 발사될 포석은 단순한 포석이 아니었다. 역사에 길이길이 기록될 포석을 발사하는 영광은 당연히 이세민이 누려야 했다.

"준비되었느냐?"

당길 수 있는 데까지 당겨진 포차들이 방아틀을 놓을 준비에 들어갔다.

"준비되었사옵니다!"

이세민은 잠시 숨을 골랐다.

자신에 의해 완성된 유일무이하고 전무후무한 역사가 실행되는 순간을 조금이라도 더 음미하고 싶었다.

호흡을 가다듬은 이세민이 흘긋 돌아보았다. 자신이 명령을 내리는 즉시 뒤에 설치된 거대한 깃발이 내려가면서 안시성 방향을 가리키면 일제히 발사하게 되어 있었다.

"발사하라!"

마침내 명령이 떨어졌다.

깃발을 지키던 장교가 깃발 상부에 묶어둔 밧줄을 당기라는 명령을 내리려다 멍하게 굳어졌다. 믿기 어렵게도 토산이 움직이는 것 같았다.

어제 몇 잔 마신 술이 덜 깨었나 싶어 다시 바라보는 순간 토산이 요동치기 시작했다.

거대한 뱀이 토산의 내부에서 꿈틀거리는 것처럼 불쑥불쑥 솟구치다 좌우로 비틀렸다. 어느 순간 천둥 같은 진동과 함께 몸부림치던 토산이 앞으로 쏠리기 시작했다.

"토, 토산이 무너진다!"
"으아아악! 사람 살려!"
토산이 안시성 방향으로 쏟아지듯 무너졌다.
그득 머금었던 포석을 발사하기 직전의 포차들이 장난감처럼 휩쓸렸다. 포차들은 물론 병력들까지 비명을 지르며 쓸려 내려갔다. 게다가 아래서 경비하던 부대까지 흔적도 없이 삼켜졌다.

"저, 저것을 보십시오!"
장수들이 비명을 지르는 것처럼 외쳤다.
믿기 어렵게도 토산이 달려드는 것 같았다. 토산이 안시성을 향해 이빨을 드러내고 달려드는 것 같은 착각은 착각이 아니었다.
양만춘도 어떻게 해야 할지 갈피를 잡을 수 없었다.
땅이 뒤흔들리는 느낌과 함께 표현할 수 없는 충격이 덮쳤다. 안시성 전체가 뒤흔들리는 충격이 사라지자 다시 한 번 믿기 어려운 광경이 나타났다.
인간의 힘으로는 절대 무너뜨릴 수 없는 성벽이 파열되었다.
경사를 파내어 대지와 연결한 아랫부분은 끄떡없이 견뎠지만, 윗부분은 그렇지 않았다. 토산이 무너지면서 발생한 형언할 수 없는 위력은 성벽을 뚫고 들어간 다음에야 멈췄다.
"무엇하십니까? 어서 명령을 내리십시오!"
문태가 크게 외쳤다.
정신을 수습한 양만춘이 명령을 내렸다. 죽음을 각오하고 돌격할 준비를 갖추고 있던 장병들이 함성을 지르며 무너진 틈으로 나갔다.

"우리도 나가자!"
문태를 선두로 을치와 구해가 야치들을 이끌고 달려 나갔다.
"나를 빼놓을 생각인가!"
고돌발이 창을 휘두르며 따라왔다.

지진을 동반한 붕괴의 충격은 아직도 위력을 잃지 않았다.
토산의 잔해가 경련하는 것처럼 흔들렸고 안시성의 반대 방향에 남은 부분은 출렁임을 멈추지 않았다.
잠시 후 정신을 수습한 이세민도 앞에 펼쳐진 광경을 믿을 수 없었다. 의지라도 있는 것처럼 안시성을 향해 무너져 내린 토산이 자신을 비웃는 것 같았다. 깨어진 거울을 보는 것처럼 갈피를 잡기 어려웠다.
수십만이 그토록 힘겹게 쌓아올린 역사가 신기루처럼 사라진 앞에서 이세민이 비틀거리다가 쓰러졌다. 폐하! 폐하! 다급하게 외치는 소리들이 아득하게 먼 곳에서 웅얼거리는 것 같았다.
"폐하, 이럴수록 심기를 굳건히 하셔야 하옵니다!"
장손무기가 통곡하는 것처럼 외쳤다.
억지로 고개를 돌려 바라보던 이세민이 비척이며 일어나려 했다. 그러나 모든 것이 자신을 중심으로 빠르게 회전하는 것 같은 어지러움 때문에 다시 엎어지고 말았다.
"소장이 모시겠나이다!"
설인귀가 이세민을 업고 달렸.
자신의 거처에 들어서기까지의 거리가 수백 리나 되는 것 같았고 몇 년이나 달려온 것처럼 맥이 빠졌다.
 나가라… 모두 나가라…. 이세민은 어디 있는지조차 알 수 없는 손을 내저었다. 이세민이 죽기라도 한 것처럼 통곡하던 신하들이 나간 다음 이세민은 고통스럽게 머리를 감싸 쥐었다.
 다행히 머리는 아직 존재했다.
 이세민은 토산이 무너졌을 때 함께 붕괴당한 정신을 필사적으로 조립해나갔다. 기억을 비롯한 것들이 어슴푸레하게 식별되기 시작한 다음 빠르게 회복되기 시작했다
 "부복애는 어디 있느냐!"
 밖에 대기하고 있던 부복애가 온몸을 떨면서 기어들어왔다.
 "저놈을 베어라!"
 이세민이 부복애를 가리켰다.
 "토산을 책임지는 놈이 자리를 지키지 않아 저렇게 되었으니 책임을 묻지 않을 수 없노라!"
 "폐, 폐하께서 곁에 있으라고 명하지 않으셨사옵니까?"
 "닥치지 못할까! 당장 베어버리지 않고 무엇들 하는 게냐?"
 개처럼 끌려 나간 부복애가 처참한 비명을 질렀다.
 이를 악물고 밖으로 나간 이세민의 눈이 홉뜨였다. 붕괴된 토산이 강타하는 바람에 무너진 틈으로 쏟아져 나온 안시성의 군대가 토산 위에서 벅차게 함성을 질렀다. 그것을 바라보던 이세민의 눈이 다시 빛을 뿜었다.

9월 10일 오전 7시경, 건안성

"무엇이! 토산이 무너졌다는 말이냐?"
야치의 보고를 받은 건안성주가 경악했다.
고인후와 고우찬도 한동안이나 정신을 차리지 못했다. 가장 먼저 정신을 수습한 건안성주가 지도를 가리켰다.
"지금부터 안시성주의 뜻에 따라 움직이도록 하겠습니다!"
즉시 고우찬의 개마기병들이 출격 준비에 들어갔다.
"위두대형! 우리 건안성의 개마기병들도 데려가 주십시오!"
"사양할 이유가 없겠습니다!"
건안성의 개미기병들까지 휘하에 넣은 고우찬이 성을 나갈 준비에 여념이 없었다. 고인후의 부대는 물론 건안성의 군대도 싸울 준비를 갖추기 시작했다.

9월 12일 오후 1시경, 토산

문태가 피가 묻어나는 손으로 주먹밥을 씹었다.
문태와 눈이 마주친 을치가 씩 웃었다. 을치도 피가 섞인 주먹밥을 달게 삼켰다.
"또 오시는구면."
고돌발이 물을 마신 다음 몸을 풀었다.
토산 아래 빽빽하게 대기하고 있던 적들이 함성을 지르며 올라오기 시작했다.

"쏴라!"

참호에 엄폐했던 장병들이 몸을 일으키며 활을 쏘았다.

적들도 응사했지만 내려쏘는 화살이 훨씬 강했다. 근거리에서 퍼붓는 폭우 같은 화살세례에 떼거리로 쓰러지면서도 적들은 포기하지 않았다. 마침내 적이 위험할 정도로 근접했다.

"나를 따르라!"

고돌발이 앞장서서 돌격했다.

고돌발이 창을 찌를 때마다 피바람이 터졌다. 이틀 동안 얼마나 많은 적을 죽였는지 모를 고돌발의 앞에 다시 시체들이 나뒹굴기 시작했다.

"어림없다!"

문태가 장수 급의 적이 내리치는 칼을 살짝 피했다.

빠르게 몸을 돌려 적의 뒤로 돌아간 문태가 목덜미를 후려쳤다. 피를 토하며 쓰러진 적의 옆구리에 칼을 박았다.

다시 적이 덤벼들었다.

적이 휘두르는 칼을 막던 문태의 칼이 부러졌다. 칼을 버린 문태가 떨어진 화살을 집어 들고 그의 눈에 꽂아버렸다.

"끼아아악!"

적이 눈을 감싸 쥐고 끔찍한 비명을 질렀다.

적이 떨어뜨린 칼을 집어든 문태가 다른 적을 찾아 나섰다. 문태가 가는 곳에서도 피바람이 몰아쳤다.

안시성에서 나리가 문태를 바라보았다.

문태가 싸우는 것을 직접 보는 것은 처음이었지만 애태우거나 가슴을 졸이지 않았다.
나리의 옆에 있던 양만춘이 다시 고개를 저었다.
이번에 벌어진 사건은 어떤 논리로도 설명이 가능하지 않았다. 이세민이 그토록 고심하여 쌓은 토성이 하필 그 순간에 그런 형태로 무너진 것을 설명할 수 있는 사람은 존재하지 않았다.
"신녀님."
"하실 말씀이라도 있으세요?"
"그렇습니다."
양만춘이 어색하게 웃으며 나리를 바라보았다.
"문태가 이번 전쟁에서 승리하면 사랑하는 여인과 혼인할 수 있게 해달라고 청원하더군요."
"어떻게 하셨나요?"
"승낙했습니다."
"아주 잘하셨습니다."
나리가 잔잔하게 웃었다.
"정확하게 말해서는 승낙하지 않을 이유가 없었습니다. 그때는….'
양만춘이 말을 삼켰다.
미친 듯 칼을 휘두르는 문태의 뒤로 다가간 적이 칼을 내리치려는 순간 목에서 피를 뿜으며 거꾸러졌다.
"조심해라!"
단검을 던져 적을 죽인 구해가 날카롭게 외쳤다.
"알고 있었어!"

문태가 안시성을 가리켰다.
"기왕이면 멋있게 죽이려고 일부러 틈을 보였다니까."
"두 번만 멋있게 보이려다가는 장가도 가지 못하고 죽겠다."
"그럴 일은 없을 테니까 혼인할 때 좋은 선물이나 가져와라."
흘긋 나리를 바라본 문태가 고함을 지르며 격돌했다.
닥치는 대로 적을 베는 문태를 바라보는 나리의 시선은 밭일을 하는 남편을 바라보는 아낙 같았다.

위대한 승리

9월 14일 오전 10시경, 요동의 수군기지

"서둘러라! 오늘 중으로 출발해야 한다!"
고우찬이 크게 외쳤다.
건안성에서 출발한 개마기병들이 속속 배에 올라갔다.
고우찬은 숙독한 지도를 계속 확인했다.
양만춘의 큰 그림에서 가장 중요한 역할을 맡은 고우찬은 가슴이 터질 것 같았다. 아무래도 돌아올 수 없을 것 같았지만, 그런 것은 염두에 두지 않았다.

같은 시각, 토산

다시 전투가 벌어졌다.

시체가 겹겹이 쌓인 토산은 지옥보다 더했다. 이번의 전투도 패배한 공격군이 비틀거리며 물러났다. 부상당한 아군은 성으로 보내고 적군의 고통을 덜어준 야치들이 느긋하게 전투를 기다렸다.

"이번에는 설인귀가 준비하라!"

이세민은 필사적이었다.

토산을 다시 탈취하면 승리할 수 있었다. 무너진 틈을 통해 안시성 내부로 진입하면 승부는 끝이었다. 토산을 점령한 안시성이 계속 승리했지만 한계로 다가드는 반면, 아직도 거의 삼십만을 유지하는 이세민이 충분히 유리했다.

문제는 추위와 군량이었다.

이미 얼음이 얼기 시작하는 데다 군량도 그리 많지 않았다. 모든 여건을 감안하면 앞으로 열흘 내로 안시성을 점령해야 했다.

"무엇 하는가? 어서 공격하라!"

화들짝 놀란 공격군이 함성을 지르며 토산을 올라왔다.

"또 온다. 전투 준비!"

안시성은 사당의 무사들까지 총동원했다.

처절한 백병전의 경험이 없는 무사들은 처음에는 밀렸지만 곧 실력을 발휘하기 시작했다. 무사들과 야치들이 전우로 뭉치기에는 긴 시간이 필요하지 않았다.

설인귀가 눈부시게 싸웠다.

육중한 철퇴를 휘두를 때마다 안시성의 장병들이 피를 뿜으며 날아갔다. 휘하의 야치까지 박살나는 것을 목격한 문태의 눈에서 불이 튀었다.
"이놈! 나랑 겨뤄보자."
문태를 알아본 설인귀가 반색을 하며 덤벼들었다.
그러나 설인귀도 오래가지 못했다. 칼과 철퇴가 몇 차례 오가다가 설인귀의 어깨에서 피가 튀었다. 황급히 뒤로 물러나던 설인귀가 시체에 걸려 넘어지고 말았다.
"살려줄 테니 돌아가라!"
"무엇 때문에?"
"네가 고돌발을 이겼다면 몰라도 이미 고돌발에게 패배했던 이상 너를 죽일 의미가 없다. 그리고 네 황제 덕분에 내가 공을 세울 수 있었으니 그것에 대한 보답이라고 아뢰어라!"
설인귀가 얼마 남지 않은 부하들을 데리고 허둥지둥 달아나자 안시성이 펄펄 뛰며 다시 승리를 자축했다.
"왜 나를 따라하고 지랄이냐?"
고돌발이 펄펄 뛰었다.
"나도 너처럼 황제에 대한 예의를 갖출 필요가 있지 않나?"
"내가 설인귀와 계필하력을 살려 보낸 것은 우리가 이길 가능성이 충분했기 때문에 그런 거다. 그런데 졸병 하나를 더 때려잡는 것이 아쉬운 판에 그런 거물급을 살려주면 어쩌라는 말이냐?"
"신녀님이 우리가 이기고 살아남는다고 하셨으니 걱정마라!"
씩 웃은 문태가 칼에 흥건한 피를 닦아냈다.
전투가 끝나고 땀이 식자 한기가 배어들기 시작했다. 이미 추워지기 시작한 이상 안시성이 유리할 수밖에 없었지만 독이 오를 대로 오른 적은 물러날 기미가 안 보였다.
 우리 하나가 죽을 때마다 적 열 명 이상을 죽여야 하는 건가? 적을 패퇴시키기 위해서는 적어도 10만 이상을 죽여야 했다. 그렇다면 안시성은 1만 이상을 잃어야 했다.
 문제는 그렇게 된 다음이었다.
 안시성이 보유한 병력 4만 가운데 이전부터 지금까지 계속된 전투에서의 손실이 거의 1만에 달했다. 이런 상태에서 다시 1만을 잃는다면 대책이 없었다. 적이 계속 교대하여 덤벼드는 이상 계속 맞아 싸우는 수밖에는 없었다.
 칼을 매만진 문태가 옷을 갈아입었다.
 이런 날씨에 피로 물든 옷을 계속 입고 있는 것은 매우 좋지 않았다. 안시성에서는 무기와 식량과 함께 옷을 빨아 보냈다. 갈아입은 옷이 여러 군데나 베이고 구멍 난 것을 알게 된 문태가 쓰게 웃었다.

 같은 시각, 안시성

 "이번에도 우리가 이기게 되어 있습니다. 희망을 잃지 말고 조금만 더 버텨주세요."
 나리가 힘차게 외치며 곳곳을 돌아다녔다.
 나리를 태운 수레가 가는 곳마다 기운이 솟았다. 여자들은 더욱 부지런히 주먹밥을 만들었고 어린아이들도 고사리 손으로 물과 화살을 날랐다.
 "다쳤거나 식량이 모자란 사람들은 사당으로 가세요. 사당으로

가면 치료받고 식량도 얻을 수 있답니다."

나리는 격려와 용기만 주지 않았다. 전사한 장병들의 넋을 위로하는 한편 전투에서 부상당했거나 굶주리는 사람들을 도왔다.

"우리 장병들이 더욱 빨리 승리하려면 여러분들이 도와야 해요! 여러분들의 아들과 남편을 위해 성심을 다해주세요!"

외칠 때마다 마력이 튀어나오는 나리는 안시성에 떠도는 공포를 완전히 마비시켰다.

그토록 절망하게 만들었던 토산이 무너진 다음부터 누구도 나리를 의심하지 않았다.

나리가 다시 사당으로 돌아왔다.

사당 앞은 물론 앞의 대로에서도 무수한 가마솥이 부글부글 끓었다. 밥을 짓는 가마솥과 성 밖에서 가져온 옷을 끓여 피를 빼는 가마솥은 따로 구분되지 않았다.

밥이 필요할 때는 대부분의 가마솥에서 밥물이 끓었고 옷을 빨리 내보내야 할 때는 핏물이 끓었다. 밥을 퍼낸 가마솥은 그냥 물을 붓고 옷을 삶았지만, 피를 삶은 가마솥은 약간 헹구고 밥을 안쳤다.

슬쩍 헹궈진 핏물에서는 죽음의 냄새가 진하게 피어났다.

죽음을 비워낸 가마솥에는 살기 위한 것들이 채워졌다. 삶과 죽음이 배합된 즙액이 격렬하게 끓어올랐다.

9월 18일 오후 2시경, 어양 인근

"나는 고구려의 대막리지 연개소문이다!"

고우찬이 격노한 호랑이처럼 부르짖었다.

여러 차례나 적을 짓밟은 개마기병 앞에 나타난 보병과 기병들이 사색으로 질렸다.

"두려워 마라! 어떻게든 태자마마를 지켜야 한다!"

작두 같은 대도(大刀)를 치켜든 적장이 장병들을 질타했다.

적장은 경험이 풍부했지만 이미 패배할 것을 직감했다. 저런 괴물의 집단을 저지하기 위해서는 목책과 함정이 필수적이었다. 그러나 고구려 방면으로 추진되는 보급로에 그런 것이 있을 리 만무했다.

"사격준비!"

적장이 절망적으로 외쳤다.

오히려 아군의 보급로를 이용하여 진격하는 괴물들은 어떤 수를 써도 막을 수 없었다. 당연히 살고 싶었지만, 도주했다가는 가족들까지 처형당할 것이 분명했다.

"쏴라!"

화살이 빗발쳤으나 개마기병들은 코웃음만 쳤다.

말과 무사가 온통 철갑으로 감싸인 개마기병들에게 화살은 모기에게 물린 것 같지도 않았다. 지축을 뒤흔들며 치달린 개마기병들이 마침내 격돌하기 시작했다.

"저놈은 내가 잡겠다!"

고우찬이 잔혹하게 외쳤다.

적장도 고우찬을 향해 대도를 휘두르며 마주쳐 나왔다.

"이야아아!"

적장이 부르짖으며 대도를 내리치려는 순간 날카롭고 화끈한 충격이 가슴을 파고들었다. 일격에 적장을 꿰어버린 고우찬이 창을 휘둘러 떼어버렸다. 말에서 떨어져 나뒹군 적장은 개마기병들에게 흔적도 없이 짓밟혔다.
 적이 박살나기에는 긴 시간이 필요하지 않았다.
 다시 적을 무찌른 고우찬이 뜨거운 피가 뚝뚝 떨어지는 창을 높이 치켜들었다.
 "고구려 최강의 개마무사들이여, 오늘이야말로 조국을 위해 목숨을 바칠 때다! 모두 나를 따르라!"
 "우와아아!"
 최강을 자부하는 괴물들의 무리가 어양을 향해 말굽을 박찼다.

 어양에 있던 이치는 뜨거운 솥에 떨어진 개미처럼 안절부절못했다.
 "사부, 지금이라도 여기를 벗어나야 하지 않겠습니까?"
 마침 어양에 와 있던 방현령도 황당하기는 마찬가지였다. 연개소문이 직접 어양을 노린다는 것은 생각하기 어려웠지만, 중요한 것은 무서운 부대가 접근한다는 자체였다.
 "사부, 뭐라고 말을 해보세요!"
 "알겠으니 철수하도록 하십시오."
 "진즉에 그랬어야지요. 어이쿠!"
 이치가 황급히 나가다가 호되게 부딪쳤다.
 얼마나 다급했으면 문을 열지도 않고 나가려다 부딪치는 바람에 코피까지 쏟았다. 그를 바라보던 방현령이 쓰게 웃었다.
 "태자께서는 조심하십시오. 급할수록 돌아가야 하는 법입니다."
 여기까지 적이 나타났다면 보통 일이 아니었다.

조만간 이세민까지 위태로울 공산이 높았다. 방현령이 마지막까지 이치와 함께 어양에 남았던 것은 이유가 있었다. 이세민이 없는 상태에서 이치가 '싸우지도 않고 도주한 비겁한 놈'으로 규정되는 것은 절대 피해야만 했다.

"기병들은 태자마마의 수레를 호위하고 출발하라! 보병과 궁병은 전부 나가 적을 막아라! 보급병들은 군량과 장비를 신속하게 불태워라!"

이치와 방현령이 빠져나가자마자 어양이 타오르기 시작했다.

어양을 노리는 적장이 연개소문이든 누구든 여기에 집적된 군량과 장비를 파괴하는 것이 목적일 것이 분명했다. 그런 만큼 선수를 치면 더 이상의 추격은 없을 것 같았다.

최후의 적까지 격파하고 어양에 도달한 괴물들이 멍하게 앞을 바라보았다.

요동수군의 도움을 받아 요하를 건넜을 때부터 이러리라 예상은 했었다. 태자를 비롯한 적들이 미치지 않은 다음에야 어양을 불태우고 도주하지 않을 리가 만무했다. 하염없이 바라보는 개마기병의 앞에 고우찬이 나섰다.

"어차피 우리는 돌아갈 수 없다. 그리고 나는 돌아갈 생각도 없다!"

고우찬의 이글거리는 눈이 모두를 바라보았다.

"우리는 어양을 우회하여 적을 추격한다! 적은 멀리가지 못했을 뿐더러 우리가 추격할 것을 예상하지 못할 것이기 때문에 지금 추격하면 적의 태자를 잡을 수 있다!"
"와아아앗!"
"그러나 여기까지 오느라 너무 지쳤으니 일단 휴식을 취한 다음 추격하겠다!"

말에서 내려 건량을 꺼내 씹는 개마기병들 가운데 일부가 피눈물을 쏟았다. 노쇠했거나 부상당해 더 이상 추격에 동참할 수 없는 개마기병들이 땅을 치며 부르짖었다.

"차라리 죽여주십시오!"

늙은 부장이 처절하게 외쳤다. 처음 칼을 잡았을 때부터 고우찬에게 모든 것을 가르친 부장은 아버지보다도 가까웠다. 그런 부장을 바라보는 고우찬도 목이 메었다.

"더 이상 공을 세우지 못하고 짐만 되느니 죽는 것이 낫습니다!"

투구를 벗은 부장이 털썩 무릎을 꿇었다.

"그동안 고마웠다!"

고우찬이 이를 악물고 패검을 뽑았다.

"너희들이 지금까지 세운 공으로도 충분히 명예로울 수 있다. 너희들의 몫까지 싸울 테니 편히 쉬어라."

절절하게 외친 고우찬이 패검을 내리쳤다.

고우찬을 시작으로 곳곳에서 피가 뿜어졌다. 가장 가까웠던 전우를 참수한 개마무사들이 미친 듯 부르짖었다.

"전우들의 희생을 헛되이 할 셈이냐! 어서 진격하여 태자를 잡자!"

개마기병들이 다시 진격할 채비를 갖추었다.

굳이 말하지 않아도 최후가 다가오는 것을 직감할 수 있었다. 체력을 비롯한 모든 것이 한계에 도달한 상태에서 빠른 기병들에게 호위되었을 이치를 따라잡는 것은 불가능에 가까웠다.

　게다가 이미 7백기에 달하는 손실을 입은 데다, 앞으로 마주칠 적들은 더욱 강할 것이었다. 빠르면 이틀, 늦어도 사흘 뒤에는 전멸당할 것이 분명했다.

　"모두 들어라! 지금부터 목표를 변경한다!"

　고우찬이 목이 메어 부르짖었다.

　"우리는 당나라를 향해 진격한다! 장안성을 함락하고 당나라를 멸망시킬 것이다!"

　"장안성을 함락하자! 당나라를 멸망하자!"

　역대 최강의 부대가 지축을 울리며 진격하기 시작했다.

9월 23일, 오후 3시경, 토산

　추위가 몰아치는 토산에 죽음이 흥건했다.

　죽은 자들의 얼어붙는 피를 밟으며 새로운 적이 접근했다. 지금까지 살아남아 적을 바라보는 장병들은 해탈한 것 같았다.

　적들도 이전과 달라졌다.

　화살을 피하려 하지 않고 그대로 밀고 올라왔다. 안시성의 장병들은 활을 쏘다가 백병전으로 돌입하는 것을 무덤덤하게 반복했다.

　"너는 그만 들어가라!"

　문태가 을치에게 외쳤다.

　"쓸데없는 소리 집어치우고 네 걱정이나 해라!"

여러 군데나 부상을 당한 을치는 창백하고 핼쑥했지만 한사코 싸우려 했다.
"또 온다! 조심해라!"
고돌발이 창을 고쳐 잡았다.
화살의 폭우를 뚫고 나타난 적들이 알 수 없는 고함을 지르며 부딪쳐왔다. 이번에도 선두로 나선 문태와 고돌발이 죽음을 뿜어냈다.
병졸과 장수, 야치, 무사를 가리지 않고 용맹하게 싸웠다.
특히 얼마 남지 않은 야치들의 전투력은 눈부셨다. 타고난 신체에 혹독한 훈련을 받은 야치들은 무기를 신체의 일부처럼 사용했다. 기습이나 야습에 따를 자가 없는 야치들은 직접 격돌하는 전투에서도 적수가 없었다.
그러나 야치도 결국은 인간이었다. 제대로 쉬지도 못하고 계속 싸우느라 체력이 고갈된 야치들이 하나씩 쓰러졌다.
"안 돼!"
구해가 절규했다. 적에게 둘러싸여 난자당하는 수하를 본 구해의 눈이 뒤집혔다.
"개새끼들!"
미친 듯 외치며 칼을 휘두르는 구해의 앞에 시체가 겹겹이 쌓였다.
"위험하다!"
을치가 다급하게 외쳤다. 구해를 돕기 위해 달려가는 순간 구해의 등에 창이 박혔다.
구해가 휘청이며 무릎을 꿇자 적들이 환호를 지르며 달려들었다. 아슬아슬하게 달려와 적을 물리친 을치가 구해를 부축했다.
"어서 일어나!"

"나는 틀렸으니까 너라도 살아남아라."

을치를 뿌리친 구해가 적을 향해 돌진했다.

"바보 같은 새끼!"

을치도 구해와 함께 달려갔다. 적의 한가운데로 돌입한 두 사람이 악귀처럼 날뛰었다. 그들을 발견한 각각의 야치들도 함성을 지르며 달려들었다.

"다음에는 야치로 태어나지 마!"

"너야말로!"

구해와 을치가 차례로 쓰러졌다.

두 사람과 함께 싸우던 야치들도 남김없이 전사했다.

"을치! 구해!"

문태가 피를 토할 것처럼 외쳤다.

눈이 뒤집힌 문태가 칼을 휘두르며 뛰어나가려는 순간 나리가 외쳤다.

"문태님! 죽으면 안 돼요!"

달려 나가던 문태가 덜컥 멈췄다. 그녀의 목소리가 전장의 소란을 뚫고 생생하게 들려왔다. 간절한 목소리가 그의 다리를 붙들었다.

"으아아아!"

문태가 하늘을 우러러 부르짖었다.

"문태를 보호하라!"

고돌발이 크게 외치자 안시성의 야치들이 문태를 감쌌다.

그런 순간에도 전투가 그치지 않았다. 창검으로 적을 죽이는 것은 아무것도 아니었다. 손가락으로 눈을 후비거나 쓰러진 적을 올라타고 돌멩이로 얼굴을 찧는 참상이 속출했다.

마지막으로 남은 사당의 무사가 악귀처럼 날뛰었다.

무사가 노리는 부위는 배였다. 얼굴처럼 움직이지 않는 배는 노리기가 쉬울 뿐더러 치명적이었다. 무사의 칼이 번득일 때마다 시뻘건 내장이 쏟아졌다.

"맛이 어떠냐!"

또 다른 적의 배에 칼을 박은 무사의 표정이 딱딱하게 굳었다.

용병이 죽어가면서도 칼날을 붙잡고 놓지 않았다. 무사가 용병의 가슴을 박차고 칼을 뽑으려는 순간 어깨가 화끈하고 쩌릿했다. 어깨부터 잘려나간 팔은 끝까지 칼자루를 놓지 않았다.

팔을 잃은 무사가 짐승처럼 울부짖었다.

자신의 팔을 자른 적에게 달려든 무사가 마구 물어뜯었다. 목을 한 움큼 물어 뜯어내자 뜨거운 피가 솟구쳤다. 적을 물어뜯어 죽인 무사가 다른 적을 향해 달려드는 순간 머리에 도끼가 떨어졌다. 시뻘겋게 으깨진 두부 같은 것을 쏟으며 쓰러진 무사는 다시 일어나지 못했다.

지옥처럼 처절한 전투를 바라보던 양만춘의 주먹이 덜덜 떨렸다.

당장이라도 토산으로 달려가 함께 싸우고 싶었지만 안시성을 책임지는 성주가 그럴 수는 없었다.

양만춘은 여기 있어야만 했다.

성루에서 주시하면서 부족한 병력과 무기를 보충하고 부상자가 신속히 후송될 수 있도록 지휘하는 것이 양만춘의 몫이었다.

이제는 정말 마지막이었다.

무기와 군량은 부족하지 않았지만 가장 중요한 병력이 반 토막 났다.

4만에 달하던 병력이 2만을 약간 웃돌았고, 오늘도 상당수가 희생될 것이 분명했다.
쉬지도 못하고 싸우다 쌓인 피로는 더 이상 견디기 어려웠다.
한 번이라도 패배하는 날에는 끝장이었다. 아직도 20만을 훨씬 초과하는 병력을 가진 이세민은 오직 그때를 노렸다. 적이 안시성을 향해 퇴각하는 아군의 꼬리를 물고 들어오는 날에는 막을 방도가 없었다.
어차피 성문을 열고 나가 싸우다가 죽을 결심까지 하지 않았던가?
죽는 것은 후회할 이유가 없지만 문제는 전체적인 대국이었다. 안시성의 희생이 전쟁에 어떤 영향을 미치는지 알아야 했지만 전혀 그렇지 못했다. 답답한 나머지 머리가 쪼개지는 것 같았다.

같은 날 오후 7시경, 이세민의 천막

요동의 추위는 상상을 초월했다. 추위에 노출된 손과 발에 동상을 입는 자들이 속출했다. 전투에서 사상당하는 것보다 동상으로 인해 무력화되는 수효가 더 많을 지경이었다.
"내일은 반드시 끝장내도록 하라! 그렇지 못하면 경들에게 죄를 묻겠노라!"
이세민이 엄중하게 경고했다.
이세적과 장손무기를 위시한 중신들도 무슨 수를 써서라도 내일에는 결판을 내야한다는 것을 절감했다.
"어양에서 보낸 급보이옵니다!"

외곽을 경비하는 장수가 헐레벌떡 뛰어들었다. 급보를 받아든 장손무기가 얼어붙은 것처럼 딱딱하게 굳어졌다.
"뭐라고! 고구려의 대막리지 연개소문이 어양을 급습하여 초토로 만들었다고 하였느냐?"
이세민이 경악한 나머지 입을 딱 벌렸다. 이세민뿐 아니라 모든 자들이 망치로 뒤통수를 맞은 것처럼 정신을 차리지 못했다.
"평양에 있을 연개소문이 어떻게 요하를 건너 어양을 급습할 수 있다는 말이냐? 게다가 태자와 방현령이 군량과 장비를 전부 불태우고 퇴각했다니 도저히 믿을 수 없도다!"
"폐하, 충분히 그럴 수 있다고 여겨지옵니다!"
정신을 수습한 장손무기가 나섰다.
"우리가 안시성을 공격한 지 어언 석 달이나 지나지 않았사옵니까? 그사이에 연개소문이 별동대를 편성하여 요하를 건너 어양을 공격하는 것은 시기적으로 충분히 가능하옵니다!"
"급보의 내용이 사실이라면 당장 철군해야 하옵니다! 어양이 공격당하고 군량까지 잃었다면…."
이세적도 차마 말을 잇지 못했다.
연개소문이 직접 어양을 공격했다는 것은 퇴로를 차단당했다는 의미와 같았다. 게다가 군량을 모조리 상실한 이상 지금 당장이라도 돌아가야 했다.
"양만춘 이놈!"
부들부들 떨던 이세민이 뒷목을 잡고 쓰러졌다.

승리의 여백

9월 24일 오전 7시경, 토산

천막 내부는 의외로 포근했다.

구덩이를 파낸 자리에 불을 피워 돌을 집어넣고 달군 다음 흙으로 덮으면 뜨거운 온돌로 구실했다. 교대로 엄중히 경계하는 가운데 달게 잠들었던 장병들이 안시성에서 운반된 주먹밥과 국물로 아침을 먹었다.

식사를 마친 장병들이 밖으로 나와 몸을 풀었다.

추위가 제법 매서웠지만 여기서 나고 자란 장병들은 그리 고통스럽지 않았다. 전사하고 부상당한 장병들을 보충하기 위해 나서는 장병들이 화살을 한 아름씩 들고 왔다.

"오늘은 몇 명이나 죽일 계획이냐?"

고돌발이 빙그레 웃으며 말했다.

"아무리 적게 잡아도 너보다는 많이 죽일 거다!"

문태가 툭 던지듯 말했다.

"앞으로는 어제 같이 행동하지 마라."

"쓸데없는 소리 집어치우고 네 걱정이나 해!"

"혼인도 해야 하니까 걱정되어서 하는 말이다."

"닥치고 당나라 새끼들이나 많이 죽이라니까!"

두 사람이 티격태격하는 사이에 날이 완전히 밝았다.

토산의 장병들이 싸울 준비를 갖추는 가운데 문태와 고돌발이 동시에 굳어졌다.

헤아릴 수 없는 격전을 치렀던 그들의 감각은 예사롭지 않았다.

적의 분위기가 이상한 것을 느낀 두 사람이 서로를 바라보는 순간 함성이 터졌다.

"당나라 놈들이 물러간다!"

"이세민이 꽁무니를 뺀다!"

성루에 있던 장병들이 목이 메어 외쳤다.

문태와 고돌발이 한달음에 성루로 올라갔다.

과연 적들이 철수할 태세에 들어간 것이 보였다. 이런 날이 오기를 너무나 간절히 바랐지만 막상 현실이 되자 믿기지 않았다.

"나는 더 이상 살 필요가 없겠지."

고돌발이 허탈하게 웃으며 말했다.

"이세민이 백암성에서 살려준 것에 대한 은혜를 갚겠다는 말이냐?"

"의리에 죽고 사는 고구려의 무사라면 그래야 하지 않겠나?"

"네 뜻은 알겠다만 지금 죽을 필요는 없어!"

"무슨 말이냐?"
"곧 알게 될 거다!"

같은 시각, 이세민의 천막

이세민은 멍하게 허공을 바라보았다.
아무리 생각해도 믿겨지지 않았다. 스스로 황제가 되고 무수한 나라들을 제압한 천하의 이세민이 겨우 코딱지만 한 안시성에서 패배하다니….
꿈일 것을 간절히 바랐지만 이번에도 현실이었다.
여기에서 절실하게 느낀 것 가운데 하나는 자신도 인간이라는 것과 언제든 죽을 수 있다는 점이었다.
이세민은 사냥감으로 전락했다.
그동안 헤아릴 수 없는 승리를 거두면서 무수한 적을 죽였던 자신이 사냥당하지 않기 위해 도주해야 한다는 사실이 너무나 슬프고 아팠다.
"폐하, 이러실 때가 아니옵니다!"
장손무기는 울음을 터뜨릴 것 같았다.
"신성이 개모성을 공격하고 있다는 급보가 들어왔으며 건안성은 퇴로를 차단하고 있을 것이 분명하옵니다! 또한 안시성도 가만있지 않을 터이니 속히 움직이지 않으시면 위험에 빠질 수 있…."
"알았으니 그만하라."
이세민이 비틀거리며 일어섰다.

"비단과 금은보화 가운데 절반은 그냥 쌓아두라."
"어인 명이시옵니까?"
"가지고 가기가 어려울 뿐더러 상급을 받을 장병들도 거의 죽어 나갈 것이기 때문이다. 지금 상황에서 목숨이 중요하지 먹지도 못할 것들이 무슨 상관이겠느냐?"
"…."
"짐에게 유일한 패배를 안긴 안시성주 양만춘에게 하사하는 것으로 치부하면 될 것이다."
나가려는 이세민에게 총관이 들이닥쳤다.
"폐, 폐하! 소신도 데려가 주십시오!"
"…."
"소신은 그동안 군량은 물론 모든 출납을 성실히 수행하였고 장안으로 돌아가면 폐하께서 포상하다고 하셨으니…."
"전에 네가 틀린 계산을 바로 잡지 못했다는 이유로 휘하의 관리를 참형에 처했던 것을 기억하느냐?"
"기, 기억이 나지 않사옵니다!"
"내가 기억하는 바에 의하면 네놈은 참형을 열 번 이상이나 당하고도 남을 실수를 저질렀다. 그러나 공을 세워 속죄할 기회를 줄 것이니 여기 남아 적을 막은 다음 돌아오도록 하라."
"폐, 폐하! 제발 살려주십시오!"
이세민의 바짓가랑이를 부여잡으려던 총관의 목에 칼이 떨어졌다. 보검으로 총관의 목을 친 이세민이 관리부대를 가리켰다.
"저기서 일하던 놈들도 모조리 죽이고 기록을 파기하라! 군량은 각자 가져 갈 수 있는 만큼 챙긴 다음 신속히 벗어나라!"

9월 27일 오후 6시경, 평양

요동의 수군기지에서 보낸 급보에 평양이 뒤집어졌다.
"허허허, 안시성이 승리했답니다. 양만춘이 이세민을 이겼어요!"
보장왕은 덩실덩실 춤이라도 출 것 같았다.
"그것 보세요! 짐이 뭐라고 했습니까. 경험이 없다는 게 대수랍니까! 안시성주 양만춘은 뭔가 다른 게 있었던 겁니다. 제가 반드시 큰일을 해낼 것이라고 하지 않았습니까?"
"폐하, 지당하시옵니다."
연개소문과 고정의를 비롯한 대신들이 입을 모아 보장왕을 칭송했다.
"폐하, 모든 수군을 동원하여 비사성을 탈환하고 요하를 차단하는 것이 급선무이오니 속히 명을 내리시옵소서."
연개소문의 주청에 보장왕은 안색도 변하지 않았다.
강요하다시피 하여 압록강의 수군 가운데 상당수를 대동강으로 이동시킨 것은 반격에 좋지 않았다. 원래대로 그냥 두었다면 당장이라도 행동이 가능했을 텐데, 보장왕이 고집을 부리는 바람에 이틀 정도나 허비하고 말았다.
"당장 그렇게 하세요. 이번에도 대막리지만 믿겠습니다."

같은 날 오후 6시경, 안시성

안시성은 역사적인 대승을 거둔 것 같지 않게 슬픔에 빠졌다.

승리의 기쁨이 사라지자 전사한 장병들의 가족이 땅을 치고 몸부림쳤다. 살아남은 자들도 슬픔에 동참하여 위로하고 함께 울었다.
 전사자들의 넋을 달래던 나리가 마당으로 나왔다.
 사당 밖에 2천의 기병을 대기시킨 양만춘이 무릎을 꿇었다. 나리가 양만춘에게 필승과 함께 무사히 돌아올 것을 기원했다.
 양만춘이 나간 다음 문태가 들어섰다.
 두 사람은 한동안 서로를 바라보았다. 문태는 들어왔을 때처럼 아무 말도 하지 않고 사당을 나갔다.

 "안 된다!"
 양만춘이 강하게 외쳤다.
 "이미 결정했습니다. 성주님이 반대하셔도 어떻게든 따라가겠습니다."
 문태가 이글거리는 눈으로 양만춘을 바라보았다.
 "명령에 따르지 않으면 참형으로 다스릴 뿐이다!"
 양만춘이 장검을 뽑았다.
 "야치도 부하입니다. 성주님이 스스로 목숨을 끊으려 하시는데 부하로서 어찌 가만히 있겠습니까!"
 "우리 둘 다 죽자는 말이냐!"
 "지, 지금 뭐라고 하셨습니까?"
 문태의 눈이 흔들렸다.
 "내가 아무것도 모르고 있을 것 같으냐?"
 "…."

"둘 가운데 하나라도 살아남아야 할 것이니 절대 따라오지 마라!"

9월 28일 오후 4시경, 오골성

"고돌발이다!"
"고돌발이 돌아왔다!"
오골성이 함성으로 그득했다.
백암성을 돕기 위해 오골성에서 파견된 고돌발의 용맹을 모르는 자가 없었다. 특히 안시성에서 보여준 눈부신 승리는 이미 오골성에 쫙 퍼졌다.
"한시가 급합니다. 어서 병력을 주십시오!"
오골성주가 최소한을 남기고 모든 병력을 동원했다.
고돌발이 이끄는 3만의 부대가 함성을 지르며 오골성을 나갔다.

같은 시각, 요하

백암성을 탈출한 당군이 요하로 향했다.
위에 있는 개모성은 신성의 공격을 감당하지 못하고 패주했다. 빨리 탈출하지 않으면 신성의 요깃거리를 늘려줄 뿐이었다.
요하에 닿은 당군이 허둥지둥 배에 올랐다.
배는 물론 뗏목마다 당군이 그득했다. 이미 오른 자들이 빨리 출발하라고 외치고 아직 오르지 못한 자들이 제발 태워달라고 애걸하다 곳곳에서 난투가 벌어졌다.

"어서 출발해!"

뱃전을 붙들고 늘어지는 손을 칼로 찍고 출발하기 일쑤였다.

요하의 가운데쯤으로 나가 겨우 한숨을 돌릴 무렵 절망적인 외침이 터졌다.

"적이다!"

"고구려 수군이다!"

요동의 수군이 파견한 함대가 살기등등하게 쇄도했다.

요동함대는 화살이나 불화살을 쏘지 않았다. 전함 자체가 강력한 무기였다.

그대로 들이받으면 뗏목은 물론 배까지 박살났다.

요하에 빠진 당군은 빠르게 가라앉았다. 갑옷으로 인해 움직임이 둔한 데다 얼음 같은 강물에서는 오래 견디지 못했다.

미처 배를 타지 못한 당군은 신성주가 맡았다. 활을 쏘아 움직임을 묶은 다음 기병을 내보내 짓밟았다.

마지막으로 보병이 돌격하여 찌르고 베었다. 훨씬 수효가 많았어도 당군은 저항조차 하지 못했다.

살려달라고 애걸하다가 짓밟히거나 멀거니 서 있다가 창과 칼을 받았다. 견디다 못한 나머지 요하로 뛰어들면 겨울과 강물이 적을 응징했다.

"이번에도 대승이다!"

"우와아앗!"

성주를 감싼 신성의 부대가 벅차게 환호했다.

두 차례의 전투에서 죽인 적이 1만이 넘었다. 특히 수군에 의해 물귀신이 된 적은 헤아릴 수조차 없었다.
"다음은 요동성이다!"

같은 시각, 안시성과 요동성의 중간지점

거대한 집단이 힘겹게 발을 끌었다.
탈출하다시피 안시성에서 출발했지만 행보는 다리 부러진 짐승처럼 더디기만 했다.
이런 속도로 요동성까지 가려면 며칠을 더 가야 할 것 같았다.
가장 후미에 있는 부대는 차례로 건안성의 먹이로 바쳐졌다. 건안성주가 직접 지휘하는 부대는 뒤처지는 적들을 이삭 줍듯 때려잡았다.
그렇게 죽어간 당군도 1만을 넘겼다.
건안성주는 공을 세우면서 수입도 잡았다. 때려잡은 적들의 군량과 보급품은 물론, 비단과 금은보화도 알뜰하게 모았다. 이런 전쟁은 할 만했다.

"요하를 건널 방법이 없다는 말이냐?"
이세민이 침울하게 말했다.
건안성이 덤벼들 수 없는 병력을 유지했기 때문에 요하를 건너는 것이 가장 빠르고 간단했다. 그러나 가는 곳마다 고구려의 수군이 득실거렸다.

그들은 득실거리는 것으로 그치지 않았다. 건너편에 준비된 배와 뗏목을 모조리 파괴하는 바람에 계속 도보로 이동해야 했다. 고구려의 수군이 활동할 수 없는 상류로 가는 것밖에 방법이 없었다.

그곳으로 가기 위해서는 열흘이 더 걸리는 데다 신성이 괴롭힐 것에 대한 우려도 적지 않았다.

지금은 그럴 수밖에 없었다.

고구려의 성주들과 수군이 이세민을 함정으로 몰아가고 있는 것이 분명했다. 게다가 고통스런 행보를 계속하게 만들어 기력까지 잃게 만들었다. 이세민은 적의 의도를 알면서도 끌려갈 수밖에 없는 자신이 너무나 한심했다.

분하지만 인정할 수밖에 없었다. 모든 상황을 양만춘 혼자 만들지는 않았겠지만, 양만춘이 없었다면 이렇게 되지 않았을 것은 분명했다.

게다가 이세민의 실책도 없지 않았다. 가장 큰 실책은 토산을 만들었을 때 지나치게 졸속했었다는 점이었다.

아무리 그렇더라도 무너지지는 말았어야 했다. 나중에 생각하니 묻어버린 시체들이 썩으면서 문제를 일으킨 것 같았지만, 이제 와서 생각해본들 아무런 소용이 없었다.

당시의 양만춘은 다른 방도가 없었을 것이 분명했다.

토산이 무너지는 바람에 모든 것이 뒤집혔다. 토산을 탈취하고 안시성 내부로 진입하려는 것 역시 틀어졌다.

이럴 줄 알았으면 안시성을 포기하고 돌아가야 했다는 후회가 물결쳤지만, 후회는 항상 때를 놓친 다음에 찾아왔다.

이제는 어떻게든 장안으로 돌아가야 했다. 어양을 쑥밭으로 만들었다는 연개소문과 맞닥뜨리는 한이 있더라도 돌아가야만 했다.

같은 시각, 안시성

장병들과 백성들이 부지런히 돌아다녔다.
전사한 장병을 매장하는 것도 힘에 겨웠지만, 토산을 바라보면 엄두조차 나지 않았다.
그들이 가장 놀란 것 가운데 하나는 비단과 금은보화였다.
이세민이 양만춘에게 하사했다는 비단과 금은보화는 양과 질의 모든 면에서 상상을 한참이나 초월했다.
이세민의 하사품은 안시성의 내부로 운반한 다음 엄중하게 지켜졌다. 그것이면 전쟁으로 인한 피해를 복구하고도 한참이나 남을 것 같았다. 피해를 복구하는 것을 넘어 안시성이 고구려에서 가장 풍족한 성이 되는 것도 얼마든지 가능했다.
그러나 양만춘이 돌아오지 않으면 의미가 없었다.
이세민을 잡기 위해 기병을 이끌고 산악의 지름길로 달려간 양만춘을 모두가 간절히 기다렸다.
나리는 오늘도 간절히 기원했다. 그러나 이번의 기원에는 확신이 돌아오지 않았다. 그럴수록 나리는 기원에 매달렸다.

돌아가는 자들

10월 4일 오후 6시경, 평양의 궁궐

"이제는 안심입니다!"
보장왕이 환하게 웃었다.
"요동에서 적을 몰아내고 이세민을 추격하고 있으니까 승리는 우리의 것이 아니겠습니까?"
"모두가 폐하의 은덕이옵니다!"
"수나라의 백만대군을 무찌른 때보다 더욱 기쁜 날이니 연회를 베풀지 않을 수 없습니다! 이런 날 마시지 않고 언제 마시겠습니까? 모두들 마음껏 드십시다!"
모처럼 연회를 베푼 보장왕이 기쁨을 감추지 않았다.
보장왕이 이렇게 기뻐하는 것은 처음이었다. 잠시 후 보장왕이 연개소문을 불렀다.

"대막리지부터 한 잔 하세요! 이번 전쟁의 일등공신도 대막리지가 아니겠습니까?"

"폐하, 황공하옵니다!"

잔을 따른 보장왕이 흘긋 연개소문을 바라보았다.

"그런데 대막리지가 요하를 건너 어양을 쑥밭으로 만들었다는 말이 많던데…."

"풍문일 따름이옵니다. 평양에 있는 신이 어떻게 요하를 건너 어양까지 갔다가 돌아올 수 있겠나이까?"

대답한 연개소문이 속으로 쓰게 웃었다.

알아본 결과 어양을 공격한 용장은 고우찬이었다. 고우찬은 양만춘에게 그렇게 하라는 지시를 받았을 것으로 여겨졌다. 그것은 이세민을 뒤흔들기 위함이었다. 아무리 천하의 이세민이라도 연개소문이 직접 나타나 어양을 박살냈다면 흔들리지 않을 수 없었다. 그 결과 황급하게 퇴각하게 될 것이며 그때가 반격할 시점이었다.

실제로 곳곳에서 패주하는 당군은 적어도 십만이 넘는 손실이 발생했다. 심지어 이세민마저 무사히 돌아간다는 확신이 없는 만큼, 양만춘의 계책은 완벽하게 맞아 떨어졌다. 그것을 모르지 않을 보장왕이 이렇게 나오니 쓴웃음이 나오지 않을 수 없었다.

"그리고 말입니다…."

보장왕의 표정이 묘하게 비틀렸다.

"이세민이 도주하면서 양만춘에게 어마어마한 보물을 하사했다는데 사실입니까?"

탐욕으로 번들거리는 보장왕의 눈이 연개소문을 빤하게 바라보았다.

"폐하, 이세민이 그럴 리가 만무하지 않사옵니까? 운반하기 곤란

하니까 두고 갔을 것으로 여겨지옵니다."
"아무튼 보물이 안시성에 있는 것은 사실 아닙니까?"
"…."
"일전에 대막리지께서 안시성의 성주를 바꿀 때 짐이 정할 수 있도록 하겠다고 말하지 않으셨습니까?"
"그, 그러하여이다!"
"기억하고 있으면 됐습니다."
보장왕이 씨익 웃으며 술을 삼켰다.

10월 10일 오후 3시경, 현도성 북방 80리 지점

요동의 가장 북방인 현도성은 아직 당나라의 수중에 있었다.
신성주는 굳이 현도성을 공격할 필요를 느끼지 못했다. 개모성부터 시작하여 요동성 방면으로 남하했고, 건안성주는 백암성을 통과하여 아래에서부터 올라왔다.
요동성에 있던 당군들이 공포에 질린 나머지 탈출하다가 전멸당했다.
이세민이 요동성을 지나쳐 요하 상류로 향한 것이 전멸의 결정적 이유였다. 자신들만 요동에 고립당할 것을 두려워했던 요동성의 당군들은 무질서하게 뛰어나왔다가 무려 4만이 넘게 죽었다.
살아남은 자들도 요하로 향했다가 수군에게 걸려들었다.
요동성까지 탈환한 신성과 건안성의 부대가 이세민을 따라 북상하기 시작했다.

"서둘러라!"

이세민이 진두에서 독촉했다.

요하의 상류지역은 진창이 많았다. 진창과 구덩이를 메우지 않으면 추격을 피하기 어려웠다.

장병들이 주변의 나무와 마른풀을 베었다.

나뭇가지와 마른풀을 엮은 것을 진창과 구덩이에 던져 넣었다.

그렇게 쉬지 않고 반복해야 보병이 걷는 것 정도의 행군속도가 유지되었다.

혹독한 추위와 작업에 시달리다 죽는 자들이 적지 않았다.

진창과 구덩이에 엎어지면 얼어 죽었고 손과 발에 동상을 입어 제대로 움직이지 못해도 죽음을 피할 수 없었다.

"길을 만드는 것도 전쟁이다! 살아서 고향으로 돌아가고 싶으면 서둘러라!"

이세민도 신성과 건안성의 부대가 추격한다는 것을 알고 있었다. 특히 이곳의 지형에 익숙한 신성의 부대에게 따라 잡히는 것은 상상조차 두려웠다.

"비켜라! 짐이 직접 하겠다!"

이세민도 팔을 걷어붙이고 나섰다.

황제가 앞장서서 진창과 구덩이를 메우자 장병들도 분발하지 않을 수 없었다. 한동안 황제와 장병들이 어울려 매진하는 가운데 우측에서 적이 나타났다는 보고가 들어왔다.

그쪽은 적이 나타날 방향이 아니었기 때문에 모두가 의아했다.

그러나 일단 적이 나타난 이상 대비하지 않을 수 없었다. 서둘러 방어를 준비하는 가운데 추격하는 부대가 모습을 드러냈다. 적은 의외로 소수였다. 당군이 안도하는 가운데 벽력같은 외침이 터졌다.
"나는 안시성주 양만춘이다. 당나라의 황제 이세민은 목을 늘여 내 칼을 받으라!"
"뭐라고? 양만춘!"
이세민은 물론 그 자리에 있던 전부가 기겁했다.
안시성에 있어야 할 양만춘이 나타났다는 것도 놀랍지만, 전혀 예상치 못한 방향에서 나타난 것이 더욱 놀라웠다. 뒤에서 따라오는 신성과 건안성의 부대를 경계하여 후미를 강화했던 이세민은 놀란 나머지 쓰러질 것 같았다.
"어서 수레에 오르십시오!"
장손무기가 황급히 말했다.
이세민도 그러고 싶었지만 진창에서 일했기 때문에 움직임이 더뎠다. 이세민이 황급하게 움직이는 사이에 안시성 부대가 빠르게 접근했다.
"받아라! 이세민!"
양만춘이 활을 잡았다.
거리가 멀었지만 양만춘은 개의치 않고 화살을 재었다. 하나밖에 없는 화살을 마지막까지 당긴 다음 순간적으로 손가락을 놓았다.
고구려의 역사를 통틀어 최고의 활이 죽음을 토했다. 번개처럼 발사된 화살이 이세민을 몸으로 감싸고 수레로 향하는 적들의 틈을 파고들었다.
"어억!"
진창에 미끄러진 이세민이 휘청하는 순간 눈이 화끈했다. 황급히 더듬자 왼쪽 눈언저리에서 피가 흘렀다.

"어서 들어가십시오!"

이세민이 겨우 수레로 들어가자마자 화살이 빗발치듯 쏟아졌다.

양만춘을 선두로 급격히 접근하는 안시성의 기병들이 연이어 화살을 발사했다.

"폐하를 보위하라!"

무더기로 쓰러지면서도 당군은 이를 악물고 이세민을 보호했다.

이세민이 들어간 수레를 둥글게 감싼 당군들이 화살을 날리면서 반격하기 시작했다.

"양만춘을 모르느냐!"

마침내 양만춘이 격돌했다.

육탄방어의 외곽이 피를 뿜으며 날아갔다. 개마기병만큼은 아니어도 전속력으로 달려온 기병의 충격력은 대단했다.

"이세민은 당장 나와 무릎을 꿇지 못할까!"

장검을 휘두르며 닥치는 대로 베는 양만춘이 똑바로 수레에 접근했다.

양만춘을 따라 격돌했던 기병들도 힘을 다해 적을 무찌르는 가운데 기병 하나가 양만춘에게 다가왔다.

"성주님, 어서 퇴각하십시오. 이러다간 포위당합니다."

문태가 애타게 외쳤다.

흘긋 문태를 바라본 양만춘이 한숨을 쉬었다.

"둘 가운데 하나라도 살아남아야 할 것이라고 그렇게 말했는데도…."

"이럴 시간이 없습니다. 기병들을 이끌고 어서 돌아가십시오!"

"너나 돌아가! 나는 여기서 이세민을 죽이고 함께 죽겠다!"

"애꿎은 기병들을 개죽음 시킬 작정이십니까!"
"고구려를 위해 싸우다 죽는 것은 최대의 영광이다. 그것이 어찌 개죽음이냐!"
"만춘, 이 자식아!"
문태의 입에서 욕설이 튀어나왔다.
"하루를 먼저 태어났어도 형은 형이다! 형으로서 처음이자 마지막으로 명령한다! 당장 기병들을 이끌고 안시성으로 돌아가라!"
"…."
"후미는 나와 야치들이 맡겠다! 우리들은 어떻게든 살아남을 수 있으니까 기병들과 함께 돌아가라!"

같은 시각, 비사성 앞바다

고구려의 수군이 바다를 메웠다.
그동안 요하를 차단하고 각지의 성과 연합하여 적을 무찔렀던 수군들이 비사성 앞바다로 집결했다.
"모조리 죽여라!"
함성과 함께 일제히 병사들이 돌입했다.
수군총관을 비롯한 고위급을 태운 열 척 정도가 겨우 빠져나갈 수 있었다.
적을 섬멸한 수군이 상륙하기 시작했다. 다섯 달이나 더러운 깃발이 나부꼈던 비사성에 다시 고구려의 깃발이 휘날렸다.

10월 12일 오전 11시경, 현도성 북방 160리 지점

당군은 결사적으로 걷고 또 걸었다.

행군의 후미에는 시체가 줄을 이었다. 아직 죽지 않은 자들이 벌레처럼 꿈틀거리며 신음했다.

이곳에 서식하는 맹수들은 뜻밖의 행운에 호사를 누렸다.

먹이를 구하기 가장 어려운 계절에 푸짐하게 먹을 수 있는 것은 최고의 행운이 아닐 수 없었다. 맹수들도 신선한 고기를 선호했다. 산 채로 잡혀 먹히는 자들의 비명이 곳곳에 메아리쳤다.

배를 채운 맹수들이 급할 것 없는 걸음으로 먹이들의 행렬을 따라갔다.

대담해진 맹수들이 행렬이 지나치는 바로 곁에서까지 사람을 잡아먹는데도 누구도 쫓으려 하지 않았다. 저렇게 잡혀 먹히지 않기 위해서는 오직 걷는 것밖에 다른 방법이 없었다.

왼쪽 눈을 동여맨 이세민은 맥없이 수레에 널브러졌다.

이세민은 하마터면 죽을 뻔했다. 그 순간 만일 미끄러지지 않았다면 양만춘이 발사한 화살에 머리를 꿰었으리라.

그때를 떠올린 이세민이 부르르 떨었다.

이세민의 신세는 사냥당하는 짐승과 다를 것 없었다. 목숨을 잃지 않기 위해서는 하루 빨리 벗어나야 했다.

"고돌발이다!"

"고돌발이 나타났다!"

대열이 빳빳하게 얼어붙었다.

백암성 앞에서 계필하력을 죽일 뻔하고 백암성과 안시성에서 무수한 당군을 쓸어버린 고돌발은 이름만으로도 몸이 떨렸다.

그 고돌발이 오골성의 부대를 이끌고 다가오는 것이 보였다.

당군은 지위고하를 막론하고 호랑이 만난 토끼처럼 공포에 질렸다.

이세민도 그만 넋을 잃었다.

결국 여기서 죽는다고 생각하니 너무나 허망했다. 멍하게 앉아 있던 이세민의 표정이 단호하게 굳어졌다.

"고돌발이 있는 방향으로 가라!"

"폐, 폐하!"

"명령에 따르라!"

장손무기가 이끄는 수레가 고돌발에게 향했다.

고돌발도 부대를 멈추게 하고 앞으로 나섰다. 잠시 후 수레와 고돌발이 마주쳤다. 말에서 내린 고돌발이 무릎을 꿇었다.

"황제폐하를 뵈옵니다!"

이세민도 수레에서 나왔다.

"일어나라!"

정중하게 일어서는 고돌발의 손에 들린 창에 반사되는 햇빛이 소름끼치게 투명했다.

"너는 내가 살려주었거늘 은혜를 배신하고 안시성에 들어가 짐의 뜻을 좌절하게 만들었다. 고구려의 무사들은 충성도 충성이지만 특히 신의와 의리를 중요시한다고 하였는데, 그게 고구려의 무사가 할 짓이더냐!"

이세민이 날카롭게 꾸짖었다.

"폐하께서 안시성에서 회군하실 때 목숨을 끊어 사죄하려 하였으나 안시성주가 아직 의무가 남았다고 하여…."

"그렇다면 의무를 이행하라. 네 손에 들린 창으로 짐의 가슴을 찔러라."

성큼 나선 이세민이 가슴을 내밀었다.

"어서 의무를 이행하란 말이다. 가장 큰 공을 세울 기회를 맞았는데 무엇을 망설이느냐?"

고돌발의 창이 덜덜 떨렸다.

당장이라도 이세민이 피를 뿜고 쓰러질 것 같았다. 모든 당군이 주시하는 가운데 고돌발이 돌아섰다.

"폐하, 부디 무사히 돌아가십시오!"

"짐과 함께 가지 않겠느냐? 너 같은 용장이 뜻을 펴기에 고구려는 너무나 편협하다."

고돌발이 대답하지 않고 말에 올랐다.

"짐에게 속죄하기 위해 목숨을 끊을 필요는 없다!"

"…."

"피차 한 번씩 살려주었으니 굳이 네가 죽을 이유는 없다. 알겠느냐?"

고돌발은 대답하지 않고 말을 달렸다.

이세민은 엎어질 것 같은 걸음을 겨우 떼어 수레에 올랐다. 장손무기는 물론 모든 자들은 한바탕 꿈을 꾼 것 같았다.

살아남은 대가

10월 14일 오후 1시경, 안시성

안시성이 다시 한 번 뒤집어졌다.
대부분의 기병을 이끌고 무사히 돌아온 양만춘에게 환호가 쏟아졌지만 그의 표정은 밝지 못했다.
나리의 얼굴에서 핏기가 사라졌다.
마지막 기병이 들어올 때까지 문태가 보이지 않았다. 북쪽을 하염없이 바라보던 나리가 정신을 잃고 쓰러졌다.

10월 17일 오후 6시경, 평양

"무어라! 고돌발이라는 놈이 이세민을 살려 보냈다고 하였습니까?"

보장왕이 펄펄 뛰었다.

"그놈을 당장 처형하세요! 아니, 짐이 직접 목을 칠 테니 여기로 끌고 오세요!"

"폐하, 고돌발은 귀환하던 도중에 이탈하여 종적이 묘연해졌다고 하옵니다. 그리고 전쟁의 상처를 치유하는 것이 무엇보다 시급하니 고돌발은 나중에 처리하는 것이 가하리라 여겨지옵니다."

연개소문이 달래도 보장왕은 누그러지지 않았다.

"그놈이 오골성 출신이니까 성주에게 책임을 물어야 마땅합니다. 이번 기회에 오골성의 성주까지 바꾸도록 하세요."

"폐하, 요동이 전쟁의 피해가 극심하고 민심이 불안하여 당분간 성주들을 유임시켜야 하옵니다! 또한 전쟁으로 인해 전국에 피폐하지 않은 곳이 없는 만큼 회복하기 위한 노력을…."

"그러니까 재물이 필요한 것 아닙니까? 대막리지는 당장 양만춘에게 명하여 이세민이 남기고 간 모든 것을 이쪽으로 보내라고 하세요!"

"…."

"이번 전쟁에서 우리가 안시성을 얼마나 도왔습니까? 우리의 도움이 없었으면 안시성이 패배하고 양만춘을 비롯한 전부가 죽었을 것인 만큼 은혜를 갚아야지요. 자고로 사람은 은혜를 알아야 하는 법입니다. 그렇지 않습니까?"

보장왕은 그렇다고 믿는 것 같았다.

연개소문과 고정의는 서로를 바라보며 쓰게 웃었다. 이번에도 할 수 있는 것은 그것밖에 없었다.

10월 19일 오후 5시경, 당나라의 전진기지

전진기지에서 나온 부대에게 호위된 이세민을 비롯한 생존자들은 비로소 한숨을 쉬었다. 기지의 내부로 들어간 다음에도 공포에서 벗어나지 못했다.

겨우 요하를 건너 퇴각한 이후에도 양만춘과 고돌발이 악몽처럼 따라다녔다. 바람 소리만 들려도 추격하는 것으로 오인한 병사들이 기겁하고 놀랐다. 그로 인해 미쳐버린 자들이 드물지 않을 지경이었다.

게다가 연개소문을 사칭한 적도 상상을 초월했다.

곳곳마다 위력의 흔적을 남긴 정체불명의 적이 불쑥 나타나는 것은 꿈에라도 나타날까 두려웠다. 요하를 건넌 다음 필사적으로 걸어 여기까지 왔지만 안전하다고 생각하는 자는 아무도 없었다.

겨우 살아남은 자들은 기지에서 제공한 더운 음식을 먹으면서 눈물을 폭포처럼 쏟았다.

미리 쳐놓은 천막숙소에 들어간 다음 시체처럼 곯아 떨어졌다가도 깜짝깜짝 놀랐다. 한동안 주변을 확인한 다음에야 다시 눕는 그들은 아무리 보아도 제정신이 아니었다.

"짐이 부를 때까지 누구도 들어오지 말라!"

내부의 건물에 들어선 이세민이 무너지듯 몸을 눕혔다.

눕자마자 바닥으로 녹아드는 것 같았다.

장안의 황궁에 비하면 마구간보다도 못했지만 이렇게 아늑하고 편안한 느낌은 태어난 다음 처음이었다.

먹고 싶은 생각은 전혀 없었다.

언제 마지막으로 먹었는지 기억조차 나지 않았다. 그동안 먹은 것은 말 그대로 먹었을 뿐이었다. 살아남기 위해서는 뱃속에 집어넣어야 했다.

잠도 오지 않았다.

오히려 의식이 갈수록 또렷해지고 분명해졌다. 이제야 비로소 그동안의 상황을 정리할 수 있을 것 같았다. 안시성을 함락하면 요동을 손에 놓을 수 있다는 것은 물고기를 잡으려면 그물을 구해야 한다는 것만큼이나 당연했다.

안시성을 가볍게 여긴 점은 분명히 문제였다.

그러나 수나라처럼 정면으로 요하를 건너지 않고 느닷없이 북쪽에서 튀어나온 다음 거두었던 성과를 생각해보라.

현도성은 이상할 정도로 쉽게 함락시켰다.

신성은 실패했지만 개모성을 손에 넣은 다음 수나라를 멸망하게 했다고 해도 과언이 아닌 요동성을 함락하지 않았던가! 이후 백암성이 항복하자 승리를 확신할 수 있었다.

그런 상태에서 안시성이 만만하게 보였던 것은 당연할 수 있었다.

게다가 성주 양만춘이 모든 면에서 어렸다는 것도 아주 긍정적이었지만, 안시성은 만만하게 여겼던 것과는 정반대로 강했다.

이세민이 펼치는 공격을 척척 막아내는 양만춘은 반격까지 시도했다.

그러지 말고 평양을 직접 공격하라는 간언을 받아들이지 않았을 때도 전혀 패배를 염두에 두지 않았다.

토산을 쌓은 것도 정상적인 행동이었다.

수십만이나 동원된 토산이 마침내 완성되었을 때는 이세민 자신도 믿기지 않을 정도였다. 마침내 토성에서 포석을 발사하려 했을 때 이세민은 다시 한 번 믿기지 않는 광경을 마주했다.

토산이 무너졌을 때 이세민도 함께 무너졌다.

아니, 당나라 자체가 무너져 내렸다.

패주하면서 잃은 병력은 상상을 초월했다. 거의 오십 만에 달했던 병력은 겨우 5만 정도가 돌아왔다. 게다가 동상에 걸리고 정신이 이상해져 폐인이 된 것들을 제외하면 2만 남짓에 지나지 않았다.

토산을 쌓기 위해 강제로 동원했던 백성들의 운명은 비참했다.

스스로를 지킬 능력이 없는 백성들은 제대로 먹을 수도 없었다. 굶주리고 혹한에 시달리다가 후미로 처졌던 그들은 하나도 돌아오지 못했다.

장안으로 돌아간 다음이 더욱 두려웠다.

정예 병력과 인원은 물론 물자까지 상실한 당나라는 이전의 국력을 회복하기 어려울 것이었다.

당나라가 처한 상태는 빠르게 퍼져나갈 것이 분명했다.

특히 이세민이 양만춘의 화살에 맞은 것도 과장되어 퍼질 것이었다. 여기까지 오는 동안에도 양만춘의 화살에 눈을 맞아 눈알이 빠졌다느니, 심지어 수레에 이세민의 시체가 실려 있다느니 수군수군거릴 정도였다.

그런 것들이 빠르게 번지고 아직 평정되지 않은 돌궐은 물론 사방의 강적들이 일제히 덤벼들면 끝장이었다. 당나라도 수나라처럼 장군들 가운데 가장 강한 자에 의해 멸망당하는 수순을 밟는 광경이 눈에 선했다.

그런 결과가 새파랗게 젊은 양만춘에 의했다는 것이 더욱 기가 막혔다.

그래도 수나라는 고구려 전체와 싸운 끝에 멸망하지 않았던가. 이름부터 생소한 안시성의 양만춘에 패배하고 멸망당하는 당나라는 너무나 우스웠다.

어쨌든 돌아가야 했다. 멸망을 늦추려면 황궁에 마련된 자신의 자리에 자신을 끼워 넣어야 했다.

이제부터 이세민이 할 수 있는 것은 부지런히 일하는 것밖에 없었다.

운이 따르면 멸망하지 않을 수도 있었다. 그리하여 이전의 국력을 회복한다고 해도 요하는 두 번 다시 건너고 싶지 않았다. 요하 저편에서 벌어졌던 사건들을 머릿속에서 잘라내고 싶었다.

10월 27일 오후 6시경, 양만춘의 거처

"신녀님께서 어인 일이십니까?"
양만춘이 의아하게 나리를 바라보았다.
"그냥 나리라고 불러주세요."
나리가 한 쌍의 별 같은 시선을 던졌다.
"어찌하여 내림을 받기는 하였지만 전쟁이 끝난 만큼 더 이상 사당에 있고 싶지 않사옵니다."
"안시성의 군민들은 신녀님을 믿고 따르지 않습니까? 이번 전쟁에서 신녀님이 아니었다면 감당하지 못했을 위기도…."

"성주님께서 제대로 준비하고 싸우셨기 때문에 영험이 통한 것이고 백성들도 믿게 되었던 것입니다. 만일 양두일 같은 장군이 성주를 맡았다면 어떤 영험도 소용없을 테지요."

"…."

"저는 본래 천한 시녀에 지나지 않았으니 무당이 될 자격이 없습니다. 적합한 여관을 선발하여 사당을 맡기면 될 것이니 제게 자유를 주세요."

"허락할 수 없다!"

양만춘의 어투가 갑자기 고압적으로 바뀌었다.

"무엇 때문이죠?"

"방금 말했듯이 안시성의 백성들은 너를 믿고 있다! 네가 아니면 누가 있어 사당을 지키고 신앙을 이어 나가겠느냐?"

"그러는 성주님은 왜 자신을 죽이려고 했나요?"

나리의 눈에 원망이 그득했다.

"여기서 석 달이나 싸워 이세민을 물러가게 만든 것으로 충분한데도 무엇 때문에 안시성을 나가 이세민을 추격하셨나요?"

"…."

"성주님을 낳으신 분이 누구인지는 중요하지 않아요. 중요한 것은 안시성의 모든 장병들과 백성들이 믿고 따르는 것이에요. 성주님이 승리를 거두어 그들 모두를 지킨 이상 안시성의 성주는 성주님일 수밖에 없어요."

나리의 눈에서 새파란 불꽃이 일렁였다.

"만일 성주님이 돌아오지 않으셨다면 백성들이 어땠을까요? 성주님이 돌아오셨을 때 기뻐 날뛰던 백성들은 성주님의 가족들과 같아요. 그런데도….”

"…."

"성주님은 돌아오셨지만 문태 님은 그렇지 않습니다. 저도 더 이상 살고 싶지 않으니까 천한 시녀로 돌아가게 해주세요. 신녀로 죽을 수는 없을 테니까요."

"안 된다. 너는 계속 사당에 있어야 해!"

"문태님이 죽었는데 무엇 때문에 살아야 하는 거죠?"

나리가 품에서 새파란 비수를 꺼내들었다.

"이제는 모든 것이 끝이에요. 그동안 배려해주신 것은 진심으로 감사드려요."

나리가 비수를 목으로 가져갔다.

"문태는 전사한 것이 아니라 실종된 것이다! 문태가 죽은 것을 확인한 사람은 아무도 없어!"

"거짓말! 거짓말이에요!"

나리가 피를 뿜는 것처럼 부르짖었다.

"문태 님과 함께 나갔던 야치들도 전부 돌아오지 못했어요. 문태 님은 성주님을 살리기 위해 싸우다가 죽은 다음 맹수들에게 뜯겨서 사라졌을 거예요."

나리가 목을 향해 비수를 찌르는 순간 양만춘이 달려들었다.

비수를 빼앗으려던 양만춘의 팔목에서 피가 터졌다. 양만춘이 하마터면 동맥을 잘릴 뻔했지만 나리는 개의치 않고 다시 목을 찔렀다.

"성주님! 정체불명의 대군이 접근하고 있습…."

잔존한 야치가 뛰어들었다.

거처에서 벌어진 광경을 목격한 야치가 칼을 뽑으려 했다.

"움직이지 마라! 너는 아무것도 목격하지 않은 것이다!"
팔목을 감싸고 나가던 양만춘이 나리를 바라보았다.
"문태가 쉽게 죽을 사람이 아니라는 것은 누구보다도 네가 잘 알지 않느냐? 그리고 문태는 너를 두고 절대 죽지 않는다!"
"…"
"문태가 돌아왔을 때 네가 없으면 어떻게 되겠느냐? 자신으로 인해 네가 목숨을 끊었다는 것을 알게 되면 어떤 일이 벌어지겠냐는 말이다!"
"…"
"성주로서 명한다. 문태가 돌아올 때까지 사당을 지켜라."
나리의 손에서 비수가 떨어졌다.
예리한 날이 바닥에 부딪치면서 날카롭게 여운을 끌었다. 허망하게 사당으로 향하는 나리의 걸음마다 투명한 핏물이 떨어졌다.

"오랜만일세. 못 보는 사이에 아주 대장부가 되었구먼."
수레에서 내린 연개소문이 인사를 건넸다.
평양에서 대동한 십만의 대군이 살벌하게 포진했지만 누구도 두려워하지 않았다.
"대막리지께서 여기까지 어인 일이십니까?"
"성주와 나눌 이야기가 있어서 방문하였다네. 잠시 들어갈 수 있겠는가?"
"안시성은 누구도 들어올 수 없습니다!"
양만춘이 단호하게 잘랐다.

"안시성은 누구도 들어올 수 없다!"
"안시성은 누구도 들어올 수 없다!"
몇 남지도 않은 야치들은 물론 장병들까지 한목소리로 외치자 평양의 대군도 기가 질렸다.
"그렇다면 성주가 나와야 할 것 같은데, 그럴 수 있겠는가?"
"그렇게 하지요."
양만춘이 나가려 하자 안시성이 펄쩍 뛰었다.
"안 됩니다!"
"나가시면 안 됩니다!"
장병들이 결사적으로 막아섰다.
"저희들이 따르겠습니다!"
야치들이 나서도 양만춘은 고개를 가로로 저었다.
 잠시 후 안시성의 성문이 서서히 열렸다. 어떤 적을 마주하고도 열리지 않았던 성문이 열리자 안시성의 군민들이 주먹을 부르쥐었다. 심지어 어떤 장수들은 연개소문을 향해 쇠뇌를 겨누기까지 했다.
 양만춘이 나서자 연개소문도 앞으로 나섰다.
 안시성과 평양군단의 가운데쯤에서 만난 두 사람은 한동안이나 서로를 마주보았다.
"승전을 축하하네, 전하께서도 아주 기뻐하고 계시다네."
"그 말을 하기 위해 여기까지 온 겁니까?"
"부친과는 달리 성격이 매우 급하군 그래."
 연개소문이 씨익 웃었다.
"물론 축하하기 위해 여기까지 온 것은 아닐세. 아무렴 내가 그렇게 한가할 것 같은가?"

"…."

"전하께서는 이번의 승전을 축하하고 고생이 컸을 자네를 쉴 수 있도록 배려하셨다네. 신변정리가 끝나는 대로 안시성을 인수인계 할 준비에 들어가도록 하게나."

"누구 마음대로 그런 결정을 내릴 수 있습니까?"

"그런데 요즘 평양에서도 자네의 모친에 대해 좋지 않은 소문이 나돌고 있다네."

양만춘의 눈이 홉뜨여도 연개소문은 개의치 않았다.

"소문치고 믿을 만한 것이 없기 때문에 나도 신경 쓰지 않네만, 믿는 사람들도 적지 않기 때문에 문제일세, 게다가 그런 사람들이 조정에도 있기…."

"무슨 말씀을 하시려는 겁니까!"

"정실부인의 소생에게 모든 것을 물려주고 싶은 심정은 가난한 백성이나 조정의 중신들이나 매일반이 아니겠나? 미천한 첩이 낳은 아들도 상속받을 수 있게 된다면 고구려 사회가 크게 흔들릴 수도 있겠지. 그런 의미에서 요즘 나도는 자네에 대한 소문이 우려스러울 수도 있지 않겠나?"

"…."

"자네의 거취에 대한 문제는 특별히 기간을 정하지 않았으니 시간이 허락하는 대로 임하면 될 것이네. 그리고 전하께서는…."

"또 뭡니까!"

"전쟁으로 인해 나라의 살림이 크게 궁핍해진 것을 우려하고 계시다네. 그러니까…."

"이세민이 두고 간 재물을 넘기라는 것 아닙니까?"

"쉽게 말해서 그렇다네. 나라를 생각하고 대의를 따르게나."
"직접 가져가십시오!"
양만춘이 날카롭게 외쳤다.
"금은보화가 탐나면 직접 가져가도록 하십시오! 아무렴 안시성이 가만있을 것 같습니까!"
"…."
"우리 안시성을 제압할 수 있는 실력이 있다면 성주를 바꾸든 보물을 가져가든 얼마든지 하십시오!"
"내 말을 더 들어…."
"대막리지께서 겨우 십만을 이끌고 오셨지만 우리도 이세민을 물리치느라 피해가 적지 않은 상태라서 한 번 해볼 만할 겁니다! 원하는 것을 얻고 싶으시면 지금 당장이라도 공격해보십시오!"
그것을 마지막으로 양만춘이 돌아섰다.
잠시 후 연개소문도 돌아섰다. 돌아가는 평양군단의 뒤에 안시성의 함성이 메아리쳤다.

대단원

4년 후, 어느 날

장안성의 황궁이 무겁게 가라앉았다.
뺨이 삽으로 떠낸 것처럼 움푹 꺼지고 손가락이 대나무처럼 마디가 드러난 이세민은 오늘을 넘기지 못할 것 같았다.
이세민은 호흡하는 것마저 힘겨웠다.
불길하게 오르내리는 가슴이 부서질 듯 위태로웠고 불꽃이 튀었던 눈에서도 생기가 사라진지 오래였다.
이제 오십, 죽음에 적합한 나이가 아니었지만 패배의 충격은 이세민을 빠르게 무너뜨렸다.
황궁으로 돌아오기 전부터 이세민은 살아있는 상태가 아니었다.
그나마 멸망하지 않기 위한 필사적인 노력이 성과를 거둔 것에 만족할 수 있었다.

"태, 태자는 어디 있느냐?"
"여기 있사옵니다!"
이치가 다급하게 말했다.
"네게 마지막으로 당부할 것이 있다."
"폐하, 어찌 그런 말씀을 하시옵니까?"
"절대 고구려와 전쟁을 해서는 안 된다! 태자뿐 아니라 경들 모두 명심하라."
"각골하여 명심하겠사옵니다!"
"다시 말하겠다. 절대 고구려와…."
마지막 당부가 흐릿하게 사라들었다.
생기가 사라진 눈동자가 멍하게 허공을 응시했다. 중국은 물론 주변을 진동시켰던 영웅 이세민은 마지막까지도 안시성에서 놓여나지 못했다.

장안성에서 아득하게 떨어진 돈황에서 피와 비명이 낭자했다.
서역과의 교역로인 이곳은 용병들의 천국이자 지옥이었다. 빼앗으려는 자들과 지키려는 자들에게 고용된 용병들은 자신의 가치를 입증해야 했다.
적을 죽이는 것이 유일한 미덕인 바닥에서 오래 생존하는 용병은 많지 않았다.
쌍방 수백 명이 격돌하는 전투에서 고돌발이 피바람을 일으켰다.
하나같이 만만치 않았지만 고돌발에게는 상대가 되지 않았다. 고돌발은 산책이라도 하는 것처럼 느긋하게 전투를 즐겼다.

고돌발은 안시성을 마지막으로 고구려를 떠났다.

야치들이 배신할 정도로 썩어빠진 고구려에 더 이상 충성을 바칠 이유가 없었다. 고구려를 떠난 다음에 할 것이라고는 무예를 파는 것밖에 없었다.

고돌발은 장소를 가리지 않았다.

바다와 사막과 아득한 고지에서도 용병이 되어 싸웠다. 몸값이 어마어마하게 뛰었지만 재물이 목적이 아니었다. 강하다고 소문난 용병이 있는 곳에 어김없이 고돌발이 나타났다. 강한 상대와 겨루기 위해서는 몸값은 상관없었다.

저쪽에서 피바람을 일으키는 자가 보였다.

돈황에서 적수가 없다고 소문난 용병이 분명했다. 고돌발이 그쪽으로 다가가자 상대방도 반응했다. 닥치는 대로 베면서 다가오는 상대방은 과연 대단했다. 일전을 겨루기 위해 다가가던 고돌발이 석상처럼 굳어졌다.

"너, 너는…?"

660년 8월 2일 오후 4시경, 천리장성의 북쪽 끝

장성은 오늘도 계속 건설되고 수리되었다.

이곳에서의 삶은 안시성과 비교할 수 없이 외지고 척박했지만, 군민들은 불평하지 않았다. 안시성에서 이곳으로 이주한 지 어언 십 년, 처음 도착했을 때는 변변한 성벽조차 없었다.

양만춘과 군민들의 필사적인 노력이 축적된 결과 그럭저럭 지낼

만하게 되었다.

 과거 안시성에서 지냈던 군민들이 불평하지 않는 이유는 전쟁이 거의 없기 때문이었다. 아주 없는 것은 아니지만, 안시성과 비교하면 천국과도 같았다.

 양만춘도 더 이상 젊지 않았다.

 이세민을 물리친 다음 십오 년이나 지난 세월은 양만춘을 젊지 않게 만들었지만 기억은 풍화되지 않았다. 처절하고 비통했던 기억들은 날이 갈수록 새롭게 채색되고 예리하게 별러졌다.

 여전히 바쁜 지금도 선잠이라도 들라치면 전사한 장병들과 야치들이 무서운 몰골로 나타났다. 그것에서 벗어나기 위해 부단히 노력했지만 오히려 더욱 끈끈하게 접합되었다. 그들을 위해 양만춘이 할 수 있는 것은 아무것도 없었다.

 "성주님! 예고되지 않은 방문자들입니다!"

 새로운 세대의 야치들이 날듯이 보고했다.

 축조한 지 얼마 되지 않는 성벽 앞에 나타난 수레와 대열은 그리 낯설지 않았다. 잠시 후 성문이 열리고 방문자들이 들어왔다.

 "대막리지께서 여기까지 어인 일이십니까?"

 십오 년 전의 첫마디가 다시 나왔지만 연개소문도 그때의 연개소문이 아니었다. 중년을 훨씬 넘어 늙어가기 시작해도 눈빛은 그렇지 않았다. 더욱 날카로워진 것 같은 눈빛은 사람을 그대로 관통하는 것 같았다.

 "나이가 들어서 그런지 여기까지 오는 것도 만만치 않구먼. 일단 술이라도 한잔 주겠나?"

 "일단 들어오십시오. 누추해도…."

"겸양하지 말게나. 요즘 고구려에 이만한 곳도 없다네."

두 사람이 파탈하고 잔을 비웠다.

"나와 흥정을 해서 원하는 것을 얻어내다니, 정말 대단한 사람이야."

연개소문이 장한 아들을 바라보는 것처럼 흐뭇하게 웃었다.

"대막리지께서 양보하신 덕택인데, 소인이 무어 잘한 것이 있겠습니까?"

그때 연개소문을 헛걸음하게 만든 양만춘은 비밀리에 흥정을 시작했다.

이세민이 남기고 간 금은보화의 절반을 바치는 대신, 안시성의 군민을 대동하고 지금의 이곳으로 이주할 수 있게 해달라는 흥정을 받은 연개소문은 벌어진 입을 한동안 다물지 못했을 정도였다.

"자네가 옳았네. 지금의 안시성이 사람 살 곳인가?"

다시 잔을 받은 연개소문이 얼굴을 찌푸렸다.

이치가 황제를 물려받은 다음부터 요동은 평안할 날이 없었다.

안시성에서 크게 쓴 맛을 본 중신들은 이전처럼 국력을 기울여 공격하는 대신 끊임없이 도발하는 전략으로 나왔다. 소규모의 도발이 계속되자 피해의 복구가 늦어질 뿐더러 방어력이 취약해지는 악순환이 반복되었다.

"그 때문에 안시성을 비롯한 요동의 성들은 죽지 못해 살아가는 형편이라네. 하긴 평양을 제외하면 다른 곳들도 별반 다르지 않네만."

"그 말씀을 하시려고 여기까지 오셨습니까?"

"물론 이번에도 아닐세, 허허!"

맥없이 웃은 연개소문이 정색했다.

"백제가 멸망했다네."

신라와 연합한 당나라가 백제를 공격한 것은 660년 6월 21일이었다.

김유신이 이끄는 5만의 신라군이 진격하는 것에 호응하여 13만 대군을 실은 당나라의 수군이 전격적으로 상륙했다.

의자왕의 연이은 실정으로 극도로 피폐한 데다, 설마 당나라가 그렇게 나올 줄을 전혀 예상하지 못했던 백제는 순식간에 참패했다.

계백이 이끄는 5천 결사대가 마지막 하나까지 전멸당하고, 7월 17일에는 마침내 의자왕까지 생포당한 백제는 끝내 멸망당하고 말았다. 그것을 듣고 있는 양만춘의 표정은 이상할 정도로 평온했다.

"알고 있었나?"

"그렇습니다."

"그렇다면 내가 올 것도 알고 있었나?"

"예상했을 뿐입니다."

"내가 방문한 목적도 알게 있겠군?"

"그것은 직접 말씀해주십시오. 그래야 흥정이 되지 않겠습니까?"

"허허허, 상종하지 못할 사람이군 그래."

쓰게 웃은 연개소문이 방문한 목적을 말했다.

"미구에 당나라가 쳐들어 올 것을 대비하여 이곳을 위시한 주변지역을 지켜주는 대신 제가 받는 것은 아무것도 없다는 말씀이십니까?"

"쉽게 말해 그렇다네. 요즘 나라 살림이 너무 궁핍하다 보니 지원할 여력이 없으니까 자네가 이해하도록 하게나."

"아무리 그렇다고 해도 약간이라도 주고받는 것이 있어야 흥정이 될 수 있지 않겠습니까?"

"나중에 여력이 돌아가게 되면 반드시 지원할 것을 약속하겠네.

그러니…."

"됐습니다! 그래 가지고서야 무슨 흥정이 되겠습니까?"

퇴짜를 놓고 연개소문을 바라보던 양만춘이 묘하게 웃었다.

"그리고 보니 대막리지께서 저희들에 주실 수 있는 것이 없지는 않습니다만."

"그게 무엇인가? 당장이라도 그리 하겠네!"

"지금까지 그랬던 것처럼 앞으로도 제 이름은 물론 안시성을 비밀로 해주십시오. 비밀이 유지되지 않으면 싸울 수 없습니다."

연개소문은 대답 대신 쓰게 웃었다.

지금보다 훨씬 젊었을 무렵 일으켰던 혁명이 퇴색된 지 오래였다. 특히 연개소문에게 권력을 나누어 받은 아들들이 제대로 다스리지 못하는 바람에 나라가 더욱 피폐해졌다. 그럴수록 더더욱 믿을 사람이 없었다.

앞에 있는 양만춘은 그런 사실들까지 알고 있을 것이 분명했다. 그런데도 이렇게 애걸해야 하는 자신이 너무나 한심하고 부끄러웠다.

"바깥을 둘러볼 수 있겠는가?"

얼결에 말이 나왔지만 양만춘은 물리치지 않았다.

가장 먼저 눈에 띈 것은 고돌발이었다.

젊은이들에게 무예를 전수하는 고돌발은 연개소문에게 눈길조차 주지 않았다. 평양 같으면 어떤 부대든 연개소문이 방문하기 열흘 전부터 난리가 났겠지만, 여기서의 연개소문은 늙어가는 이방인 이상은 아니었다.

"여기에서는 누구라도 고돌발에게 무예를 배울 수 있습니다."

"그게 무슨 뜻인가?"

"배우고 능력을 발휘하는 데 있어 신분에 지장을 받지 않는다는 뜻입니다. 본인의 자질과 노력이 중요하지, 아비가 누구고 어디에서 일한다는 것 따위는 전혀 중요하지 않으니까요."

"…."

"다음으로 가시지요. 어차피 전부 보여드릴 테니까 느긋하게 저를 따라오십시오."

다음에 마주친 곳에서는 미래의 야치들이 양성되고 있었다.

어린아이들이 구슬땀을 흘리면서 훈련을 받는 광경은 마치 새싹들이 뛰고 달리는 것 같았다. 그런 아이들과 전혀 어울리지 않는 광경도 존재했다. 한없이 아름다운 여인이 더없이 행복한 표정으로 팔이 하나밖에 없는 사내에게 기댄 모습은 아무리 보아도 어울리지 않았다.

"저들은 누구이며 왜 여기에 있는 것인가?"

"대막리지께서는 모르셔도 되는 사람들입니다."

그들은 문태와 나리였다.

돈황에서 고돌발과 맞닥뜨린 문태는 그를 전혀 알아보지 못했다.

어떻게든 문태를 데려가야 했던 고돌발에게 선택의 여지가 없었다. 무서운 격돌 끝에 팔을 잃은 문태는 어쩔 수 없이 패배를 받아들일 수밖에 없었지만, 정신까지 돌아오지는 않았다.

그동안 벌었던 재물을 주고 문태를 넘겨받은 고돌발이 안시성을 찾아왔을 때는 막 거래가 끝나고 양만춘과 군민들이 안시성을 뜨던 참이었다.

문태와 해후하게 된 나리는 문태의 상태에 다시 한 번 놀랐지만, 문태가 유일하게 자신을 알아볼 수 있다는 것에 눈물을 쏟으며 기뻐했다. 비록 이따금씩 얼굴을 알아보는 정도였지만 나리에게는 그것으로 충분했다.

"오후 수업이 끝난 모양입니다. 저녁을 먹고 휴식을 취한 다음 잠들기 전까지 글공부를 해야겠지요."

"야치들이 글도 배우나?"

"우리에게 필요한 것은 무조건 명령에 따르는 병기가 아니라 생각하고 판단할 줄 아는 병사입니다. 저 아이들은 지휘관의 역할도 겸하게 되어 있으니까 당연히 글도 배워야 하지 않겠습니까?"

여기는 정상적으로 납득되지 않는 것투성이였다.

고개를 절레절레 흔들던 연개소문의 귀에 사기그릇이 부딪치는 것 같은 외침이 파고들었다.

"고구려에 충성을! 죽음으로 충성을!"

"고구려에 충성을! 죽음으로 충성을!"

미래의 야치들이 일제히 외쳤다.

홀린 것처럼 아이들을 바라보던 연개소문이 털썩 무릎을 꿇었다. 누구에게도 무릎을 꿇지 않고 왕마저 죽였던 철혈의 사나이가 무릎을 꿇고 눈물을 쏟았다.

처연하게 그를 바라보는 양만춘의 귀에 비명 같은 외침이 틀어박혔다.

"무, 문태 님이 저, 정신을…!"

나리가 차마 말을 잇지 못했다.

번뜻 문태에게 시선을 던진 양만춘이 알아듣지 못할 고함을 지르며 달려갔다.

(끝)

부록

―

배상열 작가의
역사로 만나는
안시성 전쟁

1. 요동전쟁과 안시성
2. 안시성은 어떻게 승리했나?
3. 베일에 싸인 영웅, 장군 양만춘
4. 공성전, 고대 전쟁의 결정판

1. 요동전쟁과 안시성

요동전쟁의 시작

가장 먼저 말씀 드릴 것은 안시성전투가 거시적으로 '요동전쟁'의 카테고리에 속한 전투라는 점입니다.

1950년에 발발한 6·25 전쟁 가운데 '인천상륙작전'이 전쟁의 향방에 큰 영향을 끼친 것처럼, 안시성전투도 동일한 맥락으로 접근하고 이해하여야 합니다.

고구려와 숙명적으로 쟁패했던 대륙세력은 고구려가 수축하기 시작한 다음부터 요하를 경계로 하여 대치와 전쟁을 반복합니다. 특히 수나라가 5호16국과 남북조시대 등으로 복잡하게 갈라져 쟁패하던 대륙을 통일하고 진정한 의미에서의 제국을 창건하자 고구려와의 격돌은 시간문제였습니다.

제가 수나라를 '진정한 의미에서의 제국'이라고 하였는데, 중국의 역사에서 수나라가 점유하는 의의와 비중이 대단하기 때문입니다. 중국을 최초로 통일했던 진시황 이후 등장한 국가들도 저마다 황제를 칭하고 정통성을 주장하였지만, 가장 중요한 부분이 결여된 상태였습니다. 그것은 바로 중앙집권입니다.

모든 권력을 장악하고 자신의 뜻대로 정치를 했던 황제들이 없지는 않았습니다. 최초로 중국을 통일하고 제국과 황제의 역사를 시작한 진시황을 비롯하여, 한나라를 건국하고 강력한 권력을 휘둘렀던 한고조(유방) 같은 황제들이 분명히 존재하였습니다.

제가 보는 관점에서 수나라가 이전의 제국들과 결정적으로 차별되는 점은 '중앙집권의 제도화'를 이룩했다는 것입니다. 이전의 황제들도 권력을 장악하기 위해서는 강압과 폭력이 필연적이었는 바, 수나라 역시 전쟁을 통해 주변을 제압하고 건국한 다음 황제가 권력을 장악하는 것은 하나도 다르지 않았습니다. 문제는 '일단 잡은 권력을 계속 유지할 수 있는 장치를 마련하는 것'에 있습니다.

수나라는 그에 대한 대책으로 과거제도를 도입합니다. 이전의 제국들도 국가의 운영에 필요한 공무원들과 군대가 있었지만, 임용에 확고한 기준이 없었습니다. 권력자들의 입맛에 의해 공무원과 장군이 임명되고 파면당하다 보니 자연적으로 그들에게 권력이 집중되고, 그로 인해 멸망하는 것이 이전까지의 공식이라고 해도 과언이 아니었습니다.

그러나 과거제도가 도입된 이후에는 근본적으로 달라집니다. 엄격한 출제기준이 있는 과거를 통과한 검증된 인재들이 등용됨에 따라, 능력과는 상관없이 권력자의 눈에 들면 출세할 수 있는 폐단이 원천적으로 제거되었습니다. 동시에, 자신들을 등용한 황제에게 충성하게 만드는 시스템이 구축된 것입니다.

이전의 제국들이 친인척이나 친분이 있는 자들끼리 모여 형성된 거대한 규모의 재래시장이라면, 수나라는 최고로 검증된 엘리트들로 구성된 거대기업에 해당합니다.

재래시장에서 거대기업처럼 거듭난 수나라가 거듭난 자체로 만족할 리 만무하지 않겠습니까? 예나 지금이나 체격이 커지고 주먹이 강해지면 남을 집 적이기 마련입니다. 거대한 경제력을 기반으로 구축된 막강한 군사력으로 주변을 통합하던 수나라의 마지막 목표는 고구려였습니다. 수나라는 문제와 양제, 두 명의 황제가 4차례에 걸쳐 무려 3백만을 초과하는 대군을 파견하여 고구려와 목숨을 건 혈투를 벌이게 됩니다.

대대적인 혁신에 성공하고 주변을 모조리 제압한 수나라가 침공의 야욕을 드러낼 무렵, 고구려는 불행히도 강하지 못했습니다. 수나라의 문제가 30만을 동원하여 공격할 598년 당시의 고구려는 이미 말기적 증상에 시달리고 있었습니다.

기원전 37년에 동명성왕(고주몽)에 의해 건국된 고구려는 위대한 광개토대제가 말을 달릴 수 있는 곳까지 정복하기도 했지만, 예전의 위력을 상실한 다음에는 수도를 평양으로 옮기는 등으로 수축되었습니다.

이후 백제와 신라가 약진하게 되는데, 특히 신라의 진흥왕이 즉위한 다음 거침없이 북진하여 함경도 남부까지 쳐들어왔을 정도였습니다. 진흥왕이 세운 순수비 가운데 마운령비가 평양보다 훨씬 북쪽에 있다는 것만 보아도 당시의 상황이 어떠했을지 짐작이 갑니다.

밖으로 나가 빼앗아 먹을 수 없게 된 고구려는 회복이 더딜 수밖에 없었습니다. 인구가 국력의 바로미터였던 당시에, 포로를 획득하기 어려운 상태에서 고구려는 오히려 신라를 비롯한 적들에게 영토와 인구를 잠식당했습니다.

회복이 요원한 처지에 몰리고 백제처럼 바다를 건너 장사를 할 수도 없는 고구려는 수나라와의 전쟁을 원하지 않았습니다. 그러나 수나라의 목적이 고구려의 말살에 있는 이상 전쟁은 필연적이었습니다.

1차 요동전쟁, 수나라의 침략

598년, 수나라 문제가 명령한 1차 전쟁은 30만이라는 많지 않은(?) 규모로 시작되었습니다. 이때가 영양왕 9년인데, 전쟁을 피할 수 없다고 확신한 고구려가 먼저 기습을 가합니다. 그때 영양왕이 강이식 장군을 보내 만리장성을 지키는 요충지 가운데 하나인 임유관을 공격하게 했습니다.

고구려의 선제공격은 그렇지 않아도 고구려를 침공하려 했던 수나라에게 전쟁을 확정하는 빌미가 되었죠. 문제가 미리 대기시켰던 30만의 군대로 반격하면서 시작된 1차 전쟁은 고구려의 압승으로 막을 내렸습니다.

당시 수나라는 음력 6월에 전쟁이 시작된 것을 패배의 원인으로 기록하였습니다. 무더운 날씨에 행군과 이동에 차질을 빚은 데다, 특히 군량이 상하고 부패하여 오래 전쟁을 지속할 수 없었다는 기록은 변명에 가깝습니다. 상식적으로 무더운 기후가 문제였다면 고구려군도 같은 애로사항이 있어야 할 것인데 전혀 그렇지 않았고, 기후로 인해 군량이 상했다는 것 역시 고구려군에게 밀리다 보니 제대로 보급이 추진되지 못한 것이었겠죠. 이때 문제는 병력의 80~90%나 손실을 당하는 참패를 당했습니다.

단단하게 쓴맛을 본 문제는 다시 고구려를 공격하려 했지만 604년에 사망하는 바람에 뜻을 이루지 못하게 됩니다. 아들들 가운데 차남이 즉위하는데, 그 황제가 바로 백만대군 이상을 동원하여 역사에 이름이 쟁쟁한 양제입니다.

문제보다 더욱 스케일이 크고 욕심이 많았던 양제의 목표도 고구려였습니다. 부친이 실패한 위업을 성공시켜 더욱 위대한 황제로 거듭나겠다는 야심과 함께, 고구려는 이웃으로 지내기에 너무나 위험한 나라라는 현실적 위기감이 침공을 부추기게 되죠.

마침내 612년 2월, 고구려 영양왕 23년에 양제가 침공부대를 발진시킵니다.

모두 1백 13만 3천 8백 명인데 2백만 명이라 하였으며, 군량을 수송하는 자는 그 배
였다.

《삼국사기》의 고구려본기에 나타난 내용을 보면 입을 다물 수 없습니다. 전투부대만 무려 '1백 13만 3천 8백'에, 보급부대는 두 배나 된다니 참으로 형언하기 어려운 규모입니다. 현재 우리의 국군이 60만 정도라는 것에 비겨도 천문학적 규모가 아닐 수 없습니다. 영화 「300」에서 얼마 되지 않는 스파르타 군대가 테르모필레 협곡에서 맞닥뜨린 페르시아의 군대를 연상하면 이해가 빠를 것 같습니다.

어마어마한 규모라고밖에 표현할 수 없는 1차 전쟁을 일으킨 양제의 목표는 당연히 요동이었습니다.

요하를 사이에 두고 치고받던 끝에 압도적인 병력으로 고구려군을 물리친 침공군은 요동성을 향해 해일처럼 밀려들었습니다. 요동에 건설된 방어망에 대해 어느 정도 정보를 가지고 있었을 양제는 가장 중심이 되는 요동성에 모든 병력을 집중시켰습니다. 아무리 요동의 방어망이 철통같더라도 중심 역할을 하는 요동성을 함락시키면 실밥을 잡아 뜯듯 무너질 것이라는 계산이었을 겁니다. 지금 봐도 타당하지요.

그러나 놀랍게도 요동성은 6월까지 무려 석 달이나 꿋꿋하게 버팁니다. 양제가 동원한 대군의 규모만큼이나 믿기지 않는 요동성의 분전은 수나라의 덕이 큽니다. 지면이 한정된 탓에 상세히 말하기는 어렵지만, 상상을 한참이나 초월하는 거대한 규모 자체에서 발생하는 지휘계통과 보고체계의 혼선으로 인한 결과인 듯합니다.

기본적인 통제가 제대로 되지 않다 보니 결정적인 순간마다 발생한 자책골과, 상하가 일치단결하여 싸우는 요동성의 방어력이 부딪친 결과 양제의 야망

은 야망으로 그치고 말았다는 것이죠.

꿈에서도 상상조차 하지 않았던 요동성에서의 좌절은 양제로 하여금 다시 패착을 두게 만듭니다. 요동성을 포위한 양제는 고구려의 수도 평양을 바로 공격하려고 별도로 편성한 30만을 진격하게 합니다. 그러나 별동대는 을지문덕의 기만전술과 유인전술에 말려드는 바람에 지지부진하게 되죠. 게다가 양제는 문제가 벌였던 전쟁에서 군량이 제대로 보급되지 않는 바람에 참패한 것을 염두에 둔 나머지, 군사들에게 거의 쌀 한 가마니를 직접 운반하도록 명령합니다. 그에 따라 양제도 하염없이 기다리며 시간과 군량을 축낼 수밖에 없는 최악 이상의 결과가 초래됩니다.

이때 30만 별동대와는 별도로 편성된 수군 4만이 평양을 향해 접근하고 있었습니다. 고구려 수군의 방해를 받지 않고 무사히 상륙한 수군은 '육군과 합류하여 평양을 공격하라'는 명령을 받은 상태였습니다. 그러나 을지문덕에게 유인당한 육군이 코빼기조차 비치지 않는 데다, 평양을 지키던 고구려군이 짐짓 겁에 질린 척하며 유인하자 단독으로 공격했다가 전멸에 가까운 타격을 당합니다.

전멸당하기는 육군 별동대도 다르지 않았습니다. 무거운 군량을 지고 겨우겨우 평양 부근까지 닿았는데 어찌 된 것인지(?) 협력하기로 했던 수군이 보이지 않는 것이었습니다. 수군 없이 평양을 공격하는 것은 무리라는 판단에 돌아가려 했지만, 아무렴 을지문덕이 곱게 돌려보내겠습니까?

허둥지둥 퇴각하던 30만이 살수에서 고구려군의 기습을 당하는 바, 살아서 돌아간 자가 2천7백에 지나지 않을 정도의 역사적인 대참패를 당합니다. 수군과 합치면 무려 30만을 훨씬 웃도는 어마어마한 전사자가 발생한 거죠.

이렇게 되자 양제도 도리가 없을 수밖에요. 포위했던 요동성에서 철수하여 돌아왔을 때는 모든 것이 최악이었습니다. 나라를 지탱하는 인력과 군량 및 물자의 소모가 엄청났던 만큼 회복하는 것이 급선무였을 것입니다. 황제에게 충성하는 우수한 관료들에 의한 운영체제와 중앙집권에 최적화된 지배체제가 구축된 이상 회복은 어렵지 않았을 텐데, 그러나 양제는 두 차례나 더 고구려를 침공합니다.

그러나 번번이 요동성에서 막히고, 반란이 속출하는 바람에 철수하는 것이 반복됩니다. 고구려를 공격하기 위한 정책이 추진되는 과정에서 무리한 세금의 납부와 노역이 계속되자 불만이 폭발하고, '요동으로 끌려가 죽으나 반란을 일으켜 죽으나 매일반'이라는 생각이 급속히 확산됩니다.

심지어 고구려를 침공하기 위해 집결시킨 부대들이 반란을 일으키기까지 합니다. 그로 인해 581년에 건국한 수나라는 결국 619년에 멸망하고 맙니다. '1차 요동전쟁'의 결과 대륙 최초로 등장한 진정한 의미의 제국이 불과 38년의 짧은 생애를 마치고 새로운 제국에게 자리를 내주게 됩니다.

2차 요동전쟁, 당태종의 등장

'2차 요동전쟁'에서 고구려와 목숨을 걸고 쟁패할 제국은 당나라입니다. 그런데 제가 젊은 시절의 군대에서는 오합지졸이나 아주 형편없는 군대를 지칭하는 '당나라 군대'라는 말이 있었습니다. 저도 처음에는 그런 줄 알았지만 사실과 매우 다르더군요.

수나라가 스스로 붕괴당하는 틈을 타 수월하게 대체한 당나라는 단순히 수나라의 다음 순서로 등장한 국가가 아니었습니다. 당나라는 '진정한 의미에서의 제국' 수나라를 계승하는 것으로 그치지 않고 '진정한 의미에서 최강'의 반열에 올랐습니다.

당나라에 이르러서야 비로소 중원의 정통성이 확립되고 패권제국이 정립되었으며, 문화수준 또한 유례없이 융성하였습니다. 서양에 로마가 있다면 동양에는 당나라가 있다고 해도 과언이 아닐 정도로 모든 면에서 뛰어난 제국이었습니다.

당나라를 당나라답게 만든 원천 기술은 군사력입니다. 역대 최강의 제국답게 영토 역시 광대했던 당나라는 능력만 있으면 누구라도 등용하는 유연하고 개방적인 정책을 펼쳤습니다. 작품에 등장하는 이민족 출신의 계필하력과 아사나사이 등은 물론, 고구려의 유민 출신인 고선지를 등용하여 서역의 패권을 장악한 것은 유명합니다.

그뿐 아니라 신라 출신인 장보고가 당나라의 고위직 무관을 역임하다 귀국하여 해상왕의 칭호를 받을 정도로 바다를 제패한 것 역시 역사의 한 획을 그었습니다. 그 이전에 고구려를 멸망시켰다는 것만으로도 당나라의 위력이 충분히 체감되지 않습니까?

그러나 처음부터 그렇게 강하지는 못했습니다. 고종 이연이 나라를 건국했을 무렵에는 멸망한 수나라의 상태를 그대로 물려받은 바람에 국력이 바닥을 치다 못해 파묻힐 지경이었습니다. 수나라에게 굴복하여 복속했던 돌궐에 조공을 바치면서 안전을 애걸할 정도로 체면이 말이 아니었습니다.

당나라는 2대 황제 태종 이세민 대에 이르러서야 명실상부한 제국으로 도약합니다. 시대를 통틀어 최고의 황제로 추앙되는 이세민이 빠르게 국력을 회복할 수 있던 데는 수나라가 완비한 시스템의 덕택이 컸겠지만, 이세민 개인의 능력도 만만치 않았습니다. 황제에게 충성하는 우수한 관료를 속성으로 양성할 수 있는 과거제도와 중앙집권에 최적화된 지배체제를 갖추면 무엇 하겠습니까? 왕이나 황제가 멍청하고 무능하면 간신배들에게 권력이 넘어가게 마련이고 그것이 원인이 되어 멸망한 나라가 무수하게 많습니다.

또한 왕과 황제가 멍청하지 않더라도 편협하고 이기적이면 부정적으로 흐르기 쉽습니다. 보위에 오른 자들이 자신에게 부여된 지위를 백성들을 위해 사용하지 않고 자신을 위해 사용하게 되면 우수한 제도와 체제는 수탈의 도구가 될 뿐입니다. 지배와 통치를 같은 것으로 간주하고 오직 지배할 권리밖에 없는 것으로 착각하는 자들에 의해 멸망한 나라 역시 무수하게 많습니다.

그런 면에서 당나라는 아주 운이 좋았습니다. 2대 황제로 등극한 태종 이세민에게 수나라의 제도와 체제는 최고의 기술자에게 주어진 최고의 도구와 같았습니다. 통치력을 타고나고 마인드마저 따를 사람이 없는 이세민은 호랑이가 날개를 단 것처럼 국력을 회복하고 주변을 제압해나갔습니다. 626년에 제위에 오른 이세민이 불과 19년 만인 645년에 고구려를 멸망시키기 위한 전쟁을 일으켰으니 바닥을 쳤던 국력을 얼마나 빨리 신장시켰는지 예상이 가죠. 게다가 부친 이연이 당나라를 건국했던 617년 이후부터 그리 업적이 없었다는 것까지 감안하면 이세민은 불세출의 황제라는 수식어가 조금도 어색하지 않습니다.

전쟁을 부추긴 고구려의 분열

대륙의 정세가 급변할 때 고구려는 이번에도 그렇지 못했습니다. 수나라를 선제공격했을 정도로 용기와 결단력을 갖추었던 영양왕이 죽은 다음 아들이 있음에도 동생이 왕으로(영류왕) 즉위한 것부터 긍정적이지 않았죠. 고구려를 움직이는 귀족들의 입장에서 영양왕처럼 유능하고 용맹한 왕이 다시 등장하는 것이 결코 바람직하지 않았던 것입니다.

당나라가 세금을 제대로 사용하고, 주변을 공격하여 얻은 인력과 자원으로 하루가 다르게 강성해진 것에 비해 고구려는 더욱 약화되었습니다. 비록 1차 요동전쟁을 승리로 이끌기는 했지만, 당나라처럼 나가서 벌어오지 못하는 상태에서 전쟁으로 인해 상실한 인력과 물자를 회복하는 것은 불가능에 가깝습니다.

게다가 수나라와 싸우는 틈을 이용한 신라에게 국경 이북의 영토를 5백리나 빼앗기는 등 설상가상이었죠. 그런 상황에서 귀족들에 의해 즉위한 영류왕은 당나라와의 전쟁을 피하기 위해 필사적으로 움직일 수밖에 없었습니다.

이세민으로 하여금 고구려의 상황을 눈치 채게 만든 것은 어이없게도 고구려였습니다. 돌궐을 이간질하여 동서로 분열시킨 다음 동돌궐을 공격하여 정복하였을 때 놀랍게도 고구려가 축하하는 사신을 파견합니다. 이전의 고구려가 자신들과 근접한 동돌궐과 연합하여 대항하던 것을 생각하면 동돌궐을 돕기는커녕, 멸망한 것을 축하하는 사신을 보낸 것은 놀라고도 남을 일이었죠.

고구려가 전쟁을 원하지 않는다는 것을 확실하게 파악한 이세민은 안심하고 주변을 통합할 수 있게 됩니다. 게다가 장차 고구려와 전쟁을 벌일 때 위협이 될 수 있는 세력들을 모조리 뿌리 뽑고 심지어 그들의 병력을 앞세울 수 있었으니, 영류왕을 비롯한 귀족들은 차라리 가만있느니 못한 결과를 자초하였던 것입니다. 이후 이세민이 외교를 통해 고구려를 농락하고 압박하다가 마침내 침공하게 되는 과정은 작품을 참고하는 것이 좋겠습니다.

2차 요동전쟁에 돌입하기 전에 말씀드리고 싶은 것은 '군대의 역할'입니다.

군대는 국민, 영토와 함께 국가를 구성하고 유지하는 필수적인 요소지만, 군대를 양성하고 유지하는 일은 보통 어려운 것이 아닙니다. 군대가 전혀 생산 활동을 하지 못하는 반면 소비적인 집단인 것이 문제의 본질입니다.

저는 군대를 '돈을 벌어오는 군대'와 '돈을 까먹는 군대'로 나눕니다. 당시 당나라의 군대가 다른 나라를 침략하여 얻은 인력과 물자는 그대로 국력에 반영됩니다. 게다가 강해진 국력은 다시 강한 군대를 양성하는 동력으로 작용하기 때문에 이세민의 군대는 황금알을 낳는 거위와 같았습니다.

반면 당시 고구려의 군대는 '돈을 까먹는 군대'의 전형적인 사례에 해당합니다. 국가가 넉넉하지 못한 상태에서 군대를 양성하고 유지하는 것은 보통 어려운 사안이 아닙니다. 게다가 전쟁으로 인해 국력이 저하된 상황에서 소모된 병력과 물자를 보충하기 위해서는 상상을 초월하는 고통이 수반되겠지요. 그런 상황이 지속된다면 군대 때문에 나라가 망하는 지경에까지 도달하게 되는 것입니다.

한편 전쟁을 막기 위한 영류왕과 귀족들의 필사적인 움직임은 필연적으로 내부의 반발을 초래합니다. '떡 하나 주면 안 잡아먹지' 방식으로 이세민이 시키는 대로 하다가는 싸우기도 전에 멸망할 것입니다. 어차피 쳐들어올 수밖에 없는 상황에서 시간을 끌다가는 그만큼 불리할 수밖에 없지요. 그런 상황에서 연개소문을 위시한 강경파들이 취할 행동은 하나밖에 없었습니다.

반란을 일으킨 연개소문이 영류왕을 포함한 귀족들을 모조리 죽이고 보장왕을 보위에 앉혔지만 달라지는 것은 없습니다. 그렇다고 해서 없던 병력이 늘어나는 것도 아니고 부족한 물자가 채워지는 것도 아니었으니까요.

연개소문을 비롯한 고구려인들이 믿는 것은 이번에도 요동성이었습니다. 수나라의 침공을 연속하여 물리친 요동성은 믿지 않으려야 않을 수 없었습니다. 신앙에 가까운 믿음을 받는 요동성이 승리를 거둘 것은 누구도 의심하지 않았습니다.

645년(보장왕 4년) 3월, 마침내 2차 요동전쟁이 벌어집니다. 이세민이 고구려를 바라보는 시각도 수나라와 다르지 않았겠지요. 다른 황제들과는 아예 차원이 다른 위대한 황제가 되겠다는 개인적 야심, 그리고 고구려를 그냥 두고서는 결코 안심할 수 없다는 위기감은 전쟁을 선택이 아닌 필수로 인식하게 했을 테니까요.

 이세민이 전쟁을 일으킨 시기 역시 수나라의 양제가 자신의 위력이 최고조로 도달했을 때를 선택한 것과 겹칩니다. 이세민도 지금이 아니면 고구려를 멸망시킬 수 없다는 것을 확신했을 만큼, 2차 요동전쟁의 발발은 필연의 합집합입니다. 이세민이 2차 요동전쟁을 일으킨 것에 대해 부정적인 견해가 적지 않지만, 결과론에 입각한 주장에 가깝습니다.

요동성이 무너지다

 수나라에 이어 전쟁을 선택한 이세민의 목표도 요동성이었습니다. 다만 이세민은 양제처럼 정면으로 요하를 건너 공격하는 전술을 채택하지 않았습니다. 병력을 삼등분하여 가장 북쪽의 신성과 현도성 방면을 먼저 공격하는 한편, 동시에 남쪽의 건안성을 공격하게 하였습니다. 그리고 자신은 중앙의 요동성 방면으로 나가면서 남쪽과 북쪽을 공략하던 부대들에게 합류하도록 명령합니다. 이때 이세민이 동원한 병력의 규모는 20만에서 70만까지 다양하게 주장됩니다만, 저는 40만 정도로 추정합니다.

 자신만만하게 전쟁을 시작했던 이세민. 그러나 처음부터 제대로 풀리지 않았습니다. 4월 5일에 북방의 신성과 남방의 건안성을 동시에 공격하게 했지만 신성과 건안성은 선방을 거듭합니다. 어쩔 수 없이 명령받은 대로 요동성에 집결했을 때는 현도성과 개모성을 비롯한 몇몇 성을 함락하는 것에 그쳤습니다. 먼저 신성과 건안성을 함락시켜 요동성을 좌우에서 떠내려던 의도가 전혀 통하지 않게 된 것이죠. 백암성이 비겁한 성주 때문에 항복하고 비사성이 함락당하기는 했지만 전황에 영향을 미칠 정도는 아니었습니다.

문제는 이번에도 요동성이었습니다. 게다가 연개소문이 요동성을 지원할 목적으로 4만이나 되는 군대를 파견하는 등등, 이세민으로서는 엎친 데 덮친 격이었죠. 어떻게든 요동성을 함락하지 못하면 비참하게 패배할 수밖에 없다는 절박함에 내몰린 당군은 공격에 공격을 거듭했습니다.

그러나 갖은 형태의 공격을 물리친 경험과 전쟁에 대한 충분한 면역성을 가진 요동성은 명성 그대로 철벽같았습니다. 가장 위대한 황제의 반열에 오른 이세민이 직접 지휘해도 무위로 돌아가는 것이 반복되자 분위기가 좋을 리 없었습니다. 어떤 의도를 갖추는 것과 의도를 관철하는 것은 별개의 문제라는 명제를 이세민도 극복하기 어려워 보였습니다. 이번에도 요동성을 함락시키지 못하는 날에는 도리어 당나라가 함락당할 판이었습니다.

위기에 처한 이세민을 구한 것은 자연이었습니다. 음력으로 5월이면 초여름에 해당되는 시기인데, 이세민은 오래도록 비가 내리지 않아 극도로 건조한 상태가 지속되는 것에 착안합니다. 운명의 5월 17일, 이세민의 명령을 받은 공격군이 일제히 화공(火攻)을 가하자 요동성은 순식간에 불바다가 되었습니다. 극도로 혼란한 가운데 성주를 비롯한 장병들이 끝까지 싸웠지만 비통하게도 요동성은 함락당하고 말았습니다.

이때 요동성은 1만이 전사하고 5만이나 되는 군민들이 생포당하는 한편, 50만 석에 달하는 군량까지 빼앗기게 됩니다. 전과와 전리품도 대단했지만 '수나라의 백만대군도 어쩌지 못했던 천하무적의 요동성을 함락했다'는 자체가 형언하기 어려운 성과였습니다.

무수한 공격을 물리치고 심지어 수나라를 멸망의 구렁텅이로 몰아넣기까지 했던 요동성이 함락당해, 2차 요동전쟁의 무게중심이 급격히 기울게 됩니다. 당나라의 사기가 하늘을 찌를 듯 급등한 반면 고구려가 아득한 절망에 빠졌을 것은 어렵지 않게 상상할 수 있겠습니다. 백암성주가 싸우지도 않고 항복한 것도 요동성이 함락당한 충격 때문이었겠죠.

황제가 백암성을 공격하여 승리했을 때 이세적에게 말했다.
"내가 들으니 안시성은 성이 험하고 병사가 강하며, 그 성주의 재주와 용맹은 막리지
의 난에도 성을 지키고 항복하지 않을 정도이다. 막리지가 공격하였으나 그를 굴복
시킬 수 없었기 때문에 성을 그에게 주었다고 한다. 그러나 건안성(建安城)은 병력이
약하고 군량미도 적다. 따라서 갑작스럽게 그 성을 공격하면 반드시 승리할 것이다.
그러므로 그대는 먼저 건안성을 공격하라. 건안성이 함락되면 안시성은 이미 우리의
뱃속에 들어와 있는 셈이다. 이것이 병법에서 말하는 '성 가운데는 공격해서는 안 될
성도 있다'는 것이다."
이세적이 대답하였다.
"건안성은 남쪽에 있고 안시성은 북쪽에 있는데, 우리의 군량은 전부 요동에 있습니
다. 이제 안시성을 지나서 건안성을 공격하다가 만약 고구려인들이 우리의 군량 수송
로를 차단하면 어찌하겠습니까? 먼저 안시성을 공격하는 것이 좋을 듯합니다. 안시성
만 함락되면 당당하게 북을 울리며 행군하여 건안성을 빼앗을 수 있습니다."

이렇게 해서 다음 차례가 안시성으로 결정됩니다. 안시성을 함락하면 요동
전쟁을 완전히 승리로 이끄는 동시에, 평양으로 직행하는 톨게이트에 들어설
수 있기 때문에 고구려를 멸망시키려는 목표의 70% 이상을 달성할 수 있게
됩니다.
게다가 앞으로 평양을 공격할 때 보급로를 확보하기 위해서도 안시성은
반드시 함락시켜야 했습니다. 천하무적의 요동성을 함락시킨 마당에 이름조
차 생소한 안시성은 간식 정도에 지나지 않을 것 같았습니다.

2차 요동전쟁의 승부처, 안시성

역대 최강을 자부하는 당나라 대군의 함성이 드높아질 때 안시성은 묵묵히 싸울 태세에 돌입했습니다. 성주 양만춘을 중심으로 4만의 장병들은 물론, 백성들까지 죽는 한이 있더라도 안시성을 사수하겠다는 결의를 불태웠습니다.

그런 가운데 벌어진 첫 전투는 안시성에서 비롯되지 않았습니다. 인근에 진을 치고 있던 이세민은 연개소문이 고정의를 총수로 하고 고연수와 고혜진을 선봉으로 삼아 15만의 대군을 파견했다는 것을 알게 되자 안색이 급변했습니다. 15만의 대군 자체도 심각한 문제거니와, 그들이 진을 치고 장기전으로 나가면 적지에서의 보급이 곤란할 당군은 퇴각할 수밖에 없기 때문이었습니다.

실제로 고정의가 장기전으로 들어갈 것을 천명했지만 문제는 고연수였습니다. 과격하고 직선적인 성격의 고연수는 이번 기회에 이세민을 격파하여 공을 세우고 싶은 야심에 몸이 달았습니다. 그렇게 된다면 연개소문을 몰아내고 정권을 잡는 것도 충분히 가능했으니까요. 그것을 간파한 이세민이 선봉부대를 내보내 거짓으로 패하자 고연수가 사흘 굶은 하이에나처럼 덥석 미끼를 물었습니다. 그로 인해 4만의 선봉이 고립되고 포위당한 끝에 고연수와 고혜진을 포함하여 전부 항복하는 역사에 보기 드문 치욕을 선사하게 되죠. 이때가 6월 23일입니다.

고연수와 고혜진은 자신의 군사 3만6천8백 명을 이끌고 항복을 청하면서, 당나라의 군문에 들어가 절하고 목숨을 살려달라고 빌었다. 황제는 욕살(褥薩) 이하의 지휘관 3천5백 명을 선발하여 당나라의 지역으로 옮기고, 나머지는 모두 석방하여 평양으로 돌아가게 하였으며, 말갈인 3천3백 명은 전부 생매장하였다.

이 대목에서 의아한 것은 이세민이 다른 고구려군에 대해 전혀 우려하지 않는다는 점입니다. 고연수와 고혜진이 이끌었던 부대는 4만 정도의 선봉이었으니 아직도 십만이 넘는 부대가 건재해야 하지 않습니까? 게다가 신중하고 경험이 풍부한 고정의가 지휘하고 있는 만큼, 그때라도 장기전으로 들어가면 이세민이 가장 우려하는 사태가 벌어질 수밖에 없었겠지요.

그런데도 전혀 우려하지 않는 것은 납득하기 어렵습니다. 고정의가 남은 병력을 이끌고 안시성으로 들어가 협력했을 가능성도 배제할 수 없겠지만, 이 대목은 충분한 연구가 필요할 것 같습니다.

바야흐로 이때부터 안시성의 시련과 응전이 시작됩니다. 그런 와중에 당나라 진영에서 안시성을 공격하지 말고 바로 평양으로 직행하자는 움직임이 나타납니다.

이세적이 드디어 안시성을 공격하였다. 안시성 사람들이 황제의 깃발과 일산(日傘)을 보자마자 성에 올라 북을 두드리고 함성을 질렀다. 황제가 분노하자 이세적은 성을 빼앗는 날 안시성의 남자들을 모두 구덩이에 묻어버릴 것을 황제에게 요청하였다. 안시성 사람들은 이 말을 듣고 더욱 굳게 수비하여 당 군사가 오랫동안 공격하였으나 안시성을 무너뜨릴 수 없었다. 고연수와 고혜진 등이 황제에게 말했다.
"저희들이 이미 대국에 몸을 맡겼으니 정성을 바치지 않을 수 없습니다. 천자께서 빨리 큰 공을 이루어 우리가 천자와 만나게 하여주기를 원합니다. 안시성 사람들은 그의 가족들을 생각하여 자진하여 싸우고 있기 때문에 빨리 빼앗기는 쉽지 않습니다. 저희들은 고구려의 10만여 명의 병력을 가지고도 황제의 깃발을 보는 것만으로 사기가 꺾여 허물어졌으며, 백성들의 간담이 서늘하였습니다. 오골성(烏骨城)의 욕살은 늙어서 수비가 견고할 수 없을 것이니, 군사를 옮겨 그곳을 공격한다면 아침에 도착하면 저녁에는 승리할 것이요, 그 밖의 길에서 맞닥뜨리게 될 작은 성들은 위풍만 보고도 반드시 허물어질 것입니다. 이후에 그곳의 자재와 군량을 거두어 북을 울리며 전진하면 그들은 틀림없이 평양을 지켜내지 못할 것입니다."
여러 신하들이 또 말하기를 "장량의 병사가 사성(沙城)에 있으니, 그를 부르면 이틀이면 올 수 있습니다. 고구려가 두려워하고 있는 틈을 타 힘을 합하여 오골성을 빼앗고, 압록강을 건너 곧바로 평양을 빼앗는 것이 이번 일에 달렸습니다."라고 하였다.
황제가 이 말을 따르려 하자 장손무기가 홀로 나서서 "천자의 원정은 보통 장수들의 정벌과는 다릅니다. 따라서 모험을 하면서 요행을 바랄 수는 없습니다. 지금 건안성과 신성의 무리가 아직도 10만이나 되는데, 우리가 만약 오골성으로 간다면 고구려가 반드시 우리의 뒤를 추격할 것입니다. 그러므로 먼저 안시성을 점령하고 건안성을 취한 뒤에 군사를 먼 곳으로 진군시키는 것이 옳습니다. 이것이 만전의 계책입니다."라 하니, 황제는 곧 이전의 계획을 중지하였다.

안시성에 대한 공격이 지지부진하자 고연수와 고혜진이 안시성을 공격하지 말고 우회하여 오골성을 공격할 것을 주장합니다. 다른 신하들도 그들의 주장에 동조하였는데, 안시성을 공격하기 이전부터 바로 평양을 공격하자는 주장이 대두되기도 했습니다. 안시성을 공격하면서 시간을 허비할 것이 아니라 속전속결로 나가야 한다는 주장은 나름대로 일리가 있겠지요?
그러나 장손무기가 강하게 반대하고 나섭니다. 장손무기는 이세민이 맞이한 황후의 큰오빠로서 가까운 인척일 뿐 아니라, 이세민을 도와 건국에도 공이 컸던 심복 가운데 심복입니다. 장손무기가 반대한 이유는 "건안성과 신성의 무리가 아직도 10만이나 되는데, 우리가 만약 오골성으로 간다면 고구려가 반드시 우리의 뒤를 추격할 것입니다."였습니다.
장손무기의 입장은 어렵지 않게 수긍할 수 있습니다. '지금 상황에서 안시성을 포기하고 평양으로 갔다가는 요동의 고구려군에 의해 보급로가 끊길 우려가 높기 때문에 일단 안시성을 점령해야 한다'는 주장은 설득력이 충분합니다. 그것을 이세민이 받아들여 계속 안시성을 공격하였지요.

그런데 제 입장에서는 그런 주장과 반대가 나오는 자체가 문제로 보입니다. 문제의 본질은 수군에 있습니다. 여러 신하들이 또 말하기를 "장량의 병사가 사성(沙城)에 있으니, 그를 부르면 이틀이면 올 수 있습니다."라는 대목은 완전히 오류입니다. 수군을 지휘하는 장량이 비사성(사성)을 함락한 다음 주둔하고 있는 것은 사실이지만, 그 이상의 행동이 가능하지 않았거든요.

1차 요동전쟁과는 달리 2차 요동전쟁에서는 당나라의 수군이 제대로 활약하지 못했습니다. 치밀하기 짝이 없는 이세민은 당연히 수군에도 공을 들였겠지만, 문제는 고구려의 수군이 의외로 강하다는 점이었습니다.

1차 요동전쟁 당시처럼 수군이 압록강은 물론 대동강까지 돌파하고 상륙하기는커녕, 고구려 수군에게 참패한 나머지 비사성을 벗어나기도 어려운 형편이었습니다. 그렇지 않고 수군이 제대로 활약했다면 수송과 이동이 백배 편리한 수군을 왜 이용하지 않았겠습니까?

이세민도 인간인 이상 모든 것을 통찰하기 어려울 뿐더러, 전쟁은 의외의 요소에 의해 승패가 갈리는 경우도 많습니다. 그런 점을 극복하는 것이 책임지는 자의 역할이겠지요. 그리고 이세민이 장손무기의 주장을 받아들인 것과, 수나라의 양제가 요동성에서 막힌 다음 30만의 별동대와 4만의 수군을 평양으로 파견하였다가 전멸당한 기억은 무관하지 않습니다.

만일 그런 패배가 반복되는 날에는 양제의 전철을 밟을 수 있다는 위기감이 반드시 안시성을 함락시켜야 한다는 결정을 내리게 했을 겁니다. 그로 인해 2차 요동전쟁의 향방은 물론, 고구려와 당나라의 운명이 걸린 전쟁의 폭풍이 안시성을 향해 거세게 몰아칩니다.

2. 안시성은 어떻게 승리했나?

안시성전투 승리의 인과(因果)

언뜻 보기에는 안시성이 승리했다기보다는 당나라가 자멸한 것 같습니다. 1차 요동전쟁에서의 요동성처럼 갖은 공격을 물리친 끝에 패퇴시킨 것이 아니라, 이세민의 명령으로 쌓은 토산이 무너지는 바람에 끝장났거든요.

그렇더라도 무너진 토산이 강타하여 성벽이 무너진 틈으로 장병들을 내보내 먼저 토산을 점령한 것은 높이 살 만합니다. 만일 이세민이 먼저 토산을 점령했다면 큰일이 났을 겁니다. 토산이 무너질 것을 전혀 예측하지 못했음에도 마지막까지 집중력을 잃지 않았던 양만춘에게 감탄하지 않을 수 없습니다.

결과가 그렇게 보인다고 해서 양만춘과 안시성이 폄하될 수는 없습니다. "안시성 사람들은 이 말을 듣고 더욱 굳게 수비하여 당 군사가 오랫동안 공격하였으나 안시성을 무너뜨릴 수 없었다."는 기록이 분명히 존재하고 있으니까요. 안시성의 방어력이 요동성에 필적하는 데다, 양만춘의 능력 또한 비범했을 것은 어렵지 않게 짐작할 수 있겠습니다. 만일 양만춘의 능력이 비범하지 않았다면 이세민이 굳이 토산을 쌓을 필요를 느끼지 못했을 겁니다. 모든 공격이 통하지 않았기 때문에 토산을 쌓게 된 것이고 그로 인해 자멸하게 된 것이지, 토산이 무너지는 바람에 승리할 수 있었다는 주장은 착시현상에 가깝습니다.

성안에는 주몽의 사당이 있었다. 이 사당에는 쇠사슬 갑옷과 날카로운 창이 있었는데, 망령되게도 이전 연나라 시대에 하늘이 내려준 것이라고 하였다. 바야흐로 포위 태세가 긴박해지자 아름다운 여자를 꾸며 여신으로 삼았다.
무당이 말하였다.
"주몽께서 기뻐하시니 성은 반드시 온전할 것이다."
이세적이 포차를 일렬로 놓고 큰 돌을 3백 보 이상 날려 보내니, 돌이 맞는 곳마다 모두 허물어졌다. 우리는 나무를 쌓아 누대를 만들고 그물을 쳤으나 돌을 막을 수 없었다. 당나라의 군사는 성을 공격하는 수레로 성 위의 집을 부수었다. 이때 백제가 황금색으로 칠한 쇠 갑옷을 바치고, 또 검은 쇠로 만든 무늬 있는 갑옷을 군사들에게 입혀 종군하였다. 황제와 이세적의 군사가 합세하자 갑옷의 광채가 햇빛에 번쩍거렸다.

작품에 등장하는 사당과 신녀는 허구의 창작이 아닙니다. 요동성의 상황을 안시성에 원용했으며, '이때 백제가 황금색으로 칠한 쇠 갑옷을 바치고, 또 검은 쇠로 만든 무늬 있는 갑옷을 군사들에게 입혀 종군하였다. 황제와 이세적의 군사가 합세하자 갑옷의 광채가 햇빛에 번쩍거렸다.'는 내용 역시 동일합니다. 그렇게 원용한 것은 안시성전투에 대한 내용이 너무나 빈약하기 때문입니다.

모든 장수들이 안시성을 급히 공격하였다. 이세민이 성 안에서 들리는 닭과 돼지의 소리를 듣고 세적에게 말했다.
"성을 포위한 지 오래되어, 성 안에는 밥 짓는 연기가 나날이 줄어들고 있는데, 지금

닭과 돼지 소리가 요란하니, 이는 틀림없이 군사들을 잘 먹인 후에 야습하려는 것이다. 군사를 단속하여 이에 대비하라."
이날 밤, 우리 군사 수백 명이 성에서 줄을 타고 내려왔다. 이세민이 이 말을 듣고 직접 성 밑에 와서 군사를 소집하여 재빨리 공격하였다. 우리 군사 중에 사망자가 수십 명이나 되었고, 나머지는 도주하였다.

비교적 상세한 내용이라고는 이게 전부라고 해도 과언이 아닐 정도입니다. 그것도 야습에 나선 안시성 장병들이 겨우 '수십 명 전사한 것'이 고작입니다.

강하왕 도종이 군사들을 독려하여 성의 동남쪽에 토산을 쌓아 점점 성으로 접근해왔다. 성 안에서도 역시 성을 더욱 높게 쌓아 굳게 방어하였다. 군사들은 당번을 정하여 하루에도 6, 7회씩 교전하였다. 당나라 군사의 충차와 포석이 누대와 성 위의 작은 담을 허물었으나, 성 안에서는 그때마다 목책을 세워 부서진 곳을 막았다. 도종이 발을 다치자 이세민이 직접 침을 놓아 주었다. 당나라 군사는 밤낮을 쉬지 않고 60일 동안 토산을 쌓았다. 이 작업에 연인원 50만 명이 동원되었다. 토산이 완성되자, 이 토산의 꼭대기가 성보다 두어 길이나 높았기 때문에 성 안을 내려 볼 수 있었다.

안시성전투에서 가장 중요한 것은 이세민이 토산을 쌓도록 명령한 자체에 있습니다. 그러니까 그 시점부터 전투가 중지되었다고 보아야 하겠죠.
그때 만일 토산이 무너지지 않았다면, 그래서 안시성을 내려다보면서 포석을 빗발처럼 퍼부었다면 어떻게 되었겠습니까? 방어측이 상상조차 하지 못했을 '토산 쌓기 작전'은 양만춘이 어떻게 막아볼 수 있는 것이 아니었습니다. 황제와 성주의 차이가 극명하게 드러나는 형태의 공격으로 인해 양만춘이 패배하고 안시성이 전멸 당했을 것은 의문의 여지가 없습니다.

당태종이 토산을 쌓은 이유

그렇다면 이세민은 무엇 때문에 토산을 쌓았을까요?

제가 판단하기에 이세민은 요동을 완전히 수중에 넣을 의도였던 것 같습니다. 실제로 이세민은 안시성전투 이전에 함락시킨 성들을 당나라의 행정구역에 편입시켰습니다. 요동성은 요주, 백암성은 암주, 개모성은 개주라고 명의를 변경한 이세민은 점령지의 백성들을 너그럽게 대해주기까지 했습니다.

애초에 막리지(연개소문)는 가시성(加尸城)에 있던 7백 명의 군사를 파견하여 개모성을 수비하게 하였으나, 이세적은 그들을 모두 사로잡았다. 그들은 당나라의 군대에 종군하여 공을 세우기를 요청하였다. 황제가 말했다.
"너희들의 집이 모두 가시성에 있다. 그러나 너희들이 나를 위하여 싸우게 되면 막리지가 반드시 너희들의 처자를 죽일 것이다. 한 사람의 힘을 얻기 위하여 한 집안을 멸망하게 하는 일을 나는 차마 할 수가 없다."
황제는 그들에게 모두 곡식을 주어 돌려보냈다. 개모성을 개주(蓋州)로 개칭하였다.

요동을 영유하겠다는 이세민의 의도는 지극히 현실적인 계산 때문입니다. 가장 핵심적인 요동성을 비롯해 점령한 성들에 가장 중요한 것은 말할 것도 없이 군량 등의 보급이겠죠. 이세민의 역량으로 얼마든지 보급을 충족시킬 수 있는 반면, 고구려는 아직 함락당하지 않은 성들에게 보급을 보낼 수 있는 형편이 되지 못합니다.

점령한 성들을 부유하게 만들면 전쟁을 책임지면서도 거의 지원을 받지 못했던 등으로 불만이 높았던 성들은 자연스럽게 당나라의 영토가 될 수 있지 않겠습니까? 요동을 손에 넣는다는 것은 고구려를 멸망시키는 것과 같습니다.

그렇다면 안시성의 전면에 토산을 쌓도록 명령한 이유도 어렵지 않게 약분 가능합니다. 안시성이 평양으로 향하는 입구를 가로 막는 위치에 있는 데다, 차후 평양을 향해 진격할 때 보급로를 확보하기 위해서도 반드시 함락해야 했습니다. 게다가 황제가 직접 공격하고 있는 만큼 체면을 생각해서라도 함락시키지 않을 수 없었습니다. 가장 확실하게 함락시킬 수 있는 방법이 시간이 걸리더라도 토산을 쌓는 것이었겠지요.

일단 토산이 완성되면 안시성만 함락당하는 것이 아닙니다. 인근의 건안성과 북방의 신성도 고립된 나머지 스스로 무너질 가능성이 높기 때문에 토산을 쌓는 데 들어가는 시간과 비용은 얼마든지 감내할 수 있었을 겁니다. 문제는 요동의 추위가 일찍 시작된다는 점인데, 그 전에 안시성을 함락시키는 것이 관건이겠죠. 물론 이세민은 충분히 그럴 능력이 되는 사람이었습니다.

이때 안시성은 절망에 빠졌을 것입니다. 이세민이 상상조차 하지 못했던 수단까지 동원하여 기필코 함락시키겠다는 의지를 표명한 이상 전멸당하는 것은 시간이 문제였겠죠.

앞서 말했지만 설마 이세민이 그렇게까지 나올 줄은 상상조차 하지 못했습니다. 성을 공격할 때 성벽 아래 짚단이나 흙을 채운 자루를 쌓아 올린 다음 밟고 올라가는 방식도 있기는 하지만, 규모가 작고 높이가 낮을 때나 가능합니다. 그러나 안시성은 기본적으로 경사가 심한 산성이기 때문에 그런 시도가 가능하지 않습니다. 그래서 토성을 쌓는 매우 희귀한 방식을 채택했을 것인데, 다른 나라에서도 비슷한 사례가 존재하긴 합니다.

66년부터 73년까지 계속된 '1차 유대전쟁' 당시 이스라엘의 자유민들이 로마군에 맞서 끝까지 항전했던 마사다 요새가 그런 방식으로 함락당했습니다. 불과 1천 정도밖에 남지 않은 무리가 마사다로 들어가자 8만에 달하던 로마군도 속수무책이었습니다.

마사다 요새는 광야에 깎아지른 섬의 형태로 접근하는 자체가 어려울 뿐더러, 무기와 식량이 충분하여 방어에 아주 용이하였습니다. 실제로 마사다의 용사들은 2년이나 항전을 지속할 수 있었죠.

마사다에 계속 이스라엘의 깃발이 나부끼자 로마군의 심기가 아주 불편해집니다. 병력이야 얼마 되지 않지만 접근이 가능하지 않다 보니, 득의의 공격수단인 투석기를 가진 군단의 일제돌격이 무용지물로 전락하고 말았거든요.

독립과 항전을 상징하는 마사다를 함락시키기 위한 임무가 로마군 가운데서도 최정예로 명성이 쟁쟁한 10군단에게 주어집니다.

이때 군단장 플라비우스 실바 장군은 시간이 걸리더라도 확실하게 제압할 수 있는 전술을 사용하게 됩니다. 플라비우스 장군은 부하들에게 '흙을 쌓아 접근하라!'고 명령하죠. 그런 방식으로 꾸준하고 끈질기게 접근한 로마군이 투석기를 난사한 결과 마사다는 최후를 맞을 수밖에 없었습니다. '마사다 공략전'은 시간과 인력을 충분히 활용하는 것만큼 확실하게 이길 수 있는 방도가 없다는 것을 실증적으로 보여주는 사례라 할 수 있겠습니다.

도종이 과의 부복애를 시켜 군사를 거느리고 산정에 주둔하여 적을 대비하게 하였다. 그러던 중에 산이 허물어지면서 성을 덮치는 바람에 성의 일부가 무너졌다. 바로 이때, 부복애는 사사로운 이유로 수비하던 곳을 떠나 있었다. 우리 군사 수백 명이 성이 허물어진 곳으로 나가 싸워서 마침내 토산을 탈취하여 그곳에 참호를 파고 수비하였다. 이세민이 노하여 부복애의 목을 베어 조리를 돌리고 장수들에게 명령하여 성을 공격하게 하였다. 그러나 사흘이 지나도 이길 수 없었다.

무너지는 토산을 점령하라

앞서 말했다시피 이세민의 토산이 무너진 직후 양만춘의 대응이 결정적으로 대세를 갈랐습니다.

전혀 예상치 못한 상황에 당황한 나머지 우왕좌왕하다가 이세민이 먼저 토산을 확보했다면 어떻게 되었겠습니까? 이세민은 당연히 무너진 틈으로 병력을 집중시킬 것이고, 일단 돌파당하는 날에는 토산이 무너지지 않은 것과 같은 결과를 낳았겠죠. 이후 토산을 차지하기 위할 목적으로 벌어진 처절한 육박전에서까지 연속하여 패배하자 마침내 이세민도 어쩔 수 없게 됩니다.

이세민은 요동 지방은 일찍 추워져 풀이 마르고 물이 얼 것이므로, 군사와 말을 오래 머무르게 할 수 없으며, 또한 군량이 떨어질 것이라고 생각하여 군대의 철수를 명령하였다. 먼저 요주·개주 두 주의 주민을 선발하여 요수를 건너게 하고, 안시성 밑에서는 군사를 동원하여 시위를 하고 돌아갔다.

현토·횡산·개모·마미·요동·백암·비사·협곡·은산·후황 등 10개 성을 철폐하고, 요주·개주·암주 3개 주에서 7만 명의 주민을 중국으로 옮겨 갔다.

이세민이 퇴각을 결정하게 된 것은 필생의 심혈을 기울였던 토산이 부메랑이 되어 돌아왔기 때문입니다. 토산이 체중마저 독이 되어 돌아오는 카운터펀치가 될 우려가 전혀 없던 것은 아니었습니다. '요동 지방은 일찍 추워져 풀이 마르고 물이 얼 것이므로'의 내용이 바로 그것이죠. 추위가 오기 전까지 토산을 완성하지 못한다면 혹독한 요동의 추위로 인해 패배할 수밖에 없었습니다.

물론 이세민은 전혀 그런 걱정을 하지 않았습니다. 이세민은 추위가 닥치기 전에 완성할 자신이 충분했거든요. 명령 하나에 수십만을 동원할 수 있는 천하의 이세민이 아무렴 그 정도 계산을 하지 못했겠습니까? 그러나 문제는 사람이 한치 앞도 모르는 존재라는 것과, 황제 이세민도 사람이라는 것이었습니다.

꿈에서조차 예상하지 못했던 토산이 붕괴하면서 발생한 엄청난 위력의 카운터펀치는 이세민은 물론, 수십만이나 되는 대군을 KO시키기에 너무나도 충분했습니다. 정신까지 붕괴당한 이세민이 비틀거리며 겨우 일어났지만, 이제 택할 수 있는 것은 하나밖에 없었습니다.

이때 이세민이 철수한 이유에 대해 '안시성에서 패배한 것 때문이 아니라' 외적들이 침공했기 때문'이라는 주장들이 적지 않습니다. 그러나 그것은 '비겁한 변명'에 지나지 않습니다. 돌궐 등의 외적을 격파했어도 다른 강자들이 등장하는 데다, 10만, 20만 정도를 충분히 동원할 수 있는 강자들도 적지 않았습니다. 그러나 외적이 쳐들어 올 수 있었던 것도 이세민이 2차 요동전쟁을 일으킨 다음 오래도록 자리를 비웠던 것에 원인이 있었습니다.

성주는 성에 올라가 절을 하며 작별하였다. 이세민은 그가 성을 굳게 지킨 것을 가상히 여기면서, 겹실로 짠 비단 1백 필을 주어, 임금을 섬기는 자세를 격려하였다.

이 대목은 비겁한 변명을 한참이나 초월하여 웃음마저 나옵니다. 패배하지 않기 위해서는 수단과 방법을 가리지 말아야 할 전쟁에서 스포츠맨십을 발휘할 이유는 없겠죠. 게다가 안시성이 패배하는 날에는 고구려가 멸망할 판인데도 그런 위기를 몰고 온 적장에게 절을 한다면 양만춘이 제정신이 아니었어야 옳겠지요.

그러나 양만춘은 제정신이었습니다. 그렇지 않았다면 끝까지 잘 싸워 이세민을 물리치고 2차 요동전쟁을 승리로 이끄는 것은 불가능했을 겁니다. 승리한 다음 양만춘이 할 일은 적의 황제에게 절을 하며 전송하는 제정신이 아닐 것 같은 퍼포먼스가 아니라 추격전에 나서는 것입니다. 이세민 역시 가뜩이나 부족했을 처지에 상급을 떼어주며 격려할 것이 아니라 한시라도 빨리, 한 발짝이라도 멀리 도주해야 마땅합니다.

전쟁에서 가장 어려운 환경은 퇴각할 수밖에 없는 상황에 봉착하는 것입니다. 특히 이세민처럼 적진 깊숙이 들어갔다가 성공하지 못하게 되면 그때부터는 목숨이 위험해지겠죠. 안시성은 물론 건안성과 신성까지 차단과 추격에 나설 테고, 혹한까지 겹치는 최악의 상황이 중첩되었다면 체면이고 뭐고 가릴 때가 아닙니다. 그런데도 비단을 상급으로 내주고 여유만만하게 돌아갈 수 있다면 기록하는 자가 제정신이 아닐 수밖에요.

이세민은 세적과 도종에게 명령하여 보병과 기병 4만을 이끌고 후군으로 서게 하였다. 그들이 요동에 이르러 요수를 건너려 하였다. 그러나 그곳 습지의 진흙 때문에 수레와 말이 통과할 수 없었다. 이세민은 무기에게 명령하여 1만 명의 군사로 하여금 풀을 베어 진흙길을 메우게 하고, 물이 깊은 곳에서는 수레를 다리로 삼아 건너도록 하였다. 왕이 직접 말채찍으로 나무를 묶어 이 일을 도와주었다.
겨울 10월, 이세민이 포구에 이르러 말을 멈추고, 진흙길 메우는 작업을 독려하였다. 모든 군사가 발착수를 건넜다. 바람과 눈이 휘몰아쳐서 군사들의 옷이 젖고 동사자가 많이 생겼다.

이때 양제가 대패했을 때와 필적하는 피해가 발생했을 것은 의문의 여지가 없습니다. 어찌나 위급했던지 이세민이 화살에 맞아 눈알이 빠졌다는 소문이 나돌고, 하마터면 이세민도 돌아가지 못했을 뻔했을 정도였습니다. 그럼에도 스포츠라도 겨룬 것처럼 서로를 격려하고, 특히 역사적인 대승을 거둔 양만춘이 막중한 은혜라도 입은 것처럼 절을 하고 있으니 기가 막힐 노릇이지요.

 더욱 어이가 없는 것은 그렇게 기록한 사람이 우리나라 사람이라는 것입니다. 김부식에 의해 편찬된 《삼국사기》는 역사의 기록에 필수적인 객관성에 의심이 갑니다. 특히 중국과의 전쟁에 대해서는 완전히 중국의 입장에서 대변하는 등등, 객관적이지 못한 부분이 적지 않습니다. 지금 여러분에게 소개하는 안시성전투에서도 위대한 승리를 거둔 양만춘이 패배하여 도주하는 이세민에게 절을 하는 것으로 기록하지 않았습니까? 그것을 인용한 사극에서도 그렇게 그려지는 등등, 그릇된 역사인식이 지금에까지 반복되고 있습니다.

3. 베일에 싸인 영웅, 장군 양만춘

사라진 영웅의 흔적

이제까지 역사소설과 사극을 통해 나타난 양만춘은 중후함이 물씬 풍기는 중년이었습니다. 물론 일반적인 인식으로는 그래야 합니다. 손가락에 꼽히는 대기업이 아니더라도 어느 분야든 주요한 직책을 맡는 간부는 중년의 나이가 적합하지 않겠습니까? 치열한 경쟁을 뚫고 그때까지 살아남았다는 자체로 능력이 입증되는 것이며, 그런 사람이 책임을 맡는 것이 당연하다 할 것입니다.

물론 반드시 그렇지는 않습니다. 비교적 잘 알려진 남이 장군은 20대 초반부터 두각을 나타내고 27세에 이시애의 반란을 진압한 데다, 28세에는 지금의 국방부장관에 해당하는 병조판서에 오르기까지 했거든요. 영국에서도 윌리엄 피트(1759~1806) 수상은 불과 24세의 젊은 나이에 수상을 맡아 나라를 잘 이끌기도 했으니까요.

그러나 '반드시 그렇지는 않다'는 것은 일반론을 벗어나기 어렵다는 것을 의미합니다. 영웅 가운데서도 최고의 위치를 점유하며 '성웅'이라는 극존칭으로 예우되는 이순신도 20대 당시에는 전혀 두각을 나타내지 못했습니다.

두각을 나타내기는커녕, 28세에 처음 응시한 무과에서 말에서 떨어져 다리가 부러지는 망신을 당하고 맙니다. 이순신이 위대한 영웅의 풍모를 갖춘 시기는 임진왜란이 벌어졌던 48세 이후부터였습니다. 그때는 앞서 말한 '중후함이 물씬 풍기는 중년'의 나이였으니까요.

일반론과 상식에 대입하면 30세 이전의 나이는 홀로서기에 필수적인 경험을 축적하기 위해 시행착오를 겪는 시기입니다. 그럼에도 불구하고 젊은 양만춘을 그려낼 수 있었던 것은 양만춘이 '베일에 싸인 영웅', 그것도 철저하게 베일에 싸였던 덕택입니다.

> 당나라 태종은 뛰어나고 총명하여 세상에 드문 임금이다. 난을 다스린 것은 탕왕(湯王)과 무왕(武王)에 견줄 만하고, 다스림을 이룬 것은 성왕(成王), 강왕(康王)과 비슷하다. 군사를 쓰는 데 이르러서는 기이한 책략을 내는 것에 끝이 없고 향하는 곳에 적수가 없었는데, 동방을 정벌하는 일에 안시성에서 패하였으니 그 성주는 호걸이요, 비상한 인물이라 할 수 있다.
>
> 그러나 사기에서 그 성명을 전하지 않으니, 양자(楊子)가 말한 바 제나라와 노나라의 대신이 사기에 그 이름을 전하지 않는다고 한 것과 다름없다. 매우 애석한 일이다.

기가 막히게도 《사기》에조차 양만춘의 이름은 기록되어 있지 않습니다. 2차 요동전쟁을 승리로 이끌고 고구려가 위기에 처하는 것을 막아낸 위대한 영웅이 '그 성주는 호걸이요, 비상한 인물이라 할 수 있다.' 정도로 기록되는 것은 진실로 있을 수 없는 일입니다.

상식적으로 생각해보죠. 연개소문이 파견한 15만 대군의 지휘관 고정의와 고연수, 고혜진은 이름은 물론 대로와 욕살의 관직까지 나타나지 않습니까? 게다가 싸우지도 않고 항복한 백암성의 성주도 이름이 기록되는 판에, 위대한 무공을 세운 영웅이 이름조차 나타나지 않은 것은 고의로 보입니다. 역사를 기록한 자도 너무했다고 여겼는지 '매우 애석한 일이다'라고 하였지만, 그것이 어찌 애석한 정도로 표현될 수 있겠습니까?

유성룡이 아뢰기를,
"용인(用人-인재를 골라 쓰는 것)의 도가 미진해서 그렇습니다. 수·당의 무렵에 천하의 군대를 평안도 하나로서 대적할 때도 오히려 안시성주의 기재(奇才)와 을지문덕 같은 사람이 있어 중국의 역사에서도 찬미하였습니다. 우리나라에 어찌 적임자가 없겠습니까. 다만 용인의 도를 극진히 하지 못해서일 뿐입니다."

《선조실록》 28년(1595) 6월 1일 2번째 기사

왕조에 대한 기록으로 가장 방대하고 상세한 것을 인정받아 유네스코에서 세계문화유산으로 지정된 《조선왕조실록》에도 양만춘의 이름이 등장하지 않습니다. 대신 '안시성'으로 검색하면 조선을 통틀어 19건이 나타나고, 임진왜란을 겪었던 선조의 시대에 5건이 나타날 뿐입니다.

안시성주 양만춘이 당나라 황제의 눈을 쏘아 맞히자, 황제가 성 아래에서 군사들을 시위하게 하면서 비단 100필을 하사하여 그가 자신의 임금을 위하여 성을 굳게 지킨 데 대해 상 주었다.

《열하일기》

조선이 말기로 접어들 무렵의 실학자 박지원(1737~1805)이 청나라를 여행하면서 저술한 《열하일기》에 비로소 양만춘의 이름과 행적이 나타납니다. 이후 신채호(1880~1936)가 앞장서 연구하고 저술하면서 양만춘의 실체가 드러납니다. 2차 요동전쟁을 승리로 이끌었던 위대한 영웅이 무려 천년이 훨씬 지나도록 역사의 지층 아래 매장되었다는 사실에 어이가 없을 따름입니다.

왜 양만춘은 기록되지 못했을까?

그렇게 된 이유는 '사대주의'에서 추출할 수 있습니다. 김부식이 편찬한 《삼국사기》부터가 양만춘의 이름과 업적을 배격한 다음 조선에 들어와서는 완전히 제정신이 아니게 됩니다. 명나라를 부모 이상으로 섬기고 떠받들었던 조선에서는 세종마저도 명나라에의 사대를 가장 중요한 과제로 생각할 정도였습니다.

신하들은 "우리들은 야만족들의 후손으로 중국을 사대한 다음에야 비로소 사람 구실을 할 수 있게 되었다"며 입을 모아 외쳤으니, 당나라를 격파하고 이세민을 죽일 뻔했던 양만춘이 제대로 평가될 수 있었겠습니까?

게다가 세종 시대에 명나라에 사신으로 갔던 사람이 평양에 들렀을 때 그곳에 있던 사당이 매우 낡고 쇠락한 것을 목격하게 됩니다. 그 사람이 돌아와서 그런 사실을 알린 결과 '신라와 백제, 고구려의 사당을 새로 마련하고 제사를 지내야하지 않겠느냐'는 논지의 여론이 형성되었죠. 그런데 담당관청으로 앞장서서 추진해야 할 예조에서부터 "신라는 당나라에 충성했으니 당연히 사당을 새로 마련해야 할 테지만 고구려는 절대 그럴 수 없다!"며 거품을 물었습니다. 심지어 고구려의 도읍이 평양이라는 것은 상식임에도 "도읍이 어디인지조차 알 수도 없는 판에 어떻게 사당을 마련할 수 있겠느냐!"는 망발도 하였지요.

그런 현실에 양만춘의 업적은커녕 이름조차 거론되지 못하는 것은 당연하지 않겠습니까? 금기로까지 치부되던 업적은 국가가 위급할 시기에 아주 잠깐 안시성을 거론하는 것으로 끝이었을 겁니다. 임진왜란 당시 일본수군을 닥치는 대로 때려잡아 나라를 지킨 이순신이 일제 강점기에 제대로 평가되지 못했던 것과 같은 맥락이라고 하겠습니다. 그렇게 철저히 매몰당한 덕택(?)에 젊은 양만춘을 재현할 수 있었으니 참으로 아이러니합니다.

> 황제가 백암성을 공격하여 승리했을 때 이세적에게 말했다.
> "내가 들으니 안시성은 성이 험하고 병사가 강하며, 그 성주의 재주와 용맹은 막리지의 난에도 성을 지키고 항복하지 않을 정도이다. 막리지가 공격하였으나 그를 굴복시킬 수 없었기 때문에 성을 그에게 주었다고 한다.

앞서 인용했던 사기 가운데 일부를 가져왔습니다. 이때 이세민이 말한 "그 성주의 재주와 용맹은 막리지의 난에도 성을 지키고 항복하지 않을 정도이다. 막리지가 공격하였으나 그를 굴복시킬 수 없었기 때문에 성을 그에게 주었다고 한다."는 대목이 있습니다. '막리지의 난'은 연개소문이 영류왕을 비롯한 귀족들을 죽이고 정권을 잡은 사건을 가리킵니다. 이때 안시성이 따르지 않자 연개소문이 공격하였는데 "그를 굴복시킬 수 없었기 때문에 성을 그에게 주었다고 한다."는 것은 안시성이 자주적이었다는 것을 의미합니다.

안시성뿐 아니라 항상 적과 싸우거나 그에 준하는 상태였던 요동은 자주적일 수밖에 없었습니다. 비록 하는 짓이 마음에 들지 않더라도 영류왕은 어쨌든 왕이었기 때문에 표면적으로나마 복종해야 하겠지만 연개소문은 그렇지 않습니다. 어제까지 별로 차이나지 않았던 연개소문이 느닷없이 정권을 잡으면 흔쾌할 사람은 많지 않습니다. 평양의 입김이 직접 미치는 지역에서는 두려운 나머지 따른다고 해도, 요동처럼 멀리 떨어지고 자주적인 지역이 반항하는 것은 충분히 있을 법한 일입니다.

그런 상황에서 연개소문이 안시성을 공격하는 것도 전혀 이상하지 않습니다. 연개소문 역시 평양을 장악했다고 해서 모든 지역이 굴복하리라고 기대하지 않았을 것입니다. 그럴 가능성에 대비했을 연개소문이 대표적으로 반항하는 안시성을 공격하여 굴복시키려 한 것은 예정된 수순이었습니다.

게다가 안시성을 굴복시킨다는 말은 곧 성주를 심복으로 바꾼다는 말이 되겠죠. 그렇게 해서 평양은 물론 요동까지 장악하려던 것이 연개소문의 큰 그림이었을 겁니다.

이때 '막리지가 공격하였으나'를 연개소문이 직접 나서서 공격했다는 의미로 받아들이면 곤란합니다. 쿠데타를 통해 정권을 잡은 연개소문이 평양을 벗어난다는 것은 생각하기 어렵습니다. 부하를 보내 손을 봐주고 성주까지 교체하려고 했다가 패배하는 바람에 의도가 좌절당했을 것입니다.

그렇다고 해서 연개소문이 심각한 타격을 당하지는 않습니다. 그때부터는 정치적인 전쟁이 필요하겠죠. 조선시대 말기까지도 대부분의 백성들이 나고 자란 지역을 벗어나기 어려웠으니 고구려는 오죽했겠습니까? "안시성을 혼내주려다가 성주가 애걸하는 바람에 불쌍하여 그냥 유임시켰다!"고 떠들면 그만입니다.

'그를 굴복시킬 수 없었기 때문에 성을 그에게 주었다'는 문구가 매우 우습지만, 본래부터 세습하던 것을 인심 쓰는 형식으로 해봤자 연개소문이 손해 볼 것은 하나도 없습니다. 나중에 안시성에서도 알게 되겠지만, 스스로의 힘으로 모든 것을 지킨 이상 굳이 문제를 제기하여 사실을 밝힐 필요는 없지 않겠습니까? 이상이 제가 파악하는 '안시성 VS 연개소문 충돌사건'의 전말입니다.

경위야 어쨌든 안시성이 기존의 인물들로 유지된 것은 극히 다행스럽습니다. 그때 만일 연개소문이 보낸 부하에게 패배하여 성주를 비롯한 주요인물들이 바뀌었다면 어떻게 되었을까요?

안시성의 장점과 약점은 안시성에서 나고 자란 사람들이 가장 잘 알게 마련입니다. 어떤 조직이든 오래도록 손발을 맞춰온 팀원들 대신 새로운 팀원들로 교체되면 제대로 돌아가지 않기 십상입니다. 물론 안시성도 예외일 수 없겠지요. 게다가 이세민이 전력을 기울여 쳐들어오는 상황에서 안시성에 익숙하지 않은 성주와 지휘부가 방어에 임하게 된다면 양만춘처럼 위대한 공을 세울 수 있었을까요?

성(城)은 영웅을 기억한다

부산 등지에 주둔했던 적이 군사를 합쳐 대대적으로 진주를 포위하였다. 당초에 적이 유숭인의 군사를 패배시키고 여러 고을을 분탕질한 뒤 진주로 향하려 하였다. 이에 김성일이 호남에 구원을 청하자 의병장 최경회·임계영이 달려왔다.

적이 진주에 육박했을 때 유숭인이 말을 달려 성 아래에 이르러 들어가려고 하였는데, 김시민이 장수의 명령 계통이 전일하지 못할까 염려하여 성문을 닫고 받아들이지 않으면서 말하기를 '성문을 계엄중에 열고 닫을 때 창졸간에 변이 있게 될까 염려되니 주장(主將)은 밖에서 응원해 주면 좋겠다.' 하였다. 유숭인이 돌아오다 적을 만나 패하여 사천현감 정득열, 권관 주대청 등과 함께 모두 전사하였다.

곽재우가 김시민이 유숭인을 받아들이지 않았다는 말을 듣고 감탄하기를 '이 계책이 성을 온전하게 하기에 충분하니 진주 사람들의 복이다' 하였다.

《선조수정실록》25년(1592) 10월 1일 1번째 기사

임진왜란 당시 진주에서 대승을 거둔 김시민의 사례입니다. 당시 진주목사를 맡아 방어에 골몰하던 김시민에게 상관 유숭인이 대군을 이끌고 달려옵니다. 유숭인은 당연히 진주에 입성하여 함께 싸우고자 했는데 김시민이 성문을 열어주지 않죠. 김시민은 상관인 유숭인이 들어오면 지휘체계가 흐트러지고 지금까지 훈련했던 것에 지장을 초래할 것이 우려되어 받아들이지 않았던 것입니다.

진주에 들어가지 못한 유숭인은 적을 맞아 싸우다가 중과부적으로 전사하지만, 계속 진주성을 책임진 김시민은 통쾌한 승리를 이끌어냅니다. 그것을 알게 된 의병장 곽재우가 "그게 바로 진주 사람들의 복!"이라며 감탄했던 내용은 안시성에도 적용될 수 있지 않겠습니까?

그러나 사기에서 그 성명을 전하지 않으니, 양자(楊子)가 말한 바 제나라와 노나라의 대신이 사기에 그 이름을 전하지 않는다고 한 것과 다름없다. 매우 애석한 일이다.

앞서 말했듯 당시의 기록에는 양만춘의 이름조차 나타나지 않는 데다, 비교적 상세한 후일의 기록에도 양만춘이 젊었는지 어땠는지에 대한 정보가 전혀 기록되어 있지 않습니다. 저는 그런 점에 착안하여 작품에서 본래 성주였던 양만춘의 부친이 노쇠한 것으로 설정했습니다. 이후 부친이 요동성이 함락 당했다는 급보를 받고 충격을 이기지 못한 나머지 피를 토하고 죽은 다음 급작스럽게 양만춘이 성주를 세습하는 것으로 그렸습니다.

그때 양만춘의 나이를 정확히 밝히지 않았지만 문제는 나이가 아니라 재능과 자질이 아니겠습니까? 전력을 다한 이세민의 공격을 척척 막아내고 토산이 무너졌을 때의 대응을 봐도 보통 비범한 인물이 아닙니다. 비록 전쟁의 경험이 없었을지라도 천재적인 재능의 소유자가 경험이 풍부한 장수들의 보필을 받으면 하루가 다르게 발전했을 것은 말할 필요가 없을 것입니다.

그리고 양만춘도 안시성에서 나고 자란 사람입니다. 당연히 안시성에 대해 속속들이 알고 있을 것이고, 장차 성주가 될 신분이기 때문에 어려서부터 군사와 무예에 대한 심층교육을 받았을 것입니다. 운전에 비교하면 안시성전투 이전의 양만춘은 필기와 주행을 만점으로 통과한 상태에 해당합니다. 혼자 도로에 나서면 처음에는 아무래도 불안하겠지만 빠르게 감을 잡고 능숙하게 운전할 수 있을 겁니다.

모든 것을 감안할 때 당시의 양만춘이 20대 후반이나 30대 초반의 청년이었어도 승리를 거두는 데 전혀 지장이 없다는 결론이 납니다. 게다가 전쟁은 팀플레이로서, 경험이 풍부한 장수들의 도움까지 받는 '젊은 양만춘'에게 승산이 충분하기 때문에 기존의 이미지를 반복할 이유가 없습니다. 그리고 누구에게나 처음은 있는 법입니다. 처음 겪는 전쟁을 누구보다도 멋지게 극복하고 조국을 위기에서 구한 젊은 양만춘이 자랑스럽기만 합니다.

4. 공성전, 고대 전쟁의 결정판

전쟁의 성패는 성(城)에서 이루어졌다

성을 공격하고 방어하면서 발생하는 일련의 전투를 통칭하여 공성전이라고 합니다. 공성전은 신석기시대에 개울과 목책으로 둘러싸인 마을을 빼앗고 지키기 위해 치고받던 것에서부터 시작되었을 정도로 유서가 깊습니다.

더 이상 물러날 수 없는 마지노선을 두고 벌어진 전투도 넓은 의미에서 공성전으로 볼 수 있으며, 국가의 역량이 집중된 공성전의 결과는 결정적 역할을 합니다.

동서양을 통틀어 공성전의 백미는 1453년의 콘스탄티노플에서 벌어진 전투를 꼽을 수 있겠습니다. 330년에 로마 황제 콘스탄티누스 1세에 의해 천도된 다음 무려 1123년에 이르도록 비잔틴제국의 수도로 군림하던 콘스탄티노플을 함락시킨 영웅은 불과 스물 한 살밖에 되지 않은 오스만제국의 젊은 술탄 메메트 2세였습니다.

회교가 승리한 공성전의 결과 세력판도가 투르크로 넘어가고 로마제국이 실질적으로 멸망한 데다, 콘스탄티노플이 이스탄불로 개명하는 등등의 역사적 의의가 엄청났었죠. 심지어 그로 인해 중세가 끝났다는 시대적 구획까지 제기될 정도였습니다.

우리도 크게 다르지 않죠. 역대 최강을 자부하던 수나라를 멸망의 구렁텅이에 몰아넣고 하마터면 당나라까지 멸망시킬 뻔했던 동북아의 맹주 고구려도 668년에 평양성이 함락당하면서 멸망하지 않았습니까?

조선에 들어서서는 병자호란을 일으킨 청나라의 공격을 피해 황급히 남한산성으로 들어갔던 인조는 버티지 못했습니다. 혹한에 남한산성을 나온 인조가 청 태종에게 항복하면서 무릎을 꿇고 절을 하였는데, 우리의 왕이 적의 왕에게 직접 항복한 사례는 역사를 통틀어 그때가 처음일 정도로 치욕적이었습니다. 그때 청 태종이 선심을 쓴 덕택에 멸망당하지 않은 것을 감사해야 할 지경이었으니까요.

반대의 사례도 많습니다. 안시성의 승리는 2차 요동전쟁에서 승전을 거두는 것을 초월하며 당나라를 멸망에까지 몰아넣을 뻔했거든요. 임진왜란 당시에도 김시민이 1차 진주성전투, 이정암이 연안성전투, 권율이 행주산성전투에서 승리하여 전황에 크게 기여하지 않습니까? 남한산성처럼 졸속한 상태가 아닌 제대로 준비된 상태에서의 공성전은 우리가 승리하는 경우가 많았습니다.

임진왜란을 말하면서 이순신을 빼놓을 수는 없겠죠. 이순신 없는 임진왜란은 라면을 끓이면서 스프를 넣지 않은 것과는 비길 수 없을 정도로 심각한 오류입니다. 임진왜란의 승리에서 이순신이 차지하는 지분이 절대적인 만큼 공성전에서의 승리는 순도가 떨어진다는 주장이 충분히 나올 수 있겠습니다.

그런데 넓은 의미에서 관찰하면 이순신의 승리도 공성전과의 관계가 상당합니다. 이순신에게 승리를 가져다준 주요 무기는 거북선이 아니라 판옥선이었습니다. 판옥선은 적의 배에 뛰어들어 백병전으로 결판을 내는 왜적들의 전매특허가 아예 통하지 않을 정도로 높고 거대했습니다. 이전의 시대부터 왜적이 뛰어들어 수군을 학살하는 사례가 빈번하자 대응책으로 고심한 결과물이 바로 판옥선이었죠.

빠르고 경쾌한 배로 습격하여 '히트 앤드 런(hit and run)'을 구사하던 왜적들에게 판옥선은 '바다의 성'과 다름없었습니다. 실제로 공격하기 위해서는 사다리를 걸쳐야 하는 판옥선은 성으로 기능했습니다. 이전의 시대에 왜적이 뛰어드는 것을 원천봉쇄하기 위할 목적으로 성처럼 높고 거대한 판옥선을 구상하지 않았다면 이순신이 우레와 같은 명성을 떨치기는 어렵지 않았을까요?

요동을 지켰던 고구려의 성들

이세적이 포차를 벌려 놓고 큰 돌을 3백 보 넘게 날리니 맞는 곳마다 무너졌다. 우리가 나무를 쌓아 망루를 만들고 그물을 얽어 쳤으나 막지 못하니, 충차로 성 위의 집을 부수었다.

당나라 군사의 충차와 포석이 누대와 성 위의 작은 담을 허물었으나, 성안에서는 그때마다 목책을 세워 부서진 곳을 막았다.

위는 요동성이 공격당할 때의 기록이고 아래는 안시성의 상황입니다. 충차와 포석으로 성벽을 공격하고 방어하는 양상이 판에 박은 것처럼 일치하는데, 사극에서 익숙하게 나타나는 '사다리를 들고 달려간 다음 성에 걸치고 올라가 치고받는 광경'에 대한 언급은 전혀 없습니다. 사다리가 전혀 쓰이지 않은 것은 아니겠지만, 공격군이 위험에서 전혀 보호되지 못하는 등으로 인해 제한적으로 사용되는 보조적 수단 이상은 아니었을 것입니다.

평지에 구축된 요동성은 성을 둘러싸고 흐르는 인공수로 등의 접근거부시설을 갖추었겠지만, 이세민이 이끄는 적들도 그런 시설을 돌파하는 장비를 당연히 보유하고 있었을 겁니다. 그런 용도의 장비와 무기들은 이미 수나라 때부터 완비된 상태였기 때문에 산성인 안시성까지 충차와 포석의 공격을 당하는 것도 전혀 이상하지 않습니다. 바퀴를 달아 이동이 가능한 공성장비나 아예 성벽 앞에 건설하여 적을 공격하는 공성탑에 대한 기록은 이미 삼국시대부터 기술되어 있기 때문에, 이세민이 그런 장비를 운용할 것은 상식에 가깝습니다.

바위를 날리는 포차와 공성장비에 탑재한 충차 및 범종을 치는 형태로 가격하는 '당차(撞車)' 등의 장비들도 위력을 발휘했겠지만, 그로 인해 결정적인 상황이 벌어지지는 않았습니다. 이번 작품을 집필하는 과정에서 확인한 백암성의 남은 성벽은 어마어마하거니와, 훨씬 더했을 요동성은 물론 최소한 백암성과 대등할 안시성이 포석과 충차의 공격으로 인해 함락 당한다는 것은 생각하기 어렵습니다. 그럴 것 같았으면 요동성은 수나라의 양제가 쳐들어왔을 때 함락 당했어야 마땅하겠죠.

결정적으로 요동성을 함락한 것은 바짝 마른 상태에서 전개된 화공이었습니다. 언뜻 누구나 생각할 수 있는 것 같지만, 그런 것까지 이용하여 의도를 관철하는 이세민이 칭찬받을 대목입니다. 안시성 역시 충차와 포석에 의한 공격을 무수히 받았겠지만 결국 이세민이 결정구로 선택한 것은 토산이었죠. 양만춘이 꿈에서조차 생각하지 못했을 승부구를 선택한 이세민을 다시 칭찬하지 않을 수 없습니다.

여기서 잠시 말씀드릴 것은 대등한 상태에서의 공성전에서는 수비 측이 유리하다는 점입니다. 앞서 말했던 것처럼 청나라에게 쫓기다 못해 혹한의 겨울에 식량마저 충분하지 못한 남한산성으로 들어간 인조와 조선군은 패배하게 되어 있었습니다. 콘스탄티노플이 함락당한 원인도 공격군이 10만을 훨씬 초과했던 것에 비해 수비군이 불과 7천 정도밖에 되지 않았던 것이었거든요.

수비 측에게 가장 중요한 점은 '실질적으로 대등하게 준비하는 것'입니다. 방어에 경험이 없는 나라의 성들은 자신들이 먹기에 충분한 식량을 확보하고 안심하기 쉽습니다. 그러다 주변에서 몰려든 백성들까지 먹이다 보면 식량이 빠르게 소비되기 마련이며, 그로 인해 패배하는 사례가 적지 않죠.

그러나 고구려의 성들은 그런 것까지 충분히 준비되어 있었습니다. 주변에서 들어온 백성들의 몫까지 계산해서 준비하였으니 모자랄 이유가 없는 데다, 보호받은 백성들이 성을 지키기 위해 싸우는 시너지효과가 발휘되어 더욱 유리해지는 겁니다. 실제로 신성과 건안성 등의 성들은 압도적인 적의 공격을 잘 막아내었고, 요동성도 식량을 비롯한 물자가 모자라 무너진 것은 아니었으니까요.

그런데 백암성이 무너집니다. '밝다', 크다'는 의미인 백암성은 이름으로 보나 규모로 보나 결코 안시성의 아래가 아니었습니다. 게다가 백암성은 연개소문이 1만의 병사를 파견했거니와, 군민들이 보는 앞에서 고돌발이 명성이 쟁쟁한 적장 계필하력을 하마터면 찔러 죽일 뻔했을 정도로 용맹을 떨쳤습니다. 그런데도 백암성은 싸우기도 전에 함락당하고 말았습니다. 목숨을 바쳐서라도 지켜야 할 성주가 적과 내통하는 바람에 고구려 역사에 보기 드문 치욕까지 선사하게 됩니다.

불멸의 성, 안시성

이세민의 토산이 등장하자마자 안시성전투는 무의미해집니다. '너를 함락하여 전쟁에서 이기겠다!'와 '너를 물리쳐 전쟁에서 이기겠다!'는 상반된 명제의 충돌이 사라진 안시성은 무덤 속 같은 침묵이 지배합니다. 당시의 안시성에 몰아쳤을 공포의 총량은 백암성과 비교조차 할 수 없이 무겁고 진했을 겁니다. 백암성이 느닷없이 함락당한 것에 비해 하루하루 높아가는 토산을 바라보는 안시성의 심정이 어땠을까요?

게다가 이세민은 "안시성을 함락하는 날에는 모조리 죽이겠다!"며 공언에 공언을 거듭한 상태였습니다. 이세민이 얼마든지 그러고도 남는다는 것을 감안하면 당시의 군민들에게 엄습했을 공포는 어떻게 추산할 수 있는 수준이 아니었겠죠.

그러나 안시성은 끝까지 버팁니다. 작품에서처럼 반역의 조짐이 나타나고 그로 인해 양만춘이 위기에 처하는 상황이 충분히 발생할 수 있음에도 안시성은 끝내 공포를 물리치고 죽음을 택합니다. 어떤 순교보다 거룩하고 장엄한 나날이 연속되던 가운데 눈으로 보고서도 믿지 못할 광경이 벌어집니다. 최후의 날에 발생한 '토산붕괴사건'은 안시성의 간절함에 의해 눈을 뜬 어떤 존재의 보답일 것 같은 생각마저 들 지경입니다.

종교적으로 다가오기까지 하는 안시성의 승리는 진정한 의미에서의 리더십으로 얻어진 결과물입니다. 세상에 죽고 싶은 사람이 어디 있겠으며, 그런 상황에서 침착할 사람도 존재하지 않을 것입니다. 급박하고 격동적인 상황에서 깊이 생각할 겨를조차 없이 죽는 것은 가능해도 서서히 확실하게 다가오는 죽음을 받아들이는 것은 어렵습니다. 용장 계백이 이끌었던 최후의 결사대도 그런 상황과 마주친다면 전원 깨끗이 산화하기는 어려울 테니까요.

상상조차 하지 못했을 최악의 상태를 맞아 끝까지 군민들을 다잡기 위해서는 정신력이 누구보다도 강하지 않으면 안 됩니다. 안시성의 승리가 여타의 공성전에서의 승리와 다른 점은 패배와 죽음을 눈앞에 둔 상황에서 오직 정신력으로 승리를 일구어냈다는 것입니다.

전멸 직전까지 몰렸다가 기사회생할 수 있으려면 갑자기 아군이 등장하는 등의 예기치 못한 요소가 필수적입니다. 또한 명량의 격류에 섰던 이순신이 어마어마한 왜적을 때려잡고 승리할 수 있었던 것은 '일단 싸울 수 있었기 때문'이겠죠. 그러나 당시의 안시성을 구원할 아군이 존재하지 않았던 데다, 이세민이 오직 토산을 쌓는 것에 전념하는 바람에 전투를 이용하여 승리를 거둘 수 있는 여지 자체가 형성될 수 없었습니다.

토산의 완성은 바로 죽음입니다. 처형 날짜를 받아놓은 사형수가 죽음에 다가서는 와중에 죽지 않을 수 있는 방도를 권유받는다면 어떤 짓이든 다하지 않겠습니까? 그러나 양만춘과 안시성은 비굴한 삶을 택하지 않았습니다. 두려웠던 나머지 항복했던 백암성의 성주도 얼마 지나지 않아 후회하게 됩니다. 그러나 자신으로 인해 성이 적에게 넘어갔고, 아름다운 이름이 역사에 길이길이 전해지지 않습니까? 그럴 바에는 의무를 지켜 끝까지 싸우다가 전사하는 것이 백번 나을 것인 바, 절망적인 상태에서 승리로 이끈 양만춘은 정말 대단한 인물이라고 할 수 있습니다.

안시성의 승리가 더욱 절묘한 것은 시기와도 관계가 밀접합니다. 토산이 무너진 다음 벌어진 처절한 혈투에서까지 참패한 이세민이 퇴각을 결정한 가장 큰 이유는 추위였습니다.

만일 그렇지 않고 한 달 정도만 일찍 안시성이 함락당했다면 이세민은 완전히 요동을 영유할 수 있었겠죠. 이미 요동성을 비롯한 주요한 성들을 함락하였으니 건안성과 신성만 함락시키면 요동을 통째로 집어삼킬 수 있었을 겁니다. 그렇게 되었다면 요동을 상실한 고구려가 전쟁에서 이길 수 없었을 것입니다. 마지막까지 버텨 끝내 2차 요동전쟁을 승리로 이끈 양만춘을 존경하지 않을 수 없습니다.

마지막으로 말씀 드릴 것은 '안시성전투'에는 기습적인 요소도 포함된다는 점입니다. 언뜻 보기에는 기습적인 요소를 헤아리기 어렵지만, 반드시 낙하산을 타고 내려오거나 잠수복을 입고 침투하여 뒤통수를 쳐야만 기습이 되는 것은 아닙니다. '적이 전혀 알지 못하는 경로나 형태로 공격하는 것'이 기습의 의미라면 이세민이 토산을 쌓은 것도 기습일 수 있겠습니다. 당시의 양만춘은 물론, 연개소문을 비롯한 고구려의 어느 누구도 이세민이 토산까지 쌓을 줄은 전혀 예상하지 못했거든요.

앞서 소개한 마사다 요새의 함락은 안시성처럼 느리기는 해도 전혀 예상하지 못한 공격이었으며, 6·25전쟁 초기에 아군이 북한군이 앞세운 탱크에게 속수무책으로 당했던 것도 기습에 당한 것일 수 있습니다. 적의 탱크가 정면으로 공격해왔더라도 탱크에 대한 훈련을 받기는커녕, 어떻게 생겼는지조차 몰랐던 아군이 겪었을 공포를 생각해보세요.

그리고 세계 최초로 원자폭탄을 투하했던 미국의 전략폭격기 B-29 '에놀라 게이(Enola Gay)'의 폭격도 기습에 해당합니다. 당시 에놀라 게이가 일반적인 폭탄을 투하했다면 흔해 빠진 보통의 폭격에 지나지 않겠지만, 1945년 8월 6일 8시 15분 히로시마 상공 9,500m에서 투하된 것은 역사 최초의 핵무기였거든요. 그런 사례들을 종합했을 때 안시성전투는 일반적인 공성전의 범주에 기습적인 요소가 배합된 것으로 파악하는 것이 타당할 것 같습니다.

작가의 말

 저는 작품에서 양만춘의 작전을 '기본에 충실하고 준비한 대로 싸운다!'는 것으로 요약했습니다. 또한 양만춘이 고돌발에게 '필승의 작전 같은 것은 존재하지 않는다!'고 단언하지 않았습니까? 요동의 수군을 이용하여 무적의 부대를 어양으로 보내는 큰 그림도 있었지만, 기본에 충실하지 못해서 함락당한다면 모든 것이 허사가 되었을 테니까요.
 실제의 양만춘이 끝까지 버틸 수 있었던 것도 기본에 충실한 방어를 했기 때문일 겁니다.
 작품에 나타나는 늙고 불구가 되어 도움이 되지 못하는, 즉 양식만 축낼 백성들을 받아들이는 것도 기본에 충실한 모습입니다.
 무기와 식량처럼 전쟁에 필수적인 것들은 당연히 충분히 준비해야 하겠지만, 군민들을 어루만져 자연스레 충성을 받고 필승의 신념을 형성할 수 있게 하는 마인드도 중요하기 때문입니다. 당장 도움이 되지 않는다고 하여 매몰차게 몰아냈다가 부메랑이 되어 돌아오는 것은 예나 지금이나 다르지 않습니다.

운동선수들이 종목을 가리지 않고 러닝과 웨이트에 매진하는 것 역시 기본을 충실하게 하기 위해서입니다. 기초체력이 든든하지 못하면 승리에 필수적인 기술을 습득하기 어렵거니와, 기껏 정상에 오른다고 해도 롱런이 가능하지 않을 테니까요.

소설 『안시성』으로 만난 여러분도 기본에 충실한 삶을 통해 세상과의 험난한 전투에서 패배하지 않고, 훗날 떳떳하게 자신의 역사를 만들어 가는 양만춘이 되기를 간절하게 바랍니다. 다음 작품에서 다시 만날 것과 죽을 때까지 진화하는 작가가 될 것을 약속드리며 이만 쓰겠습니다.

배상열